講談社文庫

双孔堂の殺人

~Double Torus~

周木 律

JN184586

講談社

隠れた調和と関係とを吾々に洞察せしめる数学上の秩序に対するこの感じ、この直覚は、必ずしもすべての人のもつところでないことは明らかである。或る人々は、この微妙にして定義しがたい感じも、また常人に超えた記憶力、注意力ももっていない。かゝる人々は、少しく程度の高い数学を全然理解し得ないであろう。かゝる人々が大多数を占める。ほかにまた、この感じをただわずかにもつのみではあるが、稀有な記憶力と大なる注意力とを享けている人々がある。かゝる人々は細目をいちいち暗記して、数学を理解し、ときには応用することを得ようが、みずから発見創造をする境地にはいたらないであろう。最後に、わたくしが今述べた如き感じを多少高い程度にもっている人々もあろう。かゝる人々は、その記憶力が特に非凡なものでなくとも、単に数学を理解し得るのみに止まらず、創造者ともなり得るのであって、発見に努力して、その直覚力の発達の程度に応じ、多かれ少かれ成功をおさめるであろう。

一体、数学上の発見とは何であろうか。それは、すでに知られた数学的事物をもちいて新しい組合せをつくることではない。これならば誰にもなし得ることであるが、かくしてつくり得る組合せはその数かぎりなく、その大多数は全然興味のないものであろう。発見するということは、まさに、無用な組合せをつくらないで、有用な組合せをつくることに存する。かゝる有用な組合せはその数きわめて少ない。発見とは識別であり選択である。

Double Torus

目次 CONTENTS

本文イラスト 日田慶治
本文図版 周木 律
本文デザイン 坂野公一(welle design)

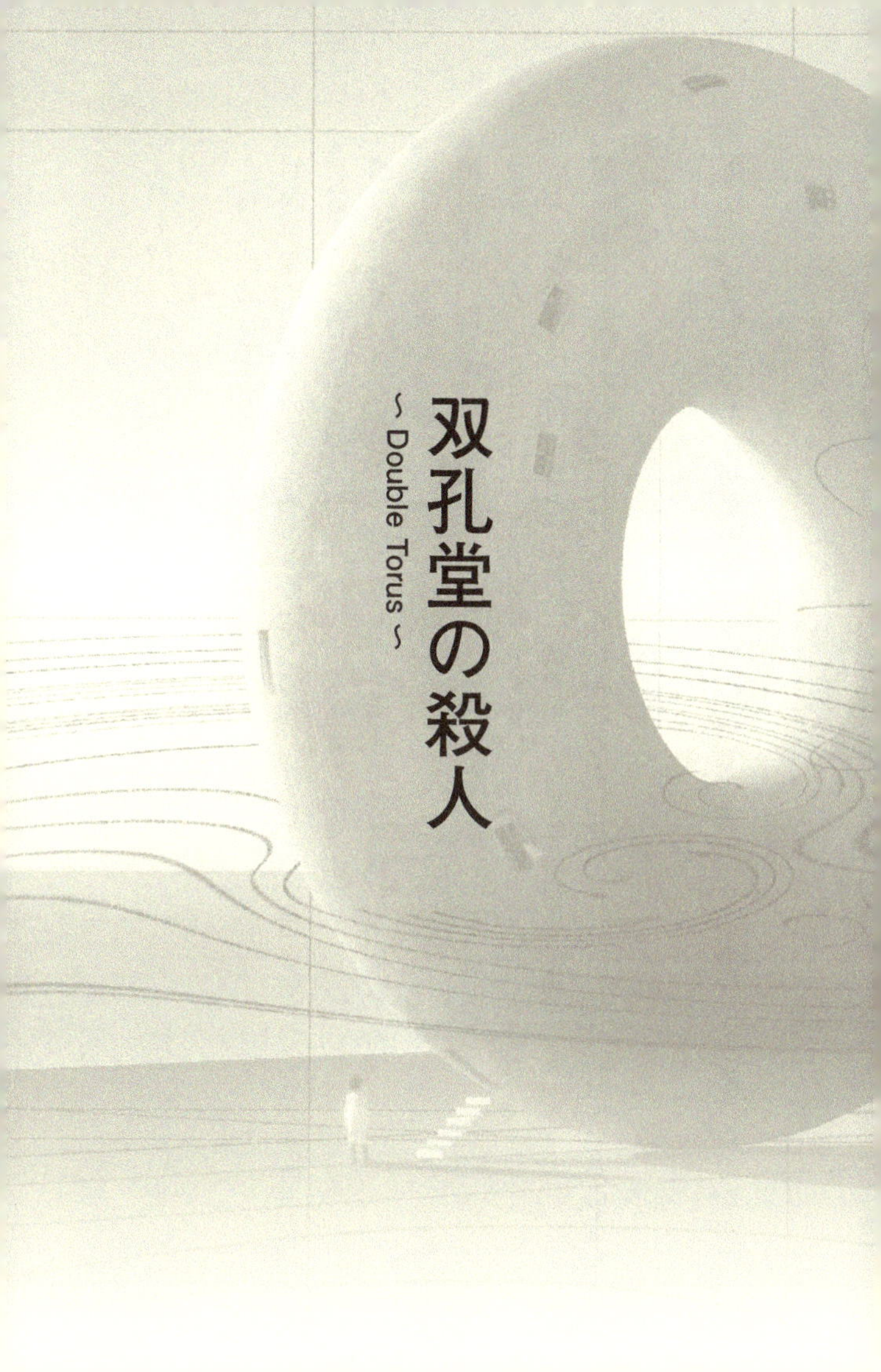

双孔堂の殺人

~ Double Torus ~

第Ⅰ章　湖畔へ

「えらく渋滞してるな」

対向車線に延々と連なるヘッドライトの列。ぎらぎらと目を射る双対《そうつい》の光源群が、流れるように背後へと消えつつ、消失点からまた湧き出てくる。

踏み込んでいたアクセルからそっと力を抜くと、エンジンが唸《うな》った。

『……道、混んでるの？』

携帯電話の向こうで、百合子《ゆりこ》が訊《き》く。

「ああ、うん。でも大丈夫だ。反対側だけだから。こっち方向はがら空きだ」

端末を左手に持ち替えると、俺は、真っ暗な行く手に目を細めた。

「俺くらいしかいないのかな。こんな時間にわざわざY湖に行こうとしているのなんか」

『そうね、もう八時だしね』

「それにしても、なんで向かいはこんなに混んでるんだ？　事故でもあったのかな」

『あ、それはね』

百合子が、可愛《かわい》らしい声ですぐに答えた。

『花火大会があったからだよ。Y湖で』

「花火？　こんな時期に珍しいな。もう九月も後半だぞ？」

『だからだよ。夏休みが終わっても、最後にもうひとはしゃぎしたいっていう人は大勢いるから、そこを狙って開催したの』

「最後にもうひとはしゃぎ、ねえ……」

いつまでも夏が続いてほしい。そんな願望が秋口にまではみ出ているってことか。夏休みが取れることすら覚束《おぼつか》ない勤《つと》め人《にん》の俺にとっては理解しがたい感情だ。そもそもただ蒸し暑いだけの夏にはさしたる興味もない。

だが百合子は、そんな俺の心中を見透かしたように言った。

『忙しい官僚さんはもう忘れちゃってるかもしれないけれど、学生にとってはね、夏は名残《なごり》惜しいものなんだよ。ひと夏ひと夏が真剣勝負なの』

「そんなもんかね」

苦笑いで応えた。それにしても真剣勝負とは一体なんの勝負だろう。まったく想像もつかない。学生時代に、夏という季節にかこつけた勝負をした覚えなど一切ないからだ。色々と苦労をしたことが勝負といえば勝負なのだろうが、それは百合子が想像しているものとは質が違うだろう。

『でもね、Y市も面白いことを考えたなって思う。九月の土日に、二日連続でやる花火大会。Y湖って東京から近いし結構いい環境なのに、観光地としてはあまりぱっとしないでしょ？　過疎化も進んでいるっていうし、こうして大きなイベントをやれば、人が来て地域も活性化するし、いいこと尽くめだもんね』

あのよくテレビに出ているタレント市長の発案か。確かに受けはいいかもしれないが、軽薄な人間の考えそうなことだ。

「まあ、お役所仕事で終わらなきゃいいけどね」

『国道が大渋滞するほど人が来ているんだから、成功しているって言っていいんじゃない？』

「まあ、それはそうだが」

最近は、美術館で芸術に接するよりも、野外のイベントに参加するほうを好む人々が増えたということなのだろうか。それにしても——。

「……随分詳しいな、百合子。まさか、誰かと一緒に来たことがあるのか？」

『ふふ、ドラマの刑事さんみたいな訊き方をするんだね』

「そりゃそうだよ。警察官だからね」

『さすが、警察庁のエリート警視』

「そんなご大層なものじゃないよ。日々業務に忙殺されるだけの、しがない公務員だ」

『まーたご謙遜《けんそん》』

「へりくだっちゃいないさ。事実をそのまま述べたまで。で、誰と来たんだ？」

『気になる？』

「そりゃあ、ね」

なぜか、照れたように答えてしまった俺に、百合子はふふっと笑い声を返した。

『そんなに心配しなくても大丈夫だよ。去年、ゼミの友達と四人で遊びに行っただけだから。もちろん女の子だけでだよ』

「そうか、うん。それならいいんだ」

『そうよ。だから安心して。でもね……』

最後に、百合子はちくりと言った。

『私ももう、二十歳《はたち》を過ぎた大人なんだよ？　子供じゃないんだし、自分のことはちゃんと自分で考えてる。それより、そんなに私のことばかり気にしていると、いつまで経っても結婚できないままになっちゃうよ。……ねえ、聞いてる？　お兄ちゃん』

俺――宮司《ぐうじ》司《つかさ》が、ひとり十年落ちの車で向かっているのは、Y湖畔に建てられた「ダブル・トーラス」と呼ばれる建造物だ。

元々は美術館として設計されたその巨大で奇妙な館《やかた》は、現在ある男の私邸として使われているという。

男の名前は、降脇一郎《ふるわきいちろう》。

この、日本の数学界において半ば伝説として語られている人物は、その居以上に、実に奇妙な経歴を持っていた。

降脇一郎はかつて、位相幾何学《いそうきかがく》という数学の一分野に関する論文を次々と世に送り出し、世界の数学者たちを驚かせた数学者だった。

論文はすべて位相幾何学、とりわけ、現在も未解決となっているという数学上の超難問「ポアンカレ予想」に関するものだった。それがどういう予想なのかは知らないが、とにかくその論文は、予想の解決に資するような、独創的かつ革新的なものであったらしい。

一方、執筆者である降脇自身は極めて謎めいた人物だった。年齢不詳、出自《しゆつじ》不詳、出身大学不詳な上に、そもそもどこの大学にも所属しておらず、学会にも顔を出すことがなかったからである。このため、その容姿を見た者もほとんどおらず、名前から男であると判断されてはいるものの、正確にはその性別すら不詳であるらしい。

しかも、その活動期間はわずか五年間のみ——具体的には三十年前から二十五年前まで——で、その後降脇がどこにいて何をしているのかは、まったくの不明であるという。

そんな、ベールに包まれた数学者である降脇一郎。

俺が、そんな人物の住むダブル・トーラスへ赴《おもむ》こうとしているのは、館の主《あるじ》である彼——もしかすると彼女——に用があるから、ではなく、ダブル・トーラスに滞在している、という、ある別の男に会うためだった。

その男の名は、十和田只人《とわだただひと》。世界中を放浪しながら、各地の数学者たちと共同研究をしつつ、時には殺人事件まで解決するという、俺と同い年の数学者だ。

どうして俺が十和田《そいつ》のもとを訪れようとしているのか。

実際のところ、俺自身は単に使いとして会いに行くようなもので、彼に用があるわけではない。十和田に用があるのは、俺の妹である百合子だ。

今はT大学の大学院に籍を置く、十六歳下の百合子は、身内の贔屓目《ひいきめ》を除いても、頭脳明晰《めいせき》、容姿端麗、まさに才色兼備と言うにふさわしい、俺の自慢の妹である。そんな彼女がひょんなことから『眼球堂の殺人事件』というノンフィクション・ミステリ——そういうジャンルがあるのかどうかは知らないが——を読み、作中、探偵として活躍する実在の人物である十和田の大ファンになってしまったのだ。

この本は、実際にあった事件の当事者が著《しる》したもので、事件の詳細がかなり正確に書き込まれているという。俺も一読はしたが、残念なことに十和田只人という男は、どこからどう見ても「不審人物そのもの」だった。だから俺は正直途方に暮れた。まさか、百合子がこんな変な奴に入れ込むとは——。

ともあれ、そんな十和田熱に浮かされた百合子から、「十和田先生のサインがほしいので、私の代わりにダブル・トーラスまで行って、もらってきてほしい」と頼まれたのが、昨日のことだった。百合子自身はゼミの仕事があるからどうしても行けない——院生ともなると、色々と雑用が与えられるらしい——のだが、この機会を逃せば十和田はまたどこかにふらりと放浪に出てしまうに違いない。だから代わりに行ってきて、というわけだ。そもそも、十和田がダブル・トーラスにいるという情報を、どこから百合子が仕入れてきたのかは解《わか》らないが——。

それにしても、なぜ俺が、あんな変人のサインをもらってこなければならないのか。しかも、俺と同い年の。どうにも腑《ふ》に落ちないものはあるが、しかし大事な妹のたっての願いでもある。渋々ながらも俺は、年休消化を兼ねてX県はY湖くんだりまで車を飛ばしているのだ。

『……じゃあお兄ちゃん、くれぐれもよろしくね』

「ああ、解ってる」

『ザ・ブックは持ってるよね？』

「ポケットに入ってるよ」

『サインしてもらうのは裏表紙だからね。宮司百合子さんへって書いてもらってね。

絶対だよ』
「解った解った。よーく解ったから、百合子も頑張るんだぞ」
『もちろん。じゃあね、お兄ちゃん』
通話を切り、端末を無造作に折りたたんで助手席に放り投げると、俺は、さっさと用を終わらせてしまうべく、アクセルを強く踏み込んだ。とことん妹には甘い兄だと苦笑いしつつ――。

ダブル・トーラスとは、実に変わった建物である、らしい。

らしい、というのは、ダブル・トーラスに関する情報に乏しいからだ。調べる時間があまりなかったというのもあるが、そもそも資料が極端に少なく、あるいは伝聞によるものでしか知ることができないため、その全容がよく解らないのだ。

とりあえず解っているのは、ダブル・トーラスが、元々はY湖周辺の開発計画に伴い「双孔堂《そうこうどう》」という名前の美術館として建てられたものであることと、ダブル・トーラスを設計したのが、沼四郎《ぬましろう》なる男――前出の『眼球堂の殺人事件』において驫木煬《とどろきよう》として登場し、その晩年には異形の建築を多数設計した狂気の建築家――であることくらいだった。

過去、過疎化が進むY湖周辺では、地域振興のための計画がいくつも立案されてきた。花火大会もそうなのだが、そんな計画のひとつにY湖畔を芸術の街にしようというものがあった。五年ほど前に鳴り物入りでスタートした計画だったが、最終的には資金不足により頓挫《とんざ》し、目玉であった双孔堂という建物だけが廃墟として残るという情けない結果に終わったのだという。

だから、双孔堂がいかなる建築であるかは、これが計画頓挫の象徴であることや、双孔堂の設計図面等のすべてを沼四郎が引き上げてしまったことなどから、これまであまり公にされることはなかった。その上、現在では降脇が私有するに至り、名称まで変更されてしまったため、なおのこと詳細が解らなかったのだが、それでも俺は、ダブル・トーラスの外観に関し、廃墟探索家と自称する人物が残したという一枚の俯《ふ》瞰《かん》図《ず》を、なんとか入手した。

※　図1参照

もちろん、こんなざっくりとしたスケッチでは、細かい部分がどうなっているかなど解らない。それでも、異様なものであることは十分に伝わってくる。鍵を思わせる形状。八角形の持ち手に、細長いブレード、大きな円形の穴。それが二枚重なっている。このスケッチを一見しただけでは、これが建物の俯瞰図であるとは、まず思わないだろう。

図1　スケッチ

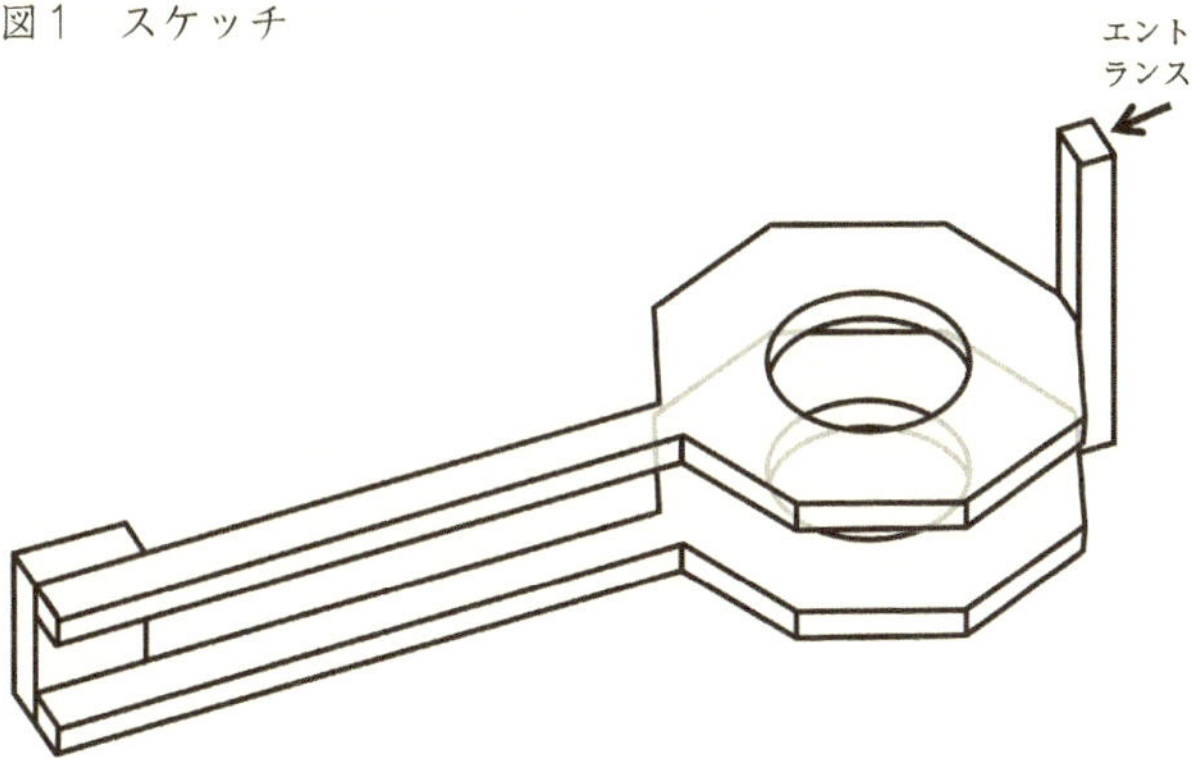

なぜこんな妙な意匠《いしょう》なのか。あるいは、数学的なモチーフを沼四郎は好んで多く用いたとも聞く。もしかするとこの奇妙な二枚鍵にも、何らかの数学的意図がひそんでいるのかもしれないが――。

「『トーラス』っていうのは、ドーナツみたいに穴があいた形のことね」

昨夜、スケッチを睨《にら》む俺に、百合子は楽しげに言った。

「もちろんトーラス体《ソリッド》じゃなくてトーラス面《サーフィス》。一次元ベッチ数は二で、穴の数はその半分。それで……」

「ちょっと待って、君はいきなり何を言い出すんだ……トーラス？　というか、ベッチ数ってなんだ？」

「あ、ごめん。えっとね……トーラスっていうのは位相幾何学《トポロジー》の用語で、ドーナツみたいに穴の開いた形のことを指すの。トーラスの一次元ベッチ数は二になるんだけど、これは直感的には、曲面上に、ある曲面のへりとはならないような曲線を描いたときに、それが何種類あるかっていうことを表した数のこと。トーラスは円周をぐるりと円周に巻いた形だけど、これは円周《メリディアン》と円周《ロンジチュード》の積になっているって考えることもできるから、穴の数がちょうどその半分になるってわけ。オイラー標数と同じ位相不変量だね」

俺は「ふ、ふむ……」などと生半《なまなか》な相槌《あいづち》を打った。必ずしも数学が苦手というわけではないが、それでも返す言葉に窮《きゅう》してしまうほど高いレベルの話を、百合子はしているような気がする。

「でね、その穴の数のことを種数《ジーナス》って呼ぶんだけど、これとか、さっきのベッチ数みたいな不変量に基づいて、多様体をさまざまに分類するの」

「要するに、穴が幾つかで図形の性質が決まるということか？」

「うん。逆に言えば、それはどんな図形も不変量によってしか区別されなくなるってことでもあるの。例えばね、種数がゼロならば穴のない球面と同じ種類。種数が一ならば穴が一つだけ開いているトーラスと同じ種類。だから位相幾何学者《トポロジスト》はね、球は湯呑みと、ドーナツはコーヒーカップと、まったく同じものとみなしているの」

「……うーん、どういうことだ」

「図形が柔らかい粘土でできているって考えてみればいいと思うよ。ドーナツからコーヒーカップへの変形は、どっちも穴が一つだし、簡単にできるでしょ？　だからこれらを同じ類別にまとめてしまおうってこと。あ、もちろん、穴を開けたり塞いだりしたらだめだよ。そうすると種数が変わっちゃうから。これはあくまでも位相同型な変形なの」

「あー、うん、なんとなく解ったぞ。ということは、ダブルトーラスはつまり、穴が二つある……種数が二の図形になるってことか？」

「そう、鋏《はさみ》や二つ穴ボタンと同じ類だね。それぞれの穴に対して、これに引っかかるような曲線を二つと、あとは取り囲むような曲線を二つ描くことができるから、合計で一次元ベッチ数は四になる。ほらね、確かに種数もその半分になっているでしょう？」

「あー。うん。そうなのかな……でも、球とかトーラスとか、数学の世界ではそんなに大事なことなのか」

「もちろん。特にその表面に住む人にとっては大問題。穴が開いている以前に、世界の本質的な形が変わってしまうことになるもん」

「そうなのか？」

「そうなんだよ。例えば、そうだね……私たちの地球がどういう形をしているか、お兄ちゃんは知ってる？」

「球体じゃないのか」

「そのとおり、ちょっとだけ縦に潰れた球よ。でも、その事実はどうやったら確かめられると思う？」

「宇宙に出れば見下ろせるだろう」

「うん。地球を俯瞰して見たり、他にも月食の影で確かめたりはできる。でも、月も太陽もなくて、宇宙に出られる技術もなかったとしたら、表面にいる人たちはそれをどうやって確かめたらいいと思う？」

「それは……」

言葉に閊《つか》えた俺に、百合子はにこりと微笑《ほほえ》んだ。

「一番簡単なのはね、経線《メリディアン》に沿って北にまっすぐ進んでみること。もし地球が球なら、北極点を通過したらあとは南下するはず。でももし地球がトーラスならこうはならずに、いつまでも北上し続けることになる」

「……どういうことだ？」

「お兄ちゃんはＲＰＧ《ロールプレイングゲーム》ってやったことあるでしょ。ああいうゲームのマップって、どこまでも北に進んでいくと、また南に戻ってループするけれど、そんな現象が起こるときには、世界は球じゃなくてトーラスなんだって言えるってこと」

「う、うーむ……」

解ったような、解らないような。また曖昧《あいまい》に頷きつつ、それでもこれだけは俺にも解る。

「まあ……いずれにしてもだ。だからこの建物は『ダブル・トーラス』なんだな。トーラスが二つあるから」

再びスケッチに目を落とす。同じ形をした二つの鍵。それぞれの鍵には、持ち手の部分に大きな穴がひとつ開いている。だからこれは種数が一のトーラスだ。それが二層あるのだから、確かにこれは「ダブルトーラス」であるということになるだろうし、「双孔堂」という元々の名称とも合致する。

俺の言葉に、百合子は、にこりと微笑むと、可愛らしく小首を傾げた。

「正確には違うかも。でも、お兄ちゃんの考え方は大体合ってるよ」

「……？　まあいいや、それにしても百合子はよく知ってるな」

「何を？」

「数学をだよ。位相幾何学なんて、大学の専門でやるような分野だろう。別に数学専攻でもないのに、一体どこで勉強したんだ」

百合子は、はにかんだように答えた。

「えーとね、ほんの少しだけ自分で勉強してみたんだ。ちょっと面白そうだったたから。ふふふ」

ほんの少しだけ。ちょっと面白そうだったから。

そんな他愛もない動機にしては、話す内容は高度なものだ。普通ならにわかには信じられないが、しかし俺はよく知っている。百合子は、それも頷けるほど、小さなころから聡明だったということを――。

――と、そんな昨晩のやりとりを思い出しながら、俺はハンドルを左に切った。

国道から市道へ。さらにダブル・トーラスへと続く、雑木林に挟まれた細い道へと入っていく。半分開けた窓から、草木のざわめきとともに、水辺特有の饐《す》えたような臭いが、湿気とともに忍び込み、俺は無意識に左手で愛用のネクタイを緩《ゆる》めた。

降脇一郎の私邸であり、十和田只人の滞在先であり、俺の目的地でもある二枚鍵の建物――ダブル・トーラスは、この林を抜けた先にある。

ガードレールもない、荒れた道。ヘッドライトの光が激しく上下する行く手を、慎重に進む。

やがて雑木林が終わり、視界が大きく開けると同時に――。

「あっ」

俺は、思わず急ブレーキを踏んだ。

道の行き止まり、崖を目前にした駐車場と思《おぼ》しき場所。

　そこに、赤い閃光を周囲に飛ばしつつ、数台のパトカーが停まっていたからだ。

　――何があったんだ？

　慌《あわ》てて車を下りると、俺はすぐさま、一台のパトカーにもたれかかる、スーツ姿の若い刑事らしき男を捕まえた。

「すまないが、君」

「なんだ？　今取り込み中だ。それにここは部外者は立入禁止……」

　その、肩幅が広く、顔面のパーツがすべて前に寄った、ブルドッグのような顔つきをした男の眼前に、俺は警察手帳を開いてみせる。

「警察庁の宮司だ。忙しいところを申し訳ない」

「警察庁《サッチョウ》……？」

　目を何度か瞬《またた》かせた後、刑事はすぐに背中をしゃんと伸ばし、敬礼をした。

「コッ、これは失礼しました、宮司警視。自分、Y署の刑事で毒島《ぶすじま》といいます。階級は巡査部長で、えーとその」

「挨拶はいいよ、毒島君。それより教えてくれ、何があった？」

「あッ、えーとですね、殺人事件《コロシ》です」

「殺人？　嘘だろ」

耳を疑った。殺人事件——このダブル・トーラスで？　まさか。

だが、こいつは刑事だ。刑事が上長にあたる俺に嘘を吐くとは思えない。眉を顰《ひそ》めた俺に、毒島はさらに驚くべきことを言った。

「本当です。被害者《ガイシャ》は二人です。なんだか不可解な事件《ヤマ》ですよ。ただでさえくそ忙しい最中だっていうのに、本当にまいっちゃいます」

忌々《いまいま》しげにそう言うと、毒島はネクタイを緩めて、汗だくになった首筋を掌であおいだ。なんだか暑苦しい男だが、愛嬌があって人懐こく、決して不快な人物ではない。

それにしても、殺人——しかも、被害者が二人の、不可解な事件、とは。

ふと、パトランプの光がちらつき、赤黒い色に染まった崖を見上げる。背の高い目隠しだ。ダブル・トーラスはこの岩肌の向こうにあるのだろうが、もちろんその全貌《ぜんぼう》を見ることはできない。

——あの向こうで、一体何があった？

「毒島君、忙しいところを大変に申し訳ないんだが、現場へ案内してくれないか。状況を知りたい」

十和田に会いサインをもらうという当初の目的から大きく外れてはいるが、事件が起こっているとなれば、警察官として無視するわけにはいかない。

「はッ。了解です、宮司警視」

俺の申し出に、毒島は素早く敬礼を返すと「ではこちらへ」と言って、崖の右側を斜めに上る緩やかな石段を駆け上がっていった。

ダブル・トーラスの入口はこの上にあるということだろうか。俺も毒島の後をついていく。

崖を切り通してつくられ、両脇を雑木に挟まれた石段は、左に大きく湾曲しつつ、徐々に高くなっていく。

結構な距離を上った後、石段は狭い広場に抜けた。

そこもまた、四方を赤茶けた崖に囲まれていたが、ちょうど向かい側の崖から、まるでこちらへ突き出したかのようにコンクリートの建造物が飛び出ていた。中央には幅広なガラスの扉が見える。

「ここは？」

「エントランスです。ダブル・トーラスにはここにしか入口がなくって、いちいちあの長い石段を上がってこなきゃならないんです」

「面倒だな」

少なくともバリアフリーの発想は感じられない。

「では中に……わッ」

ガラスの扉を開けようとした毒島は、その瞬間、逆にびくりとそこから一歩飛びのいた。

扉の向こうから、数人の警察官たちが出てきたからだ。

いずれも眉間《みけん》に皺《しわ》を寄せ、警戒心を顕《あら》わにした表情の制服警官たち。

彼らに続いて出てきたのは、まず背筋を伸ばした黒のパンツスーツ姿の女。そして、よれたシャツに擦り切れたグレーのブレザーを着て、顎《あご》一面に無精髭《ぶしょうひげ》を生やし、ぼさぼさ頭で、鼈甲縁《べっこうぶち》の眼鏡をかけた男だった。

あいつは――。

「船生《ふにゅう》警部補ッ」

毒島が、パンツスーツの女に向かって敬礼をした。女は、俺よりも少し若いくらいだろうか。髪の毛を後ろにまとめ、美人だが険《けわ》しい顔つきをした彼女もまた、刑事であるようだ。

船生は、ちらりと毒島の方を見ると、言った。

「ごくろうさま、毒島君。何か異常はあった？」

「いえ、特には何も」

「そう、ありがとう……ところでそっちの人は？」

「あッ、ええと、こちらは」

「宮司だ。警察庁の刑事局にいる」

俺は、毒島の紹介を待たずに、船生に警察手帳を開いて見せた。

「たまたま別用でここに来たが、事件があったときいて、毒島君に案内してもらっている。邪魔をして申し訳ない」

「警察庁……？」

船生は、鼻をぴくりと震わせると、不審そうに目を眇《すが》めた。あまり好意的ではない雰囲気だ。

「ところで船生さん、犯人《ホシ》は上がったんですか？」

横から問う毒島に、船生は頷いた。

「ええ。すでに身柄を確保したわ。所轄に戻るから毒島君、あなたは課長に、これから任意でマルヒを連れて行くと連絡を」

マルヒだって？

驚いた俺は、たまらず船生に訊く。

「おい、これは何かの間違いなんじゃないのか？」

「はい？　何ですって？」

怪訝《けげん》そうな応答。だが俺はなおも問う。

「証拠があっての話なのか、これは」

「それは当然です。何か問題でも？」

「おい、君たちは何をごちゃごちゃ言っている」

突然、船生の後ろから、男がぬっと割り込んだ。

男は、鼈甲縁の眼鏡の奥から色素の薄いぎょろりとした瞳《ひとみ》を覗かせつつ、にやりと口角を上げた。

「証拠など要らない。そもそも必要がないからだ」

俺は——この男を知っている。この男の顔写真を、俺は百合子から「この人が先生だからね、間違わないように気をつけて」という言葉とともに、何度も覚えさせられていたのだから。

つまりこの男が——十和田只人。

十和田は、初対面の俺に向かって、自信満々に、しかしとんでもないことを言ってのけた。

「犯人は僕だ。そうでしかあり得ないんだ」

「ねえ、みんな悪い夢なんじゃないかな、ヘビも、待ち合わせも、星のことも……」

でも王子さまは、僕のことばに答えなかった。

「たいせつなことは、目では見えない……」

第Ⅱ章　犯人は僕だ

1

十和田只人が、ダブル・トーラスで二人の人間を殺した。しかも彼はその事実をはっきりと認めた。

つまり、自白した。

船生に連行され、ひょこひょこと滑稽《こっけい》な歩き方で、しかし堂々と去っていく十和田の後ろ姿を、俺は唖然《あぜん》としながら見送った。

もちろん、百合子に頼まれていたサインをもらうことはできなかった。そんな余裕はなかったし、もしサインを求められたとしても、船生がそれを阻《はば》んだだろう。

石段の下から、唸るようなサイレンの音が響き渡る。それはやがて夜空にしみこむように、徐々にボリュームを落とし、消えていく。

十和田はパトカーでY署へと連行されたようだ。

「……あの、宮司警視？」

背後から、そっとご機嫌を伺うような声で毒島に訊かれて、俺は我に返った。

「すまない、ぼうっとしていた。……どうかしたか」

「いえ、あのですね、警視はこれからどうされるのかなと思いまして。もし所轄まで行かれるのでしたら、別途ご案内しますけど」

「あーいや、それは遠慮しておくよ」

俺は首を横に振った。

「部屋ん中はあんまり好きじゃないんだ」

「珍しいですね、官僚《キャリア》なのに」

「偏見だ、と言いたいところだが、あそこは確かに内向きの連中が多いから反論はできないな。まあ、どの現場を好むかは人それぞれってことだよ」

今Y署に行けば、おそらくあちこちの部署を挨拶して回らなければならなくなる。もちろん、勾留されている十和田から色々と話を聞いてみたいところではあるが、Y署も取調中だろうし、あの女刑事の近くにいるのもなんとなく落ち着かない。邪魔しないよう、ひとまず後回しとすべきだろう。

それよりも、俺にはこっちの方が気になっていた。

十和田が犯人であるということはさておき、誰がどんな状況下で、どうやって殺されたというのか。しかも、聞き違いでなければ、毒島は先刻この事件を「不可解だ」

と形容した。それは一体、何を指しての表現なのか。

　だから俺は、毒島に言った。

「……毒島君、厚かましい頼みなんだが、俺も現場に入っていいか。俺にも一応広域捜査できる権限はある。見たところ人手も少ないようだし、多少なりとも力にはなれると思うが」

「いやいやいやいや、警察庁の警視殿にそんなことをやってもらうなんて恐れ多いですよ」

「何言ってるんだ。俺だって警察官であることには変わりない」

「うーん、そうですかあ……」

　暫し思案してから、毒島は言った。

「それだったら、是非《ぜひ》一緒に来てください。警視もおっしゃったとおり、今日は本当に、びっくりするくらい人が足りていないんですよ。それこそ猫の手も借りたいくらいでして……ですので、僕らの代わりに中にいる参考人たちから、色々と話を聞き出してもらえると、すっごく助かります」

「解った。じゃあ早速《さっそく》、案内を頼む」

「はッ、了解です。ではこちらへ」

　毒島はくるりと踵《きびす》を返すと、ガラスの扉を開けて、エントランスの中へと入っていった。

俺もまたその扉に手を掛け――ふと、考える。

現場に入る前に百合子に一報だけ入れておこうか？

だが、やめた。ここで何があったのかも解らないのに、十和田が殺人事件の犯人らしいと告げてみたところで、百合子は混乱するだけだろう。妹にはもっと詳しい事情が解ってから教えるべきだ。

そう決めると、俺は改めて毒島の後を追い、扉の向こうへと身体をくぐらせた。

岩肌を穿《うが》つようにして作られた、コンクリート打ち放しのエントランス。幅が広く、両側にカウンターのようなものが設《しつら》えられているのは、美術館として建てられた名残だろうか。綺麗に掃除されてはいるが、セメントむき出しの壁はところどころ黒ずんでいて、その部分がまるで幽霊の影のように不気味に浮かび上がっていた。

エントランスの奥には、すでに一基のエレベータが待機していた。毒島は一直線にそこへと向かっていく。

「ここからエレベータに乗ります。ダブル・トーラスの中に入るには、これを使うしかないんですよ」

「エレベータか……。ここからさらに上るのか？」

「いや、下りるんですよ。ここはエントランス階で、下にダブル・トーラスの一階と二階があるんです」

一階と二階。あの重なった二枚鍵のそれぞれだろうか。想像しながら言葉を継ぐ。

「そういえば毒島君、君はさっきここにしか入口はないと言っていたが、要するにこのエレベータが唯一の出入口だってことか？」

「ええ、ここだけです」

「非常階段も？」

「ありません」

「うーむ、なんだか危ない造りだな……」

出入口が一つだけということは、つまりそこを断たれるとどこにも逃げられなくなるということだ。これには何か、特別な理由でもあるのだろうか。例えば、誘い込んだ誰かを逃がさないような——。

いや——違う、と俺は首を強く横に振った。何をためらう。エレベータに乗るくらいのことで怖気《おじけ》づいてどうする。

「……場合によっちゃどうしようもなくなるでしょうね。火事とか。というか完璧に建築基準法違反ですよね。まあいいですけど」

毒島は、能天気な笑いを浮かべつつ、先にエレベータに乗り込むと、片手でドアを押さえた。

「どうぞ、警視」

「ああ……。すまない」

腹を決め、俺もエレベータに乗り込む。

広いエレベータだ。天井全面が照明になっているお陰で、エントランスよりもずっと明るく、ありがたいことに閉塞感《へいそくかん》は薄い。

ドアは二枚あった。今まさに俺が入ってきたドアと、その対面にもうひとつ。

対面のドアの横には、四角いボタンが三つ縦に並んでいた。何も表示はされていないが、上からエントランス階、二階、一階を意味するものと思われた。毒島が一番下のボタンを押すと、中央がぽうっと橙《だいだいいろ》色に光り、同時に背後のドアが音もなくすうっと閉じた。

直後、かたんと小さくかごが揺れ、エレベータがゆっくりと下降を始めた。同時に、胃の内容物が攪拌《かくはん》されるような嫌な感覚に襲われる。

妙に振動が激しくはないか——不安感に喘《あえ》ぐように顔を上げると、ドアの上に三つの丸いランプが横に並んでいるのが見えた。そのランプにも何も書かれてはおらず、ただ一番左のランプだけがボタンと同じ橙色に点《とも》っていた。

暫《しばら》く見ていると、左のランプが消え、代わりに中央のランプが点った。今まさに二階を通過しているということだろうか。

不意に、目眩《めまい》に襲われた。足の裏に圧が掛かり、一瞬身体の重みが増すと、胃袋をつかまれるような不快感とともに、喉の奥から酸っぱいものが込み上げる。揺れがひどい。ぶうんという低い振動音も耳につく。俺は壁にもたれかかると、苦い味のする生唾《なまつば》を飲み込んだ。早く一階に着いてくれないだろうか――。

――かつて俺は、エレベータの中に閉じ込められるという経験をした。あのときの恐怖感。それに前後する事件の混乱。そのせいか、今もエレベータがあまり得意ではないのだ。このことは誰にも言ったことはない――もちろん百合子にも。

「どうかしましたか？　警視」

「あ、いや……なんでもない」

手を振って誤魔化《ごまか》すと、気を紛《まぎ》らわせるために、俺は毒島に話を振った。

「ところで、事件はいつ起こったんだ？」

「通報があったのは、午後八時前ですね」

「そのとき、ここには誰がいた？」

掠《かす》れ声の質問にも、毒島ははきはきと答える。

「主の降脇という男と、その使用人が二人、あとは降脇に招待されてやってきたという大学の先生と女が一人、それと経緯はよく解らないんですが、押しかけてきたっていう連中が三人ですね」

「都合八人か。その中には、被害者も？」

「含みます。犯人も入ってます」

犯人とはもちろん、十和田のことだろう。

「被害者ってのは誰なんだ？」

「それはですね、一人は、鰐山豊《わにやまゆたか》というT工大の教授です。かなり有名な数学者らしいですよ。まあ、僕は聞いたことないですけど」

「俺もだ。まあ、数学者の名前なんて、俺たちから縁遠いものだしな」

知っているのは十和田の名前くらいのものだ。あるいは、百合子ならよく知っているかもしれない。

「それで、もう一人は？」

「ええ、それはですね……」

不意に、ひゅんと口笛を吹くような音とともに、エレベータが小刻みに揺れ、身体が重くなった。

顔を上げると、右のランプが点灯している。

「あッ、着きましたね。一階です」

毒島のその言葉と同時に、入ってきたときと反対側のドアが、すうっと音もなく開いた。

ドアを押さえて「どうぞ」と促《うなが》す毒島に、俺はエレベータを下りると、あらためて訊いた。

「……で、もう一人は？」

毒島が、俺の背後から答えた。

「ここの所有者、降脇一郎ですよ」

2

エレベータを下りるとすぐ、廊下が左右対称に鈍角をなして延びているのが目に入った。

幅二メートルほどの、さして広くはない廊下だ。低い天井と、凹凸のない単調な白い壁紙。床は濃い臙脂《えんじ》色《いろ》の絨毯《じゅうたん》張りだ。辺りは、壁の上端に埋め込まれた間接照明しかないせいか、薄暗い。

左右の廊下の行く先は、それぞれ十メートルほど先で折れ曲がっていて、その向こうを見通すことはできない。ダブル・トーラスは鍵のような形をしており、その持ち手部分は八角形だ。おそらくこの廊下はその八角形の縁に沿って造られたものだろう。

正面に目を移すと、そこに一台の監視カメラがあった。

真正面、壁と天井の境目から、ちょうどエレベータ全体を睨むように、カメラがレンズを向けている。出入りする人間を監視するためのものか、それとも、エレベータの動き——外側のドアの上にも、かごの内側と同じく、三つのランプが並んでいるのだ——をチェックするためのものか。

「宮司警視、右手へ」

毒島が、俺を追い越して右側の廊下を進んだ。

「関係者は全員広間に集めています。まずはそちらに」

早足の毒島を追いかけながら、俺は廊下の様子を窺う。

左側に焦茶色のドアと間接照明、それ以外は、白い壁が延々と続くだけで、装飾はおろか窓すらない。何もないせいか、ひどく不気味だ。

廊下が一度、左に曲がった。

通りすがりに、折れ曲がりの角度を目測する。直角におよそその半分を足しあげた鈍角。正八角形の内角である百三十五度とほぼ同じであり、さっきの予想を裏づける。

「それにしても……」

俺は、辺りを見回しつつ、前を行く毒島に声をかけた。

「本当に人手が足りていないんだな。さっきから誰ともすれ違わない」

「そうなんですよ」

毒島が、振り返りもせずに答える。

「実は十人も動員できていないんです。二つある現場にそれぞれ四人配置していますが、あとは広間に監視をつけて、それで終わりですよ。本当はもっと人手がほしいんですが、ほとんど花火の方に取られちゃってまして……喧嘩《けんか》だの、ひったくりだの、スリだの、落し物だの、迷子だの、交通事故だの、まあ商売繁盛もいいところです。うちは小さい所轄ですから、応援ももらってるんですが、それでもてんてこまいで」

毒島は、うんざりとしたような口調で、しかし饒舌《じょうぜつ》に述べた。

Y湖の周辺は過疎化が進んでいる地域だ。だからこそ地域振興のために市が花火大会など催《もよお》すのだが、一方で警察署には過疎化した地域の人口に合わせた小規模な人員配置しかなされない。そんな状況下で、都心から何万人も大挙して人がやってくるのだ。祭りに乗じて酒を飲み、羽目を外してさまざまな問題を起こす輩《やから》も多いだろう。署がオーバーフローするのも、当然のことだ。

「苦労させるな。すまない」

「えッ、なんで警視が謝るんですか」

「適正な人員配置が中央の仕事だ。なのに、それがちっともできていないから、こんなことになる。本当に、現場には申し訳ない」

「そんなことないですよ。うちが忙しいのも今日明日だけのことですし、いつもはむしろ暇なくらいですし」

余計なことを言ったと感じたのか、毒島は慌てて言い訳を繰り返しつつ、左手に見えるドアのノブを握った。

「……こちらが広間です。どうぞ、宮司警視」

広間は、大きな横長の部屋だった。手前側の壁は中央で折れ曲がり、向かい合う壁は手前に丸く湾曲していて、その最も出っ張った部分にシンプルな時計が掛かっていた。

右手にはオープンキッチンがあった。胸までの高さのカウンターに仕切られた向こうに、冷蔵庫や、ガスコンロ、シンクの類が見通せる。

左側の壁は、廊下と同じアクセントのない白壁が一面に広がっていたが、天井付近には、エレベータの前に設置されていたものと同じ監視カメラがあり、広間全体を見渡している。エレベータ前を監視したり、広間を監視したりと、随分と防犯意識が高いようだが、それにしても——。

部屋がやけに眩しい。

直接照明だからだろうか？　目を瞬きつつ部屋の中央に視線を送ると、そこには幅広の大きなテーブルがあり、片側に三人の男女が並んで腰かけていた。その横に立つ大柄な警察官は、俺たちが入ってきたことに気づくと、素早い敬礼で出迎えた。

「……ごくろうさん。何か異常はなかったかい？」

声をかけた毒島に、警察官はきはきと答えた。

「はい、今のところ特には何も。ところで巡査部長、そちらの方は？」

「こちらは警察庁からいらした宮司警視だ。今回特別に捜査にご協力をいただいている」

「け、警視……」

階級を聞いて、警察官の背筋が伸びた。彼にすれば、中央にいる俺は緊張する相手だろう。俺自身はそんなにご大層なものでもないと思っているのだが。

「背の高い使用人はどうした？」

毒島が、きょろきょろと辺りを見回しながら警察官に訊いた。

「はい、あの男は今、鑑識班にこの建物の案内をしています。三十分ほど前に出ましたので、暫くしたら戻ってくるかと」

「三十分か。まあ、この屋敷はでかいからなあ。調べるのだけで一苦労だよ。ただでさえ人が足りないのに、まったく……」

毒島が、ぶつぶつと小声で愚痴《ぐち》を吐いた。

俺は、テーブルの前にいる三人の男女に視線を送りつつ、ぼやき節《ぶし》を続ける毒島に訊いた。

「……毒島君、ちょっといいか」

「あッ、はい、なんでしょうか」

「彼ら三人が、事件があったときにここにいたっていう参考人か？」

「ええ。あと使用人が二人いますが、一人は今、中の案内をさせているところですので、間もなく戻ってくるかと」

「もう一人は？」

「夕方から車で外出していて、まだ帰ってきていないそうです。いずれ帰ってくると思いますが、たぶん、事件があったことも知らないでしょうね」

「なるほど」

頷くと、俺はそっと三人とテーブルをはさんだ向かいに座った。

俺の存在に気づいた三人が、示し合わせたように同時に顔を上げる。彼らが息を吸い、言葉を発しようとしたそのタイミングを捉え、俺は口角を上げた。

「どうも、はじめまして、宮司と言います。このたびは本当に、大変なことになってしまったようで。心中お察しします」

「君、誰だ？　……刑事か？」

中央に座る、やや小太りで、生え際が後退した男が、怪訝そうな表情で訊いた。

「まあそんなものかと」

俺は表情を変えずに答える。

「どこの所属だ？」

「警察庁です」

「なんと、中央のエリート官僚様じゃないか。そんな人間が直接事件に出張《でば》ってくることがあるのか」

「まあ、根が物好きなもので。ところで、あなたのお名前は？」

「平《たいら》だ。平国彦《くにひこ》」

老《ふ》けた印象があったが、よく観察してみると、顔には皺も少なく、残った髪もまだ黒々としている。おそらく四十を少し過ぎたくらいだろう。首回りがびろんと伸びただらしない長袖の丸首シャツを着て、ポケットに手を突っ込んだぞんざいな格好の平は、三白眼で俺を見つめながら答えた。

「しかし、本当にまいった。まさかこんな大事件に巻き込まれるとは」

「平さん、ご職業は？」

「大学の教員だよ。M大で数学の講師をしている」

「今日はどうしてここに？」

「そりゃあまあ、あれだ。鰐山あるところ平ありというやつでね」

「……？」

「俺の終生《しゅうせい》のライバルである鰐山が、あの降脇一郎に招待されて会いに行くというんだ。この俺が押し掛けないわけにはいくまい」

「つまり、その鰐山さんという方を追い掛けてここまで来たということですか」

「そういうことだ」

「裏を返すと、あなた自身は降脇さんからの招待を受けてここに来たわけじゃないと」

「それはまあ、そうなるな」

眉を八の字に曲げると、平はふんと鼻から息を吐いた。

降脇からすれば、平は招待なしにここにやってきた招かれざる客ということか。

俺の心の呟きを読み取ったのか、平が釘を刺す。

「君が妙な疑いを持っているのならあらかじめ言っておくが、この事件と俺たちはまったくの無関係だ。つまり俺たちがここにいるのは、まさに偶然の産物でしかないということ。それは理解してくれ」

「とりあえず解りました。それより、俺『たち』とは？　どなたか平さんと一緒に来られた方がいるんですか」

「ああ、ここにいる」

平が、向かって右に座る女のほうを向いた。

「鳥居《とりい》君だ。僕と一緒にここに来た」

「まるで同類のように言うのはやめてくださいよ、先生。あたしの場合は、そもそもここにいるのも、とばっちりやとしか言いようがないんですから」

その、肩までの髪を茶色に染めた、化粧の濃い彼女は、ほんの少し関西のイントネーションが残る喋《しゃべ》り方で言った。

「あたし、鳥居美香《みか》といいます。こっちにいる平先生のゼミに所属してます」

「鳥居さんか。学年は？」

「四年です。学生証見ます？」

「それは結構。で、鳥居さんはどうしてこちらへ？」

「あの、それはですねー」

鳥居は、うんざりした顔で平を見た。

「ほんと、無理やり連れて来られたんですよ、この先生に」

「無理やり……？」

「鳥居君、妙な言い方はやめろ。宮司さんが怪訝そうな顔をしているだろう」

平が会話に割り込む。鳥居は、右手をひらひらと顔の前で縦に振った。

「あーはいはい。ええとですね、降脇先生と鰐山先生に会いに行くから、とにかく一緒に来いと言われましてね。そしたら無条件に単位やると」

「つまり、単位目当てでついてきた」

「そう考えてもらって構いません。けど正確には、ついてこなかったら単位はやらへんということですね」

「だから、無理やり」

「ええ。強制です」

「だからそんな言い方はやめろ。俺は人攫《ひとさら》いじゃないんだぞ」

三白眼を眇めた平に、鳥居はあっさりと言う。

「そう言わはりますけどね平先生、本当のこと言わなあかんでしょ？　刑事さんに嘘吐かれへんし」

「まあ、それはそうだが。うーん」

平は唸った。

面白いものだ。どうやらこの二人、単位を付与する側の平が、学生である鳥居を振り回しつつも、なぜか主導権が部分的には逆転しているという、よく解らない関係にあるらしい。

なるほど、などと適当に相槌を打ちつつ、俺は、向かって左に座る、先刻から黙ったままの女に、唐突に身体を向けた。

「それで……あなたのお名前は？」

びくり、と女は身体を強張《こわば》らせた。

その様子を、俺は容姿とともに観察する。年齢はおそらく二十代半ば。着ているワンピースは、上は細身で後ろボタン、ふわりと膨《ふく》らんだあざやかな水色のスカートは、曇《くも》りひとつない抜けるような青空を思わせた。

黒く長いストレートの髪と、それとは対照的な真っ白な肌。そして――。

琥珀色《こはくいろ》の瞳。西洋人の血が混じっているのだろうか、顔立ちもやや彫《ほり》が深い。

女は、か細い声で答えた。

「あの……鰐山明媚《めいび》、です」

「鰐山さん？　……もしかしてあなたは、事件に遭われた鰐山さんと何か関係があるんですか。親戚の方？」

「……妻です」

「奥さん、ですか」

驚いた。鰐山はT工大の教授だ。その職にあれば少なくとも五十歳は超えているに違いない。そんな男の妻が、まだこんなにもうら若き女性だとは――。

「そうでしたか。そうとは知らず、不躾《ぶしつけ》な質問をご容赦ください。このたびは本当に、ご愁傷様《しゅうしょうさま》でした」

「いえ、……こちらこそ、すみません」

明媚の言葉には、外国人の喋る日本語のような、奇妙な抑揚が垣間見《かいまみ》えた。明媚はそれきり、また口を閉ざす。喋るのが億劫《おっくう》だといった印象だ。とはいえ、最低限訊いておくべきことは訊かなければならないのが俺の仕事である。

「鰐山明媚さん、とても話しにくいことかもしれませんが、教えてください。あなたはどういった経緯でここに来られたんですか」

「…………」

ややあってから明媚は、無表情のままで頷いた。透明感のある美人だが、感情の起伏を感じない今は、その端正な顔つきも、ガラスの彫像のような冷たく壊れやすい印象の方が色濃い。

明媚は、ゆっくりと答えた。

「降脇先生のご招待を受けたのは、豊さん……夫だけでした。私は家で留守番をしているつもりだったのですが、夫は私も一緒に行くべきだと言って、それで……」

「あなたもここに連れてきた」

「そうです」

なぜ鰐山は妻を一緒に連れてきたのだろう？　俺はさらに問う。

「配偶者を招待先に連れていくというのは、外国のパーティなどではよく聞きます。でも日本ではあまりないこと……なぜ鰐山さんは、あなたをここに連れてきたのでしょうか」

「それは、あの……よく解りません」

身体を震わせつつ、明媚は首を横に振った。

「ごめんなさい、今はあまり頭が回らなくて……」

「そうですか、解りました。じゃあ今の私の質問は忘れてください」

俺は手を振ると、わざとにこやかに言った。

彼女は夫を喪《うしな》ったばかりだ。のみならず、夫が殺された現場の建物に閉じ込められた格好にもなっている。

精神的に不安定な彼女に問えるのも、今はここまでだ。詳しいことはまた後で聞けばいい――。

「本当に……ごめんなさい」

「いや、こちらこそ答えづらいことを無理強《むりじ》いしてしまって申し訳ない。……そういえば」

俺は、身体を再び平に向けた。

「平さん、ここには十和田只人という男もいたそうですが、彼のことは知っていますか？」

「もちろんだとも。同業者だからな」

「なるほど。では十和田がどうしてここに来たのかは？」

「それはあれだよ、いつものやつだ」

「いつものやつ？」

目を細めた俺に、平は説明した。

「押しかけ癖《ぐせ》だよ。宮司さん、あんた十和田君が放浪癖《へき》を持っているのは知っているか？」

「ああ、それは知っています」

あの小説にも、十和田が世界中を放浪して歩いているという描写があった。だからこそ十和田は「放浪の数学者」という二つ名を持っているのだ。

「彼がそんなことをしているのはな、とにかく世界中の数学者と共同研究するためなんだよ」

「そうらしいですね」

「問題は、その共同研究の方法だ。十和田君のやり方というのがな、これがなかなか相手の自宅にノーアポイントで押しかけるんだよ。早朝だろうが、深夜だろうが、相手の事情だとかいったことは一切お構いなしにな。それで彼は決まって、玄関先から大声で叫ぶんだ。『研究がしたいから中に入れろ』とね」

「それは確かに強引だ」

というより迷惑だ。性質《たち》も悪い。

「俺も過去、何度もやられたよ。しかも奴は、それこそ共同研究に納得するまで何泊でも滞在していくんだ。家の中をぐちゃぐちゃに散らかしながらね。それでも最終的にはいい共同研究が完成するからよしとしているが……それはともかく、つまり彼は、誰かと共同研究がしたくなると、とにかく相手の家に、突撃をかますという癖があるわけだ」

「要するに、十和田は、このダブル・トーラスに降脇一郎という伝説の数学者がいると聞きつけ、共同研究をするために押しかけたと」

「そういうことだ」

平は頷くと、それに続けて小声で呟いた。

強引なんだよ」

「強引、というと」

平は肩を竦《すく》めた。

「だが、十和田君が犯人だとなると、少々事情が異なってくる。押しかけたんじゃなく、初めから計画的だったんじゃないかと」

「…………」

俺は、あえて口を噤《つぐ》んだ。

平の言うことは正しい。だが、だからといって警察の人間が、関係者の前で迂闊《うかつ》なことは言えない。確かに十和田は自首したが、本当に犯人かどうかはまだ解らないからだ。

一度深呼吸を挟むと、とりあえず俺は頭の中で会話の要旨《ようし》をまとめた。

つまり――被害者である降脇は、同じく被害者である鰐山をダブル・トーラスに招待した。鰐山は妻である明媚を同行させた。一方、平は鳥居とともに、降脇に会うために来た。十和田も降脇との共同研究を求めてやって来た。こうして六人は、まったく偶発的に、ダブル・トーラスに集《つど》うこととなった。そのほかに使用人が二人いる。一人は館内を案内中、そしてもう一人は車で外出中。

以上、都合八人。そのうちの二人、すなわち降脇と鰐山が殺され、さらに十和田が自首したのが、今の状況だということになる。

「ふうむ……」

俺は唸ると、思考を続ける。

とりあえず、そこまでは解った。だとすると次に問題になるのは、一体彼らはいかなる事件に遭遇したのか。そして毒島が言っていた事件の「不可解」なこととは、一体何なのか、だ。

もちろん、それはただ考えているだけでは解らない。俺はテーブルの上に両肘《りょうひじ》を突くと、あらためて彼らに訊いた。

「では……教えてもらえますか。このダブル・トーラスで、今日、一体何があったのか」

俺の問いに、当事者たちは、暫しお互いに顔を見合わせつつも、やがて、おもむろに今日あったことを語り出した——。

3

「まだ着かないんですかー、先生ー」

切通しの長い石段を、ヒールの踵《かかと》をかつかつ鳴らしながら、鳥居が叫ぶ。

「もう結構上ってると思うんですけど。ていうか平先生、歩くの速すぎ。この靴だとすごく上りにくいんですから、少しは配慮してくださいよ」

「高々《たかだか》数百メートルの道のりに文句を言うな。もうすぐだよ」

平は、後をついてくる鳥居を振り向きもせずに言った。

そんな平に、責めるような表情を向けつつ、鳥居は続ける。

「それにしても先生、なんであたしも行かなあかんのですか。あたしがいるべき用件なんて、別にないでしょ」

「ぶちぶち文句垂れるな。君の恩師がわざわざこんなところまで出張ってるんだ。誰かが一緒に行かないと、何かあったら大変だろうが」

「知らんわ。先生のことなんか。全然大変でもないし。ていうか恩師って誰やねん」

「なるほど、君は単位がほしくないんだな」

「あーすみません、恩師さんに何かあったら大変やわー。……まあ、それはどうでもええんですけど、それよりあたしら二人で約束もせずに押しかけていくなんて、先方さんに迷惑やないですか？　だって、降脇先生いう人が招待してはるのって、鰐山先生だけなんでしょ」

「まあな。だが、降脇先生ともあろう者が、来てしまったものをあえて拒《こば》むこともしないだろう」

「そうですかね。まあ、あたしは別にどっちだってええんですけど……」

文句を垂れつつ、鳥居は、かつんかつんと喧《やかま》しい音を立てて、平の後をついてくる。

鳥居美香――理系らしからぬ派手な出で立《た》ちの女子大生だ。数学科に籍を置くが、今のところ数学に真正面から取り組もうという特別な意欲は感じられない。それどころか指導教官の平にもしばしば憎まれ口を叩き、尊敬してもいないようだ。にもかかわらず平は、受け持つ学生の中でもとりわけ鳥居のことを気に掛け、可愛がっていた。彼女は将来、非常に優秀な数学者となる素質があるとにらんでいたからだ。鳥居には他の学生には見られない顕著《けんちょ》な独創性がある。人生も下り坂にいる自分の跡《あと》を継《つ》がせるという意味でも、単に勉強として学ぶだけではない、もっと数学の深遠さに目覚めてほしい。平はそう考えていたのだ。

だからこそ、彼女を鰐山やあの降脇一郎に会わせることには、大きな意味がある。

だが――。

「あー踵にマメできてる。もう嫌」

背後から飛ぶ文句。やれやれと苦笑いしつつ、平は顔を上げた。

切通しに差し込む光が岩肌を黄金《こがね》色に染めていた。時刻は二時を過ぎたくらいだろうか。目を細めつつ、ふと、平は思う。

――こうして鳥居君の先を歩けているのだから、まだ当分は大丈夫か。

平は顔を前に向けると、次の石段に背を丸めつつ右足を上げた。

エントランスを入るとエレベータがあった。

「さすがに勝手に入るのはまずいんじゃ……」

「だろうな。……あ、あれで話ができるんじゃないか？　ほら、そこに電話機があるだろ」

エレベータ横のカウンターに受話器があった。

「ちょっと先方に話してくれ」

「え、あたしがですか？」

ぶつぶつ文句を言いつつも、鳥居は受話器を取り上げ、耳に押し当てた。「……あ、はい、すみません、お願いします」といったようなやり取りの後、暫くしてエレベータから黒縁眼鏡を掛けた女が現れた。

「約束はないが、降脇先生に会いたい……ですか」

その、小柄でなんだか垢抜《あかぬ》けない雰囲気の女は、平たちにアポイントがないと解ると、あからさまに怪訝そうな顔を向けた。

「迷惑は掛けないよ。ちょっと降脇先生にお会いするだけだ」

「ですが……」

「いいじゃないか。君たちは見知らぬ来客はすべて拒むのが常識だと思っているのか？　それとも、俺たちが入ってはならない特別の理由でもあるのか」

「いえ、決してそういうわけでは……でも……」

結局、平の口八丁に、使用人——彼女は飯手《いいて》と名乗った——女は、数分後、漸く二人がダブル・トーラスに入ることを許したのだった。

「……先生、強引やわ」

「まあ、それが取り柄だからな」

「それ『だけ』の間違いじゃないですか」

エレベータを下り、廊下を右に進むと、二人は広間に通された。

広間には先客が二人いた。ブラウンのジャケットを羽織り、眉間に深い縦皺を刻んだ初老の男と、水色のワンピースを着た若い女——明媚だった。

初老の男は、平の姿を見つけるや、縦皺をさらに深くし、警戒心もあらわに立ち上がる。

「やっ、貴様、平じゃないか。なぜここに」

「おやおや、そういうあんたは鰐山豊大先生。こんなところで実に奇遇だな」

「奇遇なものか、どうせ私のことを追ってここまで来たのだろう。いい加減、私につきまとうのはやめてくれないか」

平は、手近な椅子にそろりと腰かけると、鰐山に向かって不敵な笑みを浮かべた。

「そんなつれないことを言うなよ、鰐山。俺はただ単に、降脇先生に会いに来ただけだ。ところでそっちにいるのは、例の若い奥方か？」

「貴様には関係のないことだ。それより降脇先生に会いに来たと言ったが、まさか貴様も招待されたのか」

「いいや。別にそういうのじゃない」

「じゃあ無理やり押しかけてきたってことか？　降脇先生の都合も考えずに」

「別にいいじゃないか。固いこと言うな。俺がいつ誰に会いに来ようが、それは俺の自由なんだしな」

不遜な顔つきで平は続けた。

「まあ、あんたが俺のことをとことん嫌う気持ちは解るがね。だがそういうことをするのは、せめて学会でだけにしてくれないか。子供じゃないんだからな」

「何をっ」

額《ひたい》に青筋を浮かせて、いきり立つ鰐山。だが平は、そんな鰐山の怒りに気づかない振りをしつつ、わざときょろきょろと辺りを見回した。

「ところで、藤《ふじ》天皇はいないのか？　あの降脇先生が二十五年ぶりに姿を現すんだ、陛下もいると思ったんだが」

「御大《おんたい》が？　馬鹿を言うな」

鰐山は、ゆっくりと椅子に腰かけつつ、吐き捨てるように言った。

「藤先生がいるはずがないだろう。そもそも来られないんだぞ」

「解らんぞ、あの藤天皇のことだからな」

「……平先生？」

鳥居が横から、声をひそめて平に訊いた。

「あの、今、平先生が言った藤天皇って、もしかして、K大にいてはった藤衛《まもる》先生のこと？　日本数学界の重鎮《じゅうちん》やったっていう」

「そうだ、その藤衛だ」

平は頷いた。

御年《おんとし》九十歳になるという藤衛は、若いころからさまざまな数学の分野でめざましい研究成果を上げ続けた大数学者である。その、分野を選ばない広汎な仕事ぶりから、最後の万能人と呼ばれたフランスの数学者アンリ・ポアンカレ、あるいは前世紀末に数学における二十三の重要問題について講演を行い、二十世紀の数学の発展に大きく寄与したダーフィト・ヒルベルトに因《ちな》み、「日本のアンリ・ヒルベルト」と称されるほど、国内外の尊敬を集める人物でもあった。

日本の数学界にも長く君臨《くんりん》し、「藤天皇」とまで呼ばれていた碩学《せきがく》だったのだが――。

「あの、すみませんが私、ちょっと出かけてきてもいいでしょうか」

鰐山と平のやりとりを目の当《ま》《あ》たりにして怖気づいたのか、少し離れて立っていた飯手が、おどおどとした口調で平たちに言った。

「私のほかにも、立林《たてばやし》という使用人がいます。何かあれば、そちらに言っていただきたいのですが……」

「それは解ったが、出かけるって、一体どこまで何しに行くんだ？」

招かれざる客である平が、厚かましくも訊き返す。

飯手は、怯えたようにびくりと肩を震わせた。

「あ、あの……Z市まで、その、買い出しに」

「Z市？　そりゃまた随分離れたところまで行くんだな。まさか歩いて行くのか？」

「いえ、車で……帰りも遅くなります」

「構わんよ、ゆっくり買い物してきたまえ」

平は顎を突き出すようにして、言った。

「……相変わらず適当なことばかり言って」

鳥居が、呆れたように呟いた。

「そうか？　俺はいつでも本気だが」

「余計なこと喋《しゃべ》らなきゃいい先生なのにな――……」

「ん？　何か言ったか」

「いいえ、何でも」

飯手が広間からそそくさと出ていくと、間もなく、その代わりとでもいうように、灰色の地味なスーツを着た背の高い使用人が入ってきた。

「あれ？　真央《まお》さんはもう出掛けたのか……」

立林付《つくる》。そう名乗った使用人は、背後にひょこひょことした歩き方をする、挙動不審な男を連れていた。立林は、少し困ったような顔で男を紹介した。

「なんだか、予定外のお客様が続いているようなのですが……ご紹介します。十和田さんです」

鰐山が、驚いた顔で言った。

「おや、十和田君じゃないか。今は日本にいたんだな。元気にしていたかね」

十和田は、ぼさぼさ頭をばりばりと掻きむしりながら、「十和田只人です」と、鼻先までずり落ちた鼈甲縁の眼鏡を押し上げつつ言った。

「どうも、お久し振りです。もちろん僕は生きています。それより鰐山先生と平先生がお揃いなので驚きました。お二人とも、やはり降脇先生との共同研究目当てですか」

「いや……必ずしもそういうわけじゃないが」

「あの、すみませんが」

立林が、会話に割り込んだ。

「皆さんにひとつ、申し上げておきたいことがあります。鰐山先生はともかく、正式にご招待していない方が、本日は多数来られています。これは予定にはないことで、必ずしも降脇先生の本意ではありません。しかし、来られてしまったものは仕方がないということで、降脇先生とも相談したのですが、皆さんの滞在を許可することとしました。それぞれの方に客室も割り当てますので、必要に応じてお使いください。ただ……降脇先生の本来のご予定も念頭に置いていただき、くれぐれも自重を」

「それは解った。で、客室はどこにあるんだ」

平の質問に、立林は即座に答えた。

「二階です。エレベータを使えば上がれます。廊下を進んでも行けます……お勧めはしませんが」

「お勧めしない……？」

首を傾げる平。その横で鰐山も問う。

「部屋で煙草《たばこ》は吸えるのかね、立林君」

「申し訳ないのですが、鰐山先生、全室火気厳禁です。どうかご遠慮を」

「そうか。それは残念だ……なあ、平」

「なぜそこで俺に振る、鰐山」

「貴様はいつも『俺は煙を食って生きている』などと嘯《うそぶ》いていたはずだ。食いものがなければさぞ困ることだろうと思ってな」

だが平は、不敵な笑みを浮かべて言い返した。

「いや、生憎《あいにく》だがね、俺はもう煙草はやめたんだ」

「そうなのか？　面白くないな」

「俺だって面白くないさ。だが仕方ない」

「何が仕方ないんだ。ははあ……解ったぞ、命が惜しくなったんだな。貴様ともあろう男が、そんなに健康が大事か」

「逆だ。健康が大事じゃなくなったから吸わなくなったんだよ。そんなわけで俺はもう煙は食わない。食うのは霞《かすみ》だけだ」

二人の言いあいをよそに、立林は淡々とダブル・トーラスの間取りと各人の部屋割りを説明する。

「……ダブル・トーラスの一階には、降脇先生の書斎と、書庫、倉庫、使用人が住み込みで使っている部屋のほか、共用の浴場とトイレ、あとはこの広間があります。食事はこの部屋でお出しします。あと、一階には八つの客室があります。割り当ては……」

ρ《ロー》室――十和田只人。

τ《タウ》室——鰐山明媚。
υ《ウプシロン》室——鰐山豊。
χ《カイ》室——平国彦。
ψ《プサイ》室——鳥居美香。
σ《シグマ》室、φ《ファイ》室、ω《オメガ》室——空室。

「……となっています。σ《シグマ》室、φ《ファイ》室、ω《オメガ》室は空室です。一室に寝具が一組しかないのでご夫婦も別室としましたが、この点はご容赦ください。両脇の部屋とは通用口から行き来できるようになっていますが、都合が悪ければ必要に応じてロックを掛けてください。部屋の鍵はまた後ほどお渡しします」

「なるほど、よく解った。ところで」

鰐山が、首を傾げた。

「α《アルファ》β《ベータ》γ《ガンマ》じゃなくて、χψωなんだな。アルファベットの頭でなく後ろから取っているのには、何か理由があるのかね？」

「それは、ええと……」

言い淀む立林。代わりに十和田が、その疑問に答えた。

「たぶん、言い間違いを防ぐためでしょう。頭から取ると、αβγδ《デルタ》ε《イプシロン》ζ《ゼータ》η《エータ》θ《テータ》となりますが、このうちベータ、ゼータ、エータ、テータは語感が似ていて混同しやすいですから」

「なるほど。一《いち》と七《しち》なら一《いち》と七《なな》とでも言い換えられるが、ギリシャ文字だとそうもいかない。間違いを防ぐための工夫というわけか。理には適《かな》っている」

「もちろん、まずはギリシャ文字を使わないという選択をするほうがより合理的でしょう。ですが、そこは降脇先生のご趣味ですから」

「趣味か。いかにもだな」

「……あたし、苦手なんですけど。ギリシャ文字」

ぼそりと呟いた鳥居に、平が言う。

「鳥居君、それは数学科の学生としてどうなんだ？　数学にはギリシャ文字なんか山ほど出てくるだろう。ε－δだとか、オイラーのγだとか。θやωあたりもしょっちゅう使うはずだが」

「そんなこと言われたって、覚えられへんもんは仕方ないでしょ。特にあの、なんでしたっけ、ゼータ？　グザイ？　あのぐちゃぐちゃっとしたのなんか、ほんと最悪。区別もつかんし、いまだに書き方も解りません」

「まあ、そう言うなよ……」

困ったものだと思いつつ、平は鳥居をいなす。まったく、しようのない学生だ。ギリシャ文字ごときが覚えられないなんて。

だが、実のところ、これこそ鳥居が数学の才を持つことの現れでもあると、平は考えていた。

ドイツの数学者、エルンスト・クンマーは、九かける七の答えが思い出せなくなったことがあった。だが彼は、最終的にはその解が六十三であることを導き出す。そのときの言い分がこうだ。「奇数同士の積だから偶数ではない。当然五の倍数でもない。六十一と六十七は素数だ、六十九は大きすぎる、よって答えは六十三」

クンマーのこのエピソードこそ、数学という抽象化の学問においては、九九などという瑣末《さまつ》な知識などなくとも、何ら支障がないことを示す証拠であると、平は考えていた。事実、クンマーはイデアルの基礎となる理想数の概念を作り上げ、フェルマーの最終予想をnが正則素数の場合において解決した大数学者なのだ。

位相幾何学においては、その傾向はなお顕著だ。なにしろ位相幾何学者は、ドーナツとコーヒーカップすら区別せず位相同型《ホメオモルフィック》なものとみなすのである。重要なのは形ではない。不変量だ。形なんていう瑣事にこだわらずとも、ただ不変量さえ抽出できれば何の問題もない。そのために不必要な部分を切り捨てて忘れてしまうか、そもそも記憶せずにおくことこそ、位相幾何学者に必須の才能なのである。

それだけでなく、鳥居には自分でも気づいていない素晴らしい才能が眠っている。

数学者としては遅咲きかもしれないが、あのフェルマーだって数学に親しんだのは晩年の話なのだ。ならば、彼女の数学者としての本能を呼び覚ますことこそが自分の責務なのではないか。だから——。

平はただ、彼女の言葉を静かに受け止めた。

頬を膨らましつつ、鳥居がひとしきり文句を言い終わると、立林が「また後ほどまいります」という一言だけを残し広間を立ち去った——。

時刻が四時を回った。

なんだか持て余したような雰囲気が漂う中、鳥居はふと左横を見た。

そこでは鰐山が「十和田《せわ》」と呼んだ数学者が、無言のまま、人差し指で空中に図形を描いていた。やたらと忙しない動きだ。時折肩がぴくぴくと痙攣《けいれん》するように跳ね上がる。そのくせ眼鏡の向こうにある目は瞬きもせず、色素の薄い瞳もまるで微動だにしないのが、なんだか不気味だ。

放浪の日本人数学者がいる——という話は、もちろん彼女も耳にしたことがあった。かつて若くして数論分野の未解決問題を解いて以降、有能な数学者として将来を嘱望《しょくぼう》されていたにもかかわらず、なぜか十年ほど前にすべてを投げ出し失踪。その後は世界中を放浪し、各地の数学者と共同研究をしながら、なんと殺人事件を解決したこともあるのだとか——。

その男と、こんな場所で会えるとはね。

別に会いたいと思っていたわけではない。特に興味もなかったというのが率直なところだ。だが実際に会い、その不審な挙動を目の当たりにした今、鳥居は直感的にこう感じていた――申し訳ないが、ちょっと彼氏にはしたくないタイプかも。

十和田から目を逸らすと、鳥居は部屋を見回した。

向かいに座っているのは、鰐山と明媚だ。鰐山は相変わらず憮然《ぶぜん》としている。横にいる明媚は、無口なのか、さっきからほとんど口を開かない。同性の自分から見ても美しいと思える女性だが、冷たい印象が拭《ぬぐ》えないのは、無表情だからだろうか。それにしても、こんな若い人があの鰐山の妻だとはね――。

鳥居の右横には、平がいた。産毛《うぶげ》の生えた頭頂部を見た途端、踵のマメがぴりりと痛んだ。このいい加減で気まぐれな男のせいでこんな場所に連れてこられたのだということを、怒りとともにふつふつと思い出した、まさにそのとき。

唐突に、平が口を開いた。

「……ところで鰐山よ、あんたはまだ、あの予想を例の方法で解こうとしているのか？」

挑発的な言葉。喧嘩腰だ。鰐山はもちろん、憮然とした不機嫌な表情で応じた。

「しつこいな貴様は。だがそのとおり。それ以外にどんな挑み方があるというんだ」

「古いぜ」

嘲《あざけ》るように、平は言った。

「スメールは優秀だし、俺も尊敬している。だが、すでに彼の方法は探索し尽くされている。今あんたがやっていることは、空《から》になった重箱の隅を一生懸命米粒がないかどうか探しているようなもんだ。俺からすれば滑稽《こっけい》だとしか言いようがない。そこにはポアンカレが握った三次元球面の握り飯などどこにもないぞ？」

鰐山が、顔を一気に紅潮させた。

「ふざけたことを言うな。それこそ、スメールだけでなくフリードマンに対する最大の侮辱だ。いいか、貴様は二つの点で誤っている。まず胞体《セル》の理論は重箱などという卑近なものでたとえられるほど底の浅いものじゃない。もう一つ、貴様が喧伝《けんでん》するような一足飛びの解決など、位相幾何学においては決してあり得ない。ただ地道に匍匐《ほふく》前進することだけが唯一にして確かな方法だということが、どうして解らない」

「四次元多様体にハンドルを捻《ね》じ込《こ》んだキャッソンには、もちろん俺も敬意を表する。だが工夫にも限界というものがある。どこかで飛躍が必要なんだよ。ワイルズだって、そうやってあの問題を乗り越えていったじゃないか」

「最終定理のことか？　ならばそれこそ真っ向から否定するぞ。ワイルズは決して飛び道具など使ってはいない。岩澤健吉《いわさわけんきち》やフライという巨人の肩の上に乗って、あの栄光を摑んだんだ。フックやケプラーの肩の上から世界を覗いたニュートンのようにな。先人たちが積み上げてきたものの上にしか、確固たる城は築けない。さもなくばそいつは、砂上《さじょう》の楼閣《ろうかく》だ」

「コリヴァギン＝フラッハ法は必ずしもそうじゃないだろう。いや、一応言っておくが、あんたの言う巨人たちへの敬意を否定するつもりなど、俺はさらさらないんだ。ただ、富士山の上でいかに背伸びをしたところで、エベレストは超えられないと言っているんだよ。ああ、こんな簡単な理屈を、どうしてあんたがいつまでも理解できないのか、そのことのほうが俺には理解できん……まあいい、いずれにしても鍔山よ、ノスタルジックな心境は理解するが、あんたの方法ではもはや解決は覚束《おぼつか》ない。残るのはあんたの引き際だけだ」

「飛躍云々《うんぬん》を吹聴《ふいちょう》する貴様のような連中がいる限り、私が引退するわけがなかろう？　それでなくとも貴様は、純粋数学に物理学なんていう不純物を混ぜ込もうとしている。ましてや熱力学だなど言語道断。私の目の黒いうちは絶対に許さん」

「熱力学じゃない。曲率、リッチフローだ」

「似たようなものだ。とにかく貴様のやろうとしていることは邪道だ。四色問題をコンピュータで解くよりはるかに野暮《やぼ》ったいやりかたじゃないか。そんな美しくないものをあの予想に関係させること自体が冒瀆《ぼうとく》だ」

「冒瀆……だって？」

平が、眉間に皺を寄せて大きく溜息を吐く。

鰐山と平の間で交わされる、ぎりぎりと心臓を締めつけられるようなやり取り。長年の論争の上になおいまだ繰り広げられる、意地の応酬。

圧倒された鳥居は、思わず、独り言を呟いた。

「……『あの予想』……？」

後ろにいた十和田が、小声で即答した。

「ポアンカレ予想だ。君は知っているか」

「えっ？　ああ……はい。もちろん」

急な問いに戸惑いつつ、鳥居は頷く。

数学科の学生であり、平に師事する鳥居である。もちろんあの予想――ポアンカレ予想についてもよく知っていた。

必ずしも高等数学を専攻していなくとも、若干の素養があれば、理解するのはさほど難しくない単純《シンプル》な予想。つまり――。

「単連結な三次元閉多様体は、三次元球面と同相である」

単連結とは、任意の閉じた経路《ループ》が常に連続的《ホモトピック》に一点に収束できるという性質のことだ。投げ網漁のように図形の表面に任意の網を投げる。この網を一点で回収できたら単連結だというわけだ。だから例えばトーラスやダブルトーラスは単連結ではない。穴が開いている多様体については、穴の周囲にめぐらせたループを連続的に収束させることができない場合があるからだ。同様の議論はメビウスの帯やクラインの壺にも当てはまる。あれら向きつけ不可能な多様体もまた単連結ではない。ならばどんなものなら単連結となるのか。その主なものが、トーラスでもメビウスの帯でもクラインの壺でもないもの、すなわち球面だ。

裏を返せば、ループを一点に収束させ得るような性質をもつ三次元多様体があったとすれば、それは三次元球面に位相同型なものだと言っていいのではないかとも考えられる。つまり、単連結のようなシンプルな構造を持つ多様体は、球面以外にはあり得ない、という予想が立つのだ。

これこそが、ポアンカレが二十世紀の初めに提出した、かの有名な「ポアンカレ予想」である。

いかなる多様体上のループをも一点に収束させ得るならば、それは球面と位相同型であるに違いない。乱暴に言えば、「投げ縄がいつもきちんと窄《すぼ》まるならば、そこは必ず球」、この簡潔にして複雑な数学的概念も用いない予想は、にもかかわらず二十一世紀を目前に控えた今もなお解決されることなく、引き続き不落の難問であり続けているのだ。世界中の数学者たち——今、ここにいる鰐山や平も含めた——の頭脳を、ひどく消耗させ続けながら。

十和田は、頬に疎《まば》らに生えた無精髭をぼりぼりと掻きながら言った。

「ポアンカレ予想において、鰐山先生は、スメールが拓《ひら》いた道を進もうとしている」

「あの、h《エイチ》－同境《コボルディズム》定理とかいうやつでしたっけ」

「そうだ。君は数学者か？」

「まだ学生です。平先生のゼミにいます」

「いい先生についているな。ならばスメールの方法がいかなる限界を持つかについても、理解しているだろう」

「五次元以上でしか証明できないってことですか」

「そのとおりだ」

がくん、と十和田は首を大きく縦に振った。

「四次元以下の場合では、この方法の難度は著《いちじる》しく増すんだよ。nが一か二の場合は自明だが」

「そうらしいですね。それにしても不思議やわ、低い次元の方が難しくなるやなんて。要素が少ないほうが簡単に思えるんですけど」

「よくある話だ。例えば、ジーマンが高々アルゴン……十八行の驚異的な証明で示したとおり、この世に……三次元空間だけでなく、もちろんより高次の空間も含めて……存在するすべてのn次結び目は、さらに高い$\frac{3(n+1)}{2}$次元空間に移動させることによって、すべてほどけてしまう」

「どんな複雑な結び目でもですか」

「もちろん。高次元というのはたくさんの引き出しをもった箪笥《たんす》のようなもので、問題解決のための余地を多く持っている。結び目もこの余地に放り込んでほどいてしまうというわけだ。一方スメールも同じ余地を利用している。問題解決のために余剰次元を利用したんだ」

「それは……えっと、平面上では平行でない任意の二直線を交差させずに引くことはできないが、三次元ならば簡単にできる、みたいなことですか」

「そのとおりだ。次元が一つ増えるということは、当該空間の要素も一つ増え、自由度が増すということを意味する。ある空間では不可能な構造も、その不可能な部分を別の次元に吸収させることで造り得る。だが言うまでもなく、こんな方法は余剰次元を持ち得るという条件に強く依存する。スメールが五次元という高い次元においてのみポアンカレ予想を解決できたのもこのためだ。だが、あくまで本丸のポアンカレ予想は三次元の領域にある」

「つまり、五次元から三次元まで、余分な次元を削《そ》ぎ落《お》とす必要があるいうわけですね。難しそう」

「荷物がびっしりとつまった五つのスーツケースを、中身はそのまま三つにしろというようなものだからな。当然、誰もがそんなことは不可能だろうと考えたわけだが、しかしフリードマンはそれをやってのけた。彼は五つのスーツケースを四つにした。四次元で証明したんだ」

「どうやったんですか」

「ハンドルをハンドル自身に埋め込む手法を開発したんだ。キャッソンが開発したハンドルは、四次元多様体に埋め込むことができるように工夫されたもので、h－同境定理をそのまま活用できる有用な道具だ。それをフリードマンはさらに拡張して、埋め込みに埋め込みを重ねた。再埋め込みをしたんだ。こうして彼は四次元多様体の分類に成功した」

「へえ……ハンドルねー、ってまだよく解りませんけど、でもそれって、ものすごく大変な仕事やったことくらいは解ります」

「三年以上掛かったそうだ」

「ひえー、やっぱり」

鳥居は、思わず感嘆の声を漏らす。

三年。それは一つの問題に取り組むにしては非常に長い時間だ。その間寝ても覚めてもひたすら一つの問題のみを考え、トライアンドエラーを繰り返す。基本的にはエラーばかりが生ずるが、稀《まれ》に当たりがある。その当たりに喜びつつも、全体としてはほんの少ししか進んでいないということに気づく。それはまるで、希少な宝石を含む巨大な岩を爪だけで削り出していくような、根気の要《い》る、そして気の遠くなるような作業である。ましてや、その岩の中には鉄屑《てつくず》しかないかもしれないのに。

もちろん鳥居自身は、そんな大問題に挑んだことはない。だが彼女の手に届く範囲の小さな問題の中で、すでに同じような体験を幾度も重ねていた。だからこそ彼女は思う。なぜ、数学者って連中はそこまでして挑もうとするのか？　苦労は買ってでもしろと言われるが、私はできればそんな苦労はしたくない。でも――。

首を傾げつつも鳥居は、同時に、自分でもよく解らないひとつの感情に、無意識のうちに気づいていた。すなわち――。

そんな問題に、いつか私も挑戦できるだろうか？

「フリードマンが四次元におけるポアンカレ予想を解決したのはついこの間、一九八一年のことだ。鰐山先生は、さらにそこから前進するべく、もう十八年の間この問題に取り組みつづけている。取りつかれていると言ってもいいかもしれない。さながらパパキリアコプロスのようにね」

「四次元をさらに三次元にまで落とそうとしているということですか？」

「そう。ポアンカレ予想の完全解決を夢見ているんだ。かつてプリンストンで『鰐山理論』を打ち立てた、かの鰐山豊のこと、それも必ずしも不可能ではないとも言われてはいる。だが……」

十和田が濁した語尾が何かは、鳥居にも解った。十和田はこう言いたいのだ。つまり——不可能ではないが、達成し得ない可能性のほうが高い。鳥居もまた知っていた。ずば抜けた才能が計り知れない時間を費《つい》やして血を吐くような努力をしても、数学の女神は微笑まないことのほうが、はるかに多いことを。

「だからこそ、平先生がそれとは別の方法で予想を攻略しようとしていることも、僕にはよく理解できる」

「リッチフロー、ですね。先生から何度か話も聞いています。あたしにはまだよく解りませんけど」

「解らなくても仕方ない。これは位相幾何学というより、どちらかといえば物理学、つまり統計力学に近いものだからだ。そう……例えば熱には、ほうっておけば拡散して、局所性を失うという性質があるのは知ってるだろう」

「あ、エントロピーの増大というやつですね」

「そうだ。ここでこの情報喪失を伴うエントロピーを解析して、ある平衡点で安定性を示すリアプノフ関数をつくれば、これは未来あるいは過去における安定性を判定し得る関数となる」

「うーん？　時間軸を四次元目に加えた関数みたいなものですか？　それならなんとなく理解できるような気もしますけど……でも、それがポアンカレ予想とどう関係するんです？」

「熱の分布を曲率に置き換えて、その移動を多様体の位相同型を保った可逆的、連続的な変形と捉えれば、多様体の安定性が証明できるということだよ。つまり、ある種の多様体に対するリッチフローのリアプノフ関数がすべて球面に安定するなら、その種の多様体はすべて球面に位相同型だと言えるということだ。それだけじゃない。これは本質的に分類の問題だから、あるいはサーストンの幾何化予想を証明する手がかりにもなるかもしれん」

「はあー、なんだかやっぱり、解ったような解らないような」

「巨大な風船があるとするだろう？　大道芸人がつくる風船のオブジェでもいい。あれから慎重に空気を抜いていくプロセスがまさにリッチフローだ。最終的にすべての空気を抜いたら、球面、つまり普通の風船に戻るのかどうかという話だ」

「風船がトーラスになったらアウト、ということですよね？　うーん、やっぱり解んない……でもそれ、これまでのやり方とは全然違うものに見えますね。元は統計力学ですし」

「そう、だからこそ鰐山先生と平先生は、闘っているんだ」

十和田はそう言うと目を細め、すぐそこで対峙している二人の数学者を見やった。

「鰐山先生は、これまでの位相幾何学の発展を核にして、まさに王道をいく方法でポアンカレ予想に挑んでいる。一方平先生は、これとはまったく別の微分幾何学、あるいは位相幾何学ですらない物理学的な視点に飛躍してポアンカレ予想解決を夢見ている。まさに真逆《まぎゃく》の立場だ。対立しなければおかしい」

「真逆……」

十和田の言葉を聞きながら、鳥居は思う。

伝統的な位相幾何学者の立場にいる鰐山からすれば、平は自分が大事にしているものをないがしろにする悪辣《あくらつ》な者と感じることだろう。だからこそ彼は「スメールだけでなくフリードマンも侮辱している」と言ったのだ。

一方で、革新的な手法を唱える平からしても、鰐山の姿は、もはや領地も荒れ果てているというのに、いつまでも古色蒼然《こしょくそうぜん》とした城に籠《こも》り続ける老城主のように映っているに違いない。

まさに二人は水と油の関係にあるのだ。だが――。

必ずしも彼らは同じ条件で闘っているわけではない。

「鰐山理論」という実績を持つ鰐山は、すでに学界において大きな影響力を有している教授である。一方の平は、実績もなく、一講師という弱い立場で常に単騎での戦いを強《し》いられている。日本の数学界が鰐山に加担しているのは、まさにこの政治力の差に由来する。決して公平なフィールドに立って勝負をしているというわけでは、ない。

「十和田先生は……どっちの立場が正しいと思ってるんですか？」

「僕か？　僕は……」

十和田は、鼈甲縁の眼鏡を押し上げながら言った。

「どちらも正しく、どちらも間違っていると思う」

——長い沈黙。

にらみ合う虎と竜。だが、やがて実年齢の割には老けて見える、あるいはやつれ果てたような表情の平が、先に視線を背《そむ》けた。

「……残念だ、鰐山よ。あんたとはやはり、どこまでも解りあえないんだな」

「何を今さら。だが同感だ。そもそも覚悟の上なのだろう？　貴様がいつまでも私に突っかかるのも。だが平よ、覚えておけ」

鰐山はその顔に、見下すような、憐れむような、それでいてとても酷薄な表情を浮かべながら、吐き捨てるようにして言った。

「私に楯突いたその覚悟が、いつか後悔に変わることをな。……これだけは、絶対に忘れるな」

きい、と扉がきしむ音がして、論争はそこで中断した。

鳥居が視線を入口に向けると、そこには立林がいた。

彼は、鳥居たちの前に歩み寄ると、大きく咳払いを打った。

「大変に遅くなりましたが、ここで皆さんにご紹介をさせていただきます。……降脇先生です」

その言葉と同時に、ゆっくりと開く扉。全員の視線が、広間の入口に注がれる。

鳥居は思わず息を飲んだ。

そこから現れたのは――。

焦茶色のセーターを着た、小柄な老人。細身だが、頭だけがやけに大きいアンバランスな体型。頭頂部全体に生えた白髪は、密度は疎らだが、長く、肩口まで垂れている。皺としみだらけの皮膚。やぶにらみの目。

何よりも、顔の右半分を覆う、紫色の痣《あざ》。

降脇一郎――かつて五年間、位相幾何学に関する論文を書き続けたという謎めいた数学者は、まさに、異形の老人だった。

「皆、よくいらっしゃった。私が降脇一郎です」

降脇は深々と頭を下げた。細い白髪が宙をひらひらと泳ぐ。

その姿を見て鳥居は――少し意外だと感じていた。

伝説的数学者である降脇一郎。鳥居は実は、降脇のことをもっと不気味で得体の知れない人物だと想像していた。

だが、現実に目の当たりにした降脇一郎、それは異彩を放っていて確かに不気味な風貌ではあるものの、全体としての雰囲気は、むしろ枯淡《こたん》としており、まるで何百年を生きる枯木のようである。

老齢が、彼をしてその印象をまとわせたのか。それとも――。

「あ……あなたは……」

鳥居の向かいで、誰にともなく鰐山が、驚いたような、それでいて怪訝そうな表情で呟いた。

「ん？　どうかしましたか」

「あ、いえ……なんでも」

淡々とした降脇に、鰐山は咳払いをひとつ打つと、顔を伏せた。

白髪紫痣の老人はそれから、一同をおもむろに見回すと、言葉を続けた。

「予想外の来客がたくさんあり、私としては驚いています。だが、来られたものを追い返すのも失礼なこと。幸いなことに客室もある。気兼ねせず、どうかゆっくりしていってください」

抑揚の希薄な、まるで隙間風のようなかすれ声だ。鳥居は耳を凝《こ》らす。

「ただ……申し訳ないことに、私は今、体調があまり芳《かんば》しくないのです。話もしたいところだが、まずはしっかりと休んでおきたい。だから今は、一旦書斎に下がらせてもらうことにします。のちほどまた七時からここで夕食会を開きましょう。細かい話は、またそのときにでも」

降脇老は、それだけを言うと「では、これで」とまた慇懃《いんぎん》に一礼をして、広間から出て行ってしまった。

あとに熱も気配も何一つ残さない、現実感に乏しく、そして拍子抜けするほどあっさりとした退場――。

降脇がいなくなってもなお、立林は暫くの間、降脇が出て行った扉を心配そうに見つめていたが、やがて、はっと気がついたように言った。

「このとおり、降脇先生は、あまり体調がよくないようです」

「お歳だからな。無理はしないほうがいいだろう」

平の言葉に、立林は頷いて答えた。

「僕もそう思います。でも先生、七時には夕食を摂《と》るともおっしゃいましたから、用意だけはしておかなければ。もう五時ですから……あ、皆さんはどうぞ、引き続きご歓談を」

ご歓談か、鰐山と——と苦笑する平に、立林は言った。

「もちろん、七時にまたこちらに戻っていただけるなら、各自客室で過ごしていただいても構いません。部屋は開けておきましたので、どうぞご自由に……ああそうだ、鍵をお渡ししておかないと」

立林は、灰色のジャケットから部屋の鍵を取り出すと、皆にそれぞれ手渡した。

キーホルダーすらついていない、シンプルな鍵。

「ファイ室、ねえ……」

鍵の表面に刻まれた「φ」を見ながら、鳥居は呟いた。

その横で、平が立林に言った。

「立林君、俺はいいよ。鍵は使わない主義なんだ。部屋はもう開けてくれているんだろう？」

「それはそうですが……いいんですか？」

「いいよ別に。守るべき財産など、俺にはないんだから。それより立林君……俺は驚いたよ。実際は降脇一郎とは、すさまじい魔物のような人物だと勝手に想像していたんだが、実際はまるで違っていたな」

「……と、いうと？」

眉をひそめた立林に、平はにやりとして言った。

「降脇一郎は、魔物じゃない。あれは……仙人だ」

鰐山と明媚夫妻が、荷物を部屋に置いてくると言って、広間を出て行った。

それを横目に見ていた平も、なんとなく自分の部屋——χ室を見てこようと思い立った。自分には部屋があろうがなかろうが大して関係はないが、ギリシャ文字が銘打たれた部屋がどんなものかは興味がある。まさか、コリント方式じゃないよな。

そっと席を立ち、閉まり掛けた扉を身体で押し開け、廊下に出る。

ふと後ろを見ると、なぜか鳥居がいた。

「……なんでついてくるんだ」

「別について来たりなんかしてませんよ。あたしも部屋に行こうと思っただけですが」

「そうか」

ポケットに手を突っ込んだまま、廊下を右回りに歩く。二メートルほどを挟んだ後ろをトッ、トッと静かな気配が追う。鳥居の履くヒールの踵も、さすがに絨毯張りでは大音を立てることはないようだ。

すぐにエレベータが左に見えた。

「悪いが、ボタンを押して開けてくれ」

「またですか。人遣いが荒いなー。まあ別にいいですけど」

エレベータに乗り込み、二階へと上がる。

二階の様子は、一階とまったく変わらなかった。強いて違いを言うなら、エレベータ前で出てくる人間をじっと監視し続けていたあのカメラが、二階にはないということくらいだろうか。

χ室はどちらにあるだろうかと悩む。おそらく部屋は左から右に並んでいるはずだ。だとすれば——。

右に進む。鳥居はなおも後をついてくる。

左側に「φ」と表示された部屋があった。扉は閉まっている。立林はこの部屋が空室だと言っていたことを、平は思い出した。

なおも進み、鈍角を左に一回曲がったところに、今度は「χ」と表示された部屋があった。

ここだ。扉も開いている。

後ろを振り向くと、きょろきょろと周囲を見回していた鳥居に向かって言った。

「俺はここだが、一緒に来るか？」

鳥居は、表情を変えずに答える。

「別に、あたしは構いませんけど」

「当り前でしょ。……どうでもいいですけど、セクハラも大概にせんと、ためになりませんよ」

「……冗談だろ？」

「そ、そうだな。ちなみに君の部屋はもうひとつ先だ」

χ室に、ひとりで入る。

電灯はすでに点っていて、中は明るかった。

入口からまっすぐ、両脇に何枚かの扉がある通路が延びている。そこを進むと、広い居間に出た。

廊下と同じ白い壁と天井で統一された、快適な空間だ。左手前の壁際にはソファセットが置かれ、右側には冷蔵庫やミニキッチンがある。変わっているのは、部屋のどこにも窓がないことと、その代わりとでも言うように、真正面に大きな暖炉が鎮座しているということだった。

こいつだけなんだか異質だな——そう訝りつつ平は、暖炉の前でしゃがみ込んだ。

火口《ひぐち》はきれいで使用した形跡はまったくない。そもそも薪《まき》がない。空調は別にきちんと利いているようだし、これは単にインテリアとして設けられた飾りだということだろうか。

平は立ち上がると、今度は部屋の両側にある扉に目をやった。扉には簡素なノブと、その下に金具のようなものがついている。近づいて調べてみると、その金具は太い金属の棒で、左右にスライドして扉をロックするための仕組み——いわゆる「かんぬき」だった。

立林が「両脇の部屋と行き来できる」と言っていた通用口が、これか。まさかこんなに原始的な仕組みでロックするとは思わなかったが、仕組みが単純なほど意外に頑丈だったりするから、これはこれでいいのだろう。

平は二つの通用口のかんぬきを、どちらも、指先を引っ掛けてスライドさせロックしてしまうと、それからソファにゆっくりと腰を下ろした——。

——そして。

暫くしてからχ室を出た平は、エレベータの前で明媚とばったり鉢あわせた。

「ああ……どうも」

戸惑いつつ小さく会釈《えしやく》をする。

先刻、あれほど厳しい言葉の応酬をしあった鰐山の妻だ。気まずさに継ぐべき言葉に迷う平に、明媚は口角を上げて言った。

「平先生も、お部屋に行かれたんですか？」

「ええと、そうだね。……でも、やることがなくて」

「それで、また広間に戻られるんですね」

「ああ。ところで……その、ひとつ申し上げたいことがあるんだが、ええと、鰐山さん」

「名前で構いませんよ、紛らわしいでしょう」

「じゃあ明媚さん。その……さっきはすまなかった」

「何がですか？」

「あなたの旦那を非難するようなことを言ってしまって……あんなことは、俺たちの間じゃ日常茶飯事なんだが、さすがに身内にまで聞かせていい話じゃない。だからその、申し訳ない。気を悪くさせてしまって」

我ながららしくないと思いつつ、平はもごもごと口ごもるように言った。

だが明媚は、そんな平ににこりと微笑んだ。

「いえ、それはむしろ私の台詞《せりふ》です。主人はああいう人ですから、平先生には本当に、申し訳ないことをしてしまって……」

「そんなことはないよ。うん、……そういうものだと思っているから」

思ってもみない言葉。かえってどぎまぎする内心を誤魔化すように、平は言った。

「と、ところで、明媚さん、鰐山は……鰐山先生は、一緒じゃないのか？」

「ええ、それが……」

明媚は、僅かに表情を曇らせた。

「主人はなんだか調子がよくないみたいで……『少し休む。先に広間に戻っていてくれ。気分がよくなったらすぐ行く』と言っていました。私も心配だったんですが、頑《かたく》なに『平気だ。一人にしておいてくれ』と言うものですから」

「そ、そうですか」

論敵の不調は、いつもなら手を叩いて喜ぶところだろう。だが今は複雑な気分だった。

広間には、すでに鳥居が戻っていた。鳥居はちらりと明娟に目を止めると、なぜか数秒間、じっと彼女を見つめた後、慌てたように顔を背けた。

六時になった。

広間には、十和田と平、明娟、鳥居がいた。キッチンではコック服姿の立林が粛々《しゅくしゅく》と夕食の支度をしている。しかし、降脇と鰐山の姿はない。

なんとなく妙な、落ち着かない雰囲気が淀《よど》んでいた。これといった会話もなく、十和田が時折、奇妙な動きとともに首の骨をばきばきと鳴らす乾いた音だけが響く。

手持ち無沙汰になった平は、いつもの軽口でも叩くかと鳥居のほうを向いた。だが彼女は、いつもらしくない思いつめたような表情をしていた。

「……？　どうかしました？　平先生」

じっと見られていることに気づいた鳥居が、眉根に皺を寄せる。

「あー、いや……なんでもない、なんでも。……そうだ、ちょっと便所」

誤魔化すように、平は席を立った。

広間を出て左に進む。扉が二つあり、左の扉には「WC」と表示されていた。その扉を押し開けて中に入ると、平は大きく溜息を吐いた──。

──暫くして。広間に戻ると、今度は平と入れ違いに明媚と鳥居が廊下へと出て行った。あいつもか──そう思う平の予想に反し、鳥居はごく短時間ですぐ戻ってきた。

「あれ、鳥居君。便所じゃないのか」

鳥居は、彼女にしては歯切れ悪く答えた。

「いえ、部屋を出たとこで電話を……なんか遅くなりそうやし、お姉ちゃんに携帯で電話しとこ思ったんです」

「お姉さん？」

「ええ、二人で住んでるんです。向こうはもう社会人ですけど」

「そうか。で、連絡はついたのか」

「いえ。電波がつながらなくて」

「そうか……いや、なんか色々と悪いな、ご家族にも心配をかけて」

「まったく、いまさらですね」

頭を下げる平に、鳥居はくすりと笑った。

それからすぐ、明媚が手を白いハンカチで拭きながら広間に戻ると、コック服を脱ぎスーツ姿に戻った立林が言った。

「あ……皆さん、すみませんが僕、ちょっと外します。すぐ戻りますが、食料庫のほうにいますので何かあれば呼んでください」

立林はそのまま、広間を出ていった。

扉が閉まるや、平の隣で、十和田ががたんと大きな音を立てて立ち上がった。

「どうした十和田君」

「……トイレはどこです？」

「ああ、それだったら、二つあるドアの左側だよ」

「ありがとうございます」

平の視線に見送られ、ひょこひょこと跳ねるような歩き方で十和田は広間を出て行った。

数分ほどで、立林が戻ってきた。コック服を着ると、再びキッチンでの作業に戻る立林。

やがて――。

ふと、広間の時計を見上げる平。

すでに、七時になっていた。

「夕食か……」

降脇が指定した時刻。だが――。

それから三十分以上が過ぎても、降脇も鰐山も、そして十和田も、広間には現れなかった。

だから、広間にいる彼らが、降脇と鰐山、そして十和田の三人を心配し始め、書斎とυ室を見てきた方がいいんじゃないかと相談を始めたのも、当然のことだった。

平は言った。

「十和田君はともかく、降脇先生と鰐山は結構な歳だ。二人とも体調が悪いというし、万が一ということもなくはない。立林君、一度様子を見に行ってみたほうがいいんじゃないか？」

「そうですね。一応、皆さんに来てもらってもいいですか？」

「ああ。それは構わないが」

立林と平、そして明媚と鳥居の四人は、連れ立って広間を出た。

まず向かったのは、降脇がいる書斎だった。

立林がノブを摑むと、眉を顰める。

「あれ？　……鍵がかかっていない」

不審げな立林が、ノブを回して扉を押す。一旦はすんなり開いたものの、扉にはドアチェーンが掛かっており、十センチ開いたところで止まってしまった。隙間の向こうは暗闇だ。

不意に立林が、顔の下半分を手で覆う。

どうしたんだ——と訊こうとして、しかしすぐに平も理解した。

臭いだ。ドアの隙間から漂い出す、生臭い鉄錆《てつさび》のような、嫌悪感を催《もよお》す臭い。これは、もしや——。

立林は何も言わず、ただがつんがつんと何度も扉を押していた。その度《たび》に、びぃんとチェーンが音を立てて伸び、空気が震えた。

平は堪《たま》らず、立林に訊く。

「立林君。これはどういうことだ。一体中で何が起こってる？」

「解りません。でも……ただごとじゃないのは間違いありません。すみませんが皆さん、一歩下がってくれませんか」

「何をするんだ？」

「荒っぽいですが、突破します」

そう言うや彼は、数歩下がると、扉に体当たりを始めた。

渾身《こんしん》の当たりに最初は抵抗していたチェーンだったが、度重なる衝撃に、やがてそれは、ばきんと大きな音を立てて弾け飛ぶ。

扉が開くと同時に、立林はすぐさま真っ暗な書斎に駆け込む。ほどなくして明かりが点《つ》き、書斎が光に包まれた。

そこには――。

右側の壁際に設えられたベッド。そこでうつ伏せに倒れる降脇。そして――。

「ふ、降脇先生……？」

平は、戦慄した。

降脇の後頭部には、ぽっかりとクレーターのような大きな穴が穿たれ、そこからどろりとした赤黒く粘《ねば》ついた液体が流れ出ていたからだ。

降脇自身はもはやぴくりとも動くことはなく、つまり――。

降脇一郎は、何者かに頭を撃たれて死んでいた。


一同は慌てて、すぐ二階のυ室に向かった。

嫌な予感しかなかった。

その予感どおり、はたしてυ室の扉も、ドアチェーンだけが掛けられており、十センチ以上は開かない。

隙間から中を覗く。部屋の明かりは点っていたが、両脇を壁に阻まれ、部屋の中を見ることはできない。だが──。

υ室から漂い出す、書斎と同じあの臭い──。

立林が再び、扉に何度も体当たりをして、チェーンを破る。υ室になだれ込んだ一同は、そこで想像していたとおりのものを見た。

それは──ソファの上であお向けに倒れ、額に大きな穴を開けて絶命する、鰐山豊の姿。

「な……なんなんだこれは。降脇先生だけじゃなく鰐山まで……一体、何が起こったんだ？」

平は慄《おのの》いたようにそう呟くと、一歩後ずさった。視界がぐらぐらと揺れ、目眩と嘔《おう》吐《と》感《かん》を覚えた。遠くなっていく平の耳を、二階に上がってからというもの、どおん、どおんという太鼓を叩くような低くて鈍くて長い、耳鳴りのように不愉快な音が、苛《さいな》み続けていた。意識して腹に力を入れて正気を保とうとしないと、今にも倒れてしまいそうだった。これは夢なのか？　いや──違う。さしもの平も、初めての経験に自問自答を繰り返す。

そんな平に、ひどく青い顔をした鳥居が、喘ぐようにして言った。

「たっ、平先生、見て……あの扉」

わなわなと震える手で、鳥居は二つの通用口を交互に指差した。

「あたし、見ました。さっきの書斎もそうやった。どっちの扉も、かんぬきが掛かってる……ロックされてるんです。だからこれ……あれやわ……」

「あれ……まさか、こいつは……」

漸《ようや》く、それだけを答えた平に、鳥居は言った。

「ええ、これって、密室殺人やわ」

4

「『密室殺人』、か……」

今日一日を振り返る当事者たちの言葉に、俺は顎に手を当てて呟いた。

現場に居合わせた三人が、皆神妙な顔で、同時に首を縦に振ると、平が続いて言った。

「それからは、すぐにウプシロン室の前で鳥居君が無我夢中なまま警察を呼んで……今に至るというわけだ」

「なるほど。うーむ……」

俺は低く唸りつつ、黙考する——。

一階と二階のそれぞれで発生した殺人事件。一つは書斎、一つはゝ室。それぞれの部屋は密室となっていた。つまり、二つの殺人事件、二つの死体、そして――二つの密室。

毒島が使っていた言葉の意味が、漸く俺にも理解できた。確かにこれは「不可解」だ。

だが、それはさておき――。

俺は、もっと大事で、もっとも重要なことについて、彼らに訊いた。

「ところで、十和田只人は？　七時前に広間からいなくなったというあの男は、結局どうなったんですか」

「……十和田君、か」

平は長く大きな溜め息を深々と吐くと、それから、神妙な表情で答えた。

「彼は、気を失って倒れていた」

「気絶して？　どこにです」

「浴室だよ」

「浴室？　ああ、トイレ横の共用浴場ですか」

「いいや、違う」

平は、首をゆっくりと横に振った。

「書斎だ」

「書斎……？」

目を瞬いた俺に、平は眉を寄せて言った。

「ああ。十和田君は書斎の浴室で、気を失っていたんだ。しかも……手に拳銃を握り締めてね」

「拳銃……」

それはつまり、凶器として使われた拳銃を十和田が持っていたということか。しかも、十和田がいたのは、書斎の中にある浴室。ということは――。

「そうだよ、警視さん。十和田君もまた、そこにいたんだ。あの密室の中にね」

表情を読んだのか、平は、口の端を歪ませながら言った。

俺は、驚いた。まさか、そんなことがあるものか。

だが、一方で漸く腑《ふ》にも落ちた。なるほど、だから船生は「証拠があっての話なのか」と訊いた俺に、「当然です」と断言したのだ。銃発砲事件の密室現場で銃を握り締めていたのだから、これ以上の証拠はない。

ううむ、とまた低く唸ると、俺が顎に手を当てた、まさにそのとき。

不意に、がやがやとした人のざわめきとともに、広間の扉が開いた。

次いで、制服姿の警察官が数人と、グレーのスーツを着た背の高い男、そしてトレーナーを着た若い女が、広間に入ってきた。

「すみません、今戻りました」

背の高い男は、そう言うと一礼した。

「あ、今そこで真央さんに会いましたよ。彼女、やっと帰ってきたところだそうです」

男の後ろにいた、若い女――飯手は、瞳をきょろきょろと、不安げに周囲にめぐらせていた。

「あ、あの、これ、どうしたんです？　一体何があったんですか？　警察の人がいて……何か事件でもあったんですか？　あと、その……降脇先生は？」

黒縁の大きな眼鏡を掛けた飯手。美人だが化粧気もなく、平が言っていたとおり、なんだか垢抜けない印象だ。小柄な身体を竦め、小刻みに震えながら、おどおどと言葉を口にする。もっとも、それも仕方のないことだ。買い物から戻ってきたら、パトカーが何台も物々しく停まり、警察官が屯《たむろ》していれば、誰だって怯《ひる》む。

毒島が、さっと飯手の前に出た。

「すみません、Y署の毒島といいます。飯手さんですね？　いきなりこんな状況ですから、さぞ驚かれたでしょう。何があったか、詳しくは僕からお話しします。それと、あと少し、お伺いしたいこともありまして。さ、さ、まずはこっちへ……」

「あ……はい」

不安そうだった彼女は、毒島の言葉に導かれるように、そのままテーブルの端へと連れて行かれた。彼のユーモラスな犬顔も、こういうときには緊張を解きほぐすのに役立つようだ。

飯手は毒島に任せるとして——一方の俺は、もうひとりの背の高い男に話しかける。

「君は……立林君だね？　立林付君」

「え？　ええ、そうですけど……あなたは？」

どうしてこの男は自分の名前を知っているのだろう、と怪訝そうな立林に、俺は素早く警察手帳を見せた。

「警察庁の宮司です。ちょうど今、平さんたちからお話を聞いたところで、たぶん君がそうだろうと思ったんですよ」

「は、はあ……」

なおも警戒心を残しつつも、立林は頷いた。そんな彼を、俺は素早く観察する。

背が高い。だが、着ているスーツはかなり細身だ。清潔感のある短髪。顔つきも整っていて男前だ。

立林に対してやや鈍角に位置取りながら、俺は言った。

「事件の経緯は、だいたい皆さんから聞きました。ただ、いまいちイメージが湧かないところもあって……申し訳ないんだが、ここの間取り図みたいなものはないかな」

「ああ、それならこれが……」

立林はそう言うと、スーツの内ポケットから一枚の紙片を取り出した。

「どうぞ。さっき船生刑事さんにもお渡ししたものですが」

手渡されたA４判の大きさの紙を、俺は覗き込む。

※　図2参照

俺は、心の中で呟いた——ははあ、ようやく理解できたぞ。こんなふうになっていたのか。

スケッチに描かれていたとおり、ダブル・トーラスは確かに鍵の形をしていて、それが二つ重なった構造をしていた。スケッチは何度も見ていたから、おそらくはこんな間取りだろうとある程度想像はしていたものの、一方でその鍵先がこれほど長く、しかも湖の中まで差し込まれているとまでは思わなかった。

ダブル・トーラス——Y湖に突き刺さる二枚鍵。

思わず舌を巻いた。まったく、沼四郎という建築家はなんと突拍子もないことを考えつくものだろうか。こんな形、少なくとも常人が思い描けるものじゃない。あるい

図2　見取り図

平面図

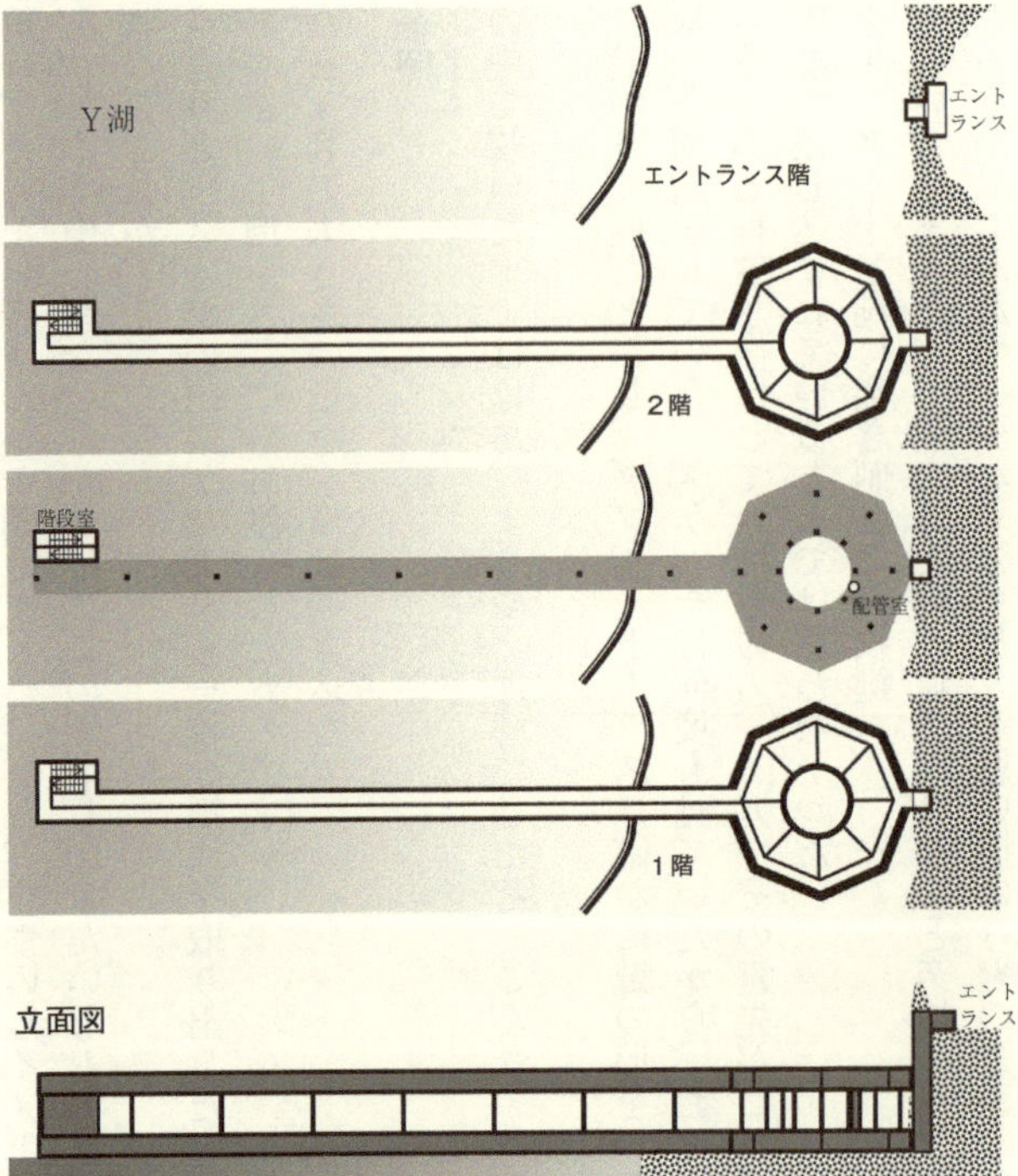

立面図

は、誤解を恐れずに言うならば——。

　これは、狂人の発想だ。

　感心と呆れが相半《あいなか》ばしたまま、俺は立林に言った。

「……これ、もらっても？」

「どうぞ。コピーですから」

「そうか。じゃあ遠慮なく……あと、ついでと言っちゃあなんだが、君にもうひとつ頼まれてほしいことがある」

「なんですか？」

「ダブル・トーラスを案内してくれないかな？」

「えっ、……またですか」

　立林の右眉の上に、うんざりしたような横皺が二本浮かんだ。

「いや、今戻ってきたばかりの君にまた案内させてしまうのは本当に申し訳ないんだ

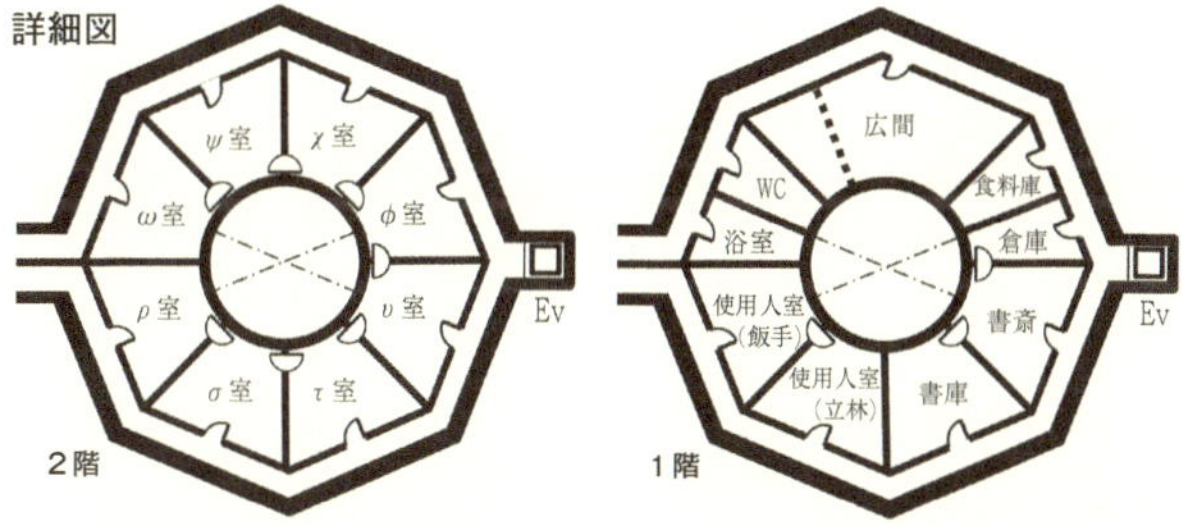

が、もうひとりの彼女はまだ混乱しているようだし、ここの中を案内できるのは君しかいないんだ。二度手間ですまないんだが、どうか頼まれてくれ」

「うーん……」

長く唸った後、立林は大きく溜息を吐いた。

「……確かに、僕しかいないのでは仕方ないですよね。解りました、案内します」

「疲れているところを、本当にすまない」

俺は、立林に頭を下げた。


「右回りで行きましょう。歩きながら説明します」

広間を出ると、立林は言葉どおり歩を右に進めた。

「ダブル・トーラスは元々、美術館として設計されたものです。宮司さんは、Y湖開発計画を聞いたことは？」

「知ってるよ。今は影も形もないあれだろ」

「そうです。Y湖畔を芸術の街にしようという高尚な理念に基づいた計画だったそうですが、残念ながら中止となりまして」

その理由は、理念は高尚でも、言葉がうわついていたからだ。骨のない言葉に、現実が伴ってくれることは決してない。

「で、ここはそのときにつくられた、二階建て……いえ、二層建ての建造物で、以後廃墟になっていたものを降脇先生が買い取り、改装して、ダブル・トーラスにしたというわけです」

「変わった作りをしているのも、元は美術館だからというわけか」

そう言いつつ、俺は辺りの様子を観察する。

右側に時折扉が見える以外は、ただのっぺりとした白い壁が続くだけの何もない廊下だ。窓すらないのは奇異に映るが、それもここが元は美術館として作られたものだということを考えれば納得がいく。この広い白壁には、さまざまな絵画なり彫刻なりが飾られる予定だったのだ。日光は作品の劣化を誘うから窓は作れない。その代わりだろうか、天井には、直径二十センチほどの丸いすりガラスが並んでいた。明かり取りの天窓だ。あそこから、必要最小限の光だけを取り入れようということだろう。もっとも今は真っ暗だが。

右回りの廊下は、暫くすると左に折れ曲がり、そこから先は一直線の廊下が、はるか遠くまで延々と続いていた。

「ここが、メインの展示路になる予定だった廊下です」

「すごいな。先が見えない」

廊下の先に目を細めた俺に、立林は言った。

「百メートル以上あるそうです。途中からはY湖の中に突き出ています」

「まさしく、Y湖という鍵穴に差し込んだ鍵というわけだな。この廊下、今は何かに使っているのか」

「使《つか》い途《みち》がないので、特には何にも……一応、掃除だけは欠かさず頑張っていますが」

——歩けども、どこまでも続く白壁。

まったく単調だ。唯一の変化は天井に等間隔に並ぶすりガラスの天窓のみ。何かが飾られていれば視線も興味もそちらに向くのだろうが、それもない今、この単調さはむしろ悪夢的である。

だが、そんな悪い夢を五分ほど耐えた後、突き当たりに至る。

「……鍵の先端か」

俺は、行く手を阻む行き止まりの白壁に手を当てた。右手に上りの階段が見えるから、正確には行き止まりではないが。

「こちらにある階段から二階に上れます。そこから、今度は同じように廊下を引き返していくというわけでして」

「やっと復路か。まったく、長い道のりだな」

立林の後について、蹴上《けあ》げが高く、角度も急な階段を大股で上っていく。二階へ上がると、そこからはまた悪夢の続きが待っていた。

帰りもまた、逆方向にどこまでも続く一本道。

「ん？　ちょっと待てよ……」

ふと俺は、見取り図を確認しながら呟いた。

「この廊下、図を見る限り並行に二本あるようだが、片方から片方へは跨《また》いで行けないのか」

「おっしゃるとおりです」

立林はすぐに答えた。

「北側の廊下と南側の廊下は並行していますが、片側から片側へ移動することはできません。代わりに、一階北側が二階南側と、一階南側が二階北側と、ちょうど階段室で交差してつながっています」

「たすき掛けになっているんだな」

「ええ。降脇先生はこれを『メビウスの帯』と呼んでいらっしゃいました」

「メビウスの帯……？」

メビウスの帯——有名な図形だ。

悪夢の廊下をひたすら戻りながら、俺は頭の中でそれを思い描く。

紙テープを一枚、適当な長さに切って、輪っかをつくる。普通に作れば、それはただの扁平《へんぺい》な円筒になるだけだが、ここでテープに半回転のひねりを入れて作ると、ちょっと不思議な輪っかができあがる。これが、メビウスの帯だ。

特徴は、この帯には裏と表の区別がないことだ。普通の輪っかは、表は表、裏は裏と明確に区別することができる。ところがメビウスの帯にはこの区別がない。ある一部分を見れば確かに「表と裏」があるのだが、その一点から表面を辿っていくと、いつの間にか裏に辿り着いてしまう。似たような図形に「クラインの壺」というものもあり、これは言わばメビウスの帯の立体版だ。具体的には、メビウスの帯の両側の縁《ふち》をくっつけて、円筒形にすると作ることができるらしい。クラインの壺もまた表と裏の区別がなく、ある意味では「底なし壺」のようになっている。そもそも表裏の区別がつかない壺など想像のしようもないのだが、とにかくメビウスの帯もクラインの壺も、そういう「表裏のない」図形であるわけだ。

翻《ひるがえ》って、降脇がこのダブル・トーラスの廊下の構造をメビウスの帯と呼んだのは、なるほど相応しい。

廊下のある一点では、確かに北側と南側、あるいは一階と二階という「表と裏」が存在している。だが、たすき掛け階段という「ひねり」があることで、廊下は反対側、反対階へと通じていく構造となっている。これはまさにメビウスの帯と原理的に同じだといえる。

この廊下もつまり、奇妙なメビウスの帯そのものなのだ。

メビウスの帯やクラインの壺は、しばしば位相幾何学における象徴的な図形として引きあいに出されるという。これらの奇妙な図形をスタート地点として発展していった学問こそが、位相幾何学であるからだ。

あるいは、そもそも設計段階から、建築家沼四郎はメビウスの帯を意識してこの建物を創ったのかもしれない。沼は数学的なモチーフを好んで多く用いたという。位相幾何学の概念であるメビウスの帯もまた、彼のインスピレーションを掻き立てる数学的対象となったのだろう。

そう考えると、伝説的な位相幾何学者である降脇一郎が、メビウスの帯という位相幾何学的な構造を持った居に住み、かつそこをダブル・トーラスという位相幾何学的な名称で呼んでいるというのは、実に面白いことではある。

――長い一直線が終わり、廊下が漸く左に折れた。

正八角形の建屋まで戻ってきたらしい。

俺はふと、後ろを振り返った。見えるのは、消失点がぼやけたまっすぐの廊下だ。その長さに、俺は改めて嘆息《たんそく》する。行って帰ってくるのだけでも十五分近くを要するこの距離は、駆け足で行っても五分以上掛かるに違いない。

立林に案内を頼んだとき、彼がいい顔をしなかったことを思い出した。嫌がるのも当然だ。こんな長い道のりは、往復するのでさえ一苦労だからだ。だが、もしここに絵画がずらりと展示されていれば、実に壮観な眺めとなったに違いない。そう考えると、Y湖開発計画が頓挫したということが、少し残念にも思えた。

廊下を幾度か右方向に折れ曲がりつつ、先へと進む。八角形の一辺ごとに一枚ずつ扉があり、そこには「ω」「ψ」「χ」と書かれている。χ室の扉だけは開け放たれており、明かりの点いた部屋と、その奥に暖炉があるのが見えた。

「どの客室も、同じ作りなのか？」

「ええ、まったく一緒です。あるのは居間のほか、寝室と、浴室、トイレ、飾り暖炉、……」

「飾り暖炉か。変わってるな」

「降脇先生の趣味です。書斎にもありますよ」

「通用口も全部屋に？」

「はい。両脇の部屋と行き来ができるようにと、どの部屋にも二つあって……あ、ロー室とオメガ室は、片側だけにしかありませんが」

そこを繋いでしまうとメビウスの帯構造が壊れるからだろうか。

エレベータ前へと出る。

「……ん？　二階にはカメラがないんだな」

平が言っていたとおり、確かに二階の天井付近には監視カメラらしきものは見えない。

「ええ。カメラは一階のエレベータ前と広間の二ヵ所だけにしかありません」

「やっぱり監視してるのか？」

「モニターが降脇先生の書斎にあります。映像はビデオテープに記録なさっていたようですが」

「それ、俺も見せてもらえるか？」

「今はちょっと……テープは船生刑事さんがすべて持って行ってしまいましたので」

申し訳なさそうに、立林は言った。

すでに押収しているのならば、映像は後で確認しておかなければなるまい。

俺は廊下のさらに向こう側に目をやる。

黄色いテープが横に張られ、何人かの捜査員たちが忙しなく出入りする扉が見えた。

扉には「υ」と書かれている。

「ウプシロン室。鰐山の部屋か」

そして彼が額を撃たれて殺害された現場だ。

「中を覗かれますか？」

立林の質問に、俺は逡巡《しゅんじゅん》してから首を横に振った。あの部屋は今、捜査員たちが少ない人員の中で最大限の集中力をもって仕事に当たっている、まさに戦場である。俺がしゃしゃり出て邪魔するべきではない。後でまた調べる機会《チャンス》もあるだろう。

「いや。もう大体解ったよ。下に戻ろう、立林君」

そう言うと、俺は踵を返した。

再び不愉快なエレベータで一階に下り、広間に戻った俺を見るなり、すぐさま男が駆け寄った。

毒島だった。毒島は、俺にそっと耳打ちした。

「飯手から話を聞きました。夕方から今までずっとZ市で買い物をしていたそうです。まとめ買いをするため、何軒も店をはしごしていたのだとか。後で裏を取りますが、嘘ではなさそうですね」

「落ちついた状態か？」

「まあ、一応は。もっとも降脇が死んだことには相当ショックを受けているようです。聴取りされるなら、明日以降のほうがいいかと」

「解った」

頷くと俺は、彼らからは少し離れた場所で、そっと壁に寄り掛かった。疲れたな、と溜息を吐きつつ顔を上げると、監視カメラと目があった。この広間にいる限り、どこにいてもあの視線からは逃れられないということか。

それはさておき。眉間に指先を当てると、俺は再び目を瞑《つむ》り、黙考する。

何とも奇妙な事件だ。二つの殺人事件に、二つの密室。二つの死体に、二つの銃弾痕。そして片方の密室で拳銃を握ったまま気を失っていたという、十和田只人――。

ふと、『眼球堂の殺人事件』のストーリーを思い出す。

沼四郎の設計した建物、眼球堂で発生した殺人事件。あの事件では人が二人ずつ死に、あるいは二人が射殺され、そして現場には十和田只人がいた。

翻って、このダブル・トーラスでも二人が犠牲になった。殺害方法もやはり銃だ。これは眼球堂との顕著《けんちょ》な類似点である。あるいは、それ以外の似かよっている事実はあるだろうか――？

その一方で、相違点もある。

それは、十和田が犯人だということだ。

つまり、この事件の状況証拠からすれば、書斎で降脇を殺したのは十和田だと確定してしまうことだ。書斎という密室の中に、射殺死体と銃を持った男がいたのだから、それはまったく自明である。百合子には申し訳ないが、普通に考えれば、その男が犯人だという結論にしかなり得ないのだ。

もっとも、それで不可解さのすべてが解消されるわけでもない。

υ室で鰐山が殺されていたのは、なぜか？

こちらの密室には十和田はいない。とすれば、この不可解さをどう解き明かせばいいだろう。

この点、例えば——十和田が鰐山を殺した後、すぐに一階に下りてきて降脇も殺したということは考えられるかもしれない。だが、だとすると今度はどうやってυ室を密室にしたかという謎が生まれる。υ室に二つある通用口は、どちらも内側からかんぬきが掛けられていた。入口の鍵は掛かっていなかったが、ドアチェーンが掛けられていた。十和田がどれだけ細身だったとしても、あの狭い隙間を通り抜けるのは不可能なのだ。結局、不可解は解消されないということになる。

それにしても——。

仮に十和田が犯人だったとして、その動機は何だったのだろう。つまり、そもそも奴はなぜ二人を殺したのだろうか？　怨恨か、それとも——。

「あのう……」

毒島が、堂々巡りの思考を続ける俺に、小声で言った。

「宮司警視、もう十時を過ぎました。一旦Y署に戻りませんか。きっと、十和田から聴取りができる頃だと思いますし」

5

ダブル・トーラスから車で十五分ほど走った県道沿いに、Y警察署はあった。

小さい所轄だと述べた毒島刑事の言葉どおり、警察署としては小ぢんまりした四階建ての古い建物だ。駐車場は広いが停まっている車輌は少ない。

「こちらです」

毒島に導かれるまま、裏口から赤錆だらけの鉄扉《てっぴ》をくぐると、階段を上がり、俺は二階の刑事生活安全課に通された。

部屋には、船生がいた。

彼女は俺の存在に気づくと、まず鬱陶《うっとう》しそうに目を細めてから、次いで口の端を歪ませた。

「……これは宮司警視。中央官僚はお忙しいと伺っていましたけれど、夜遅くにこんな末端の現場まで来られるなんて、お暇なんですか？」

あからさまな嫌《いや》みだ。だが俺は笑って受け流す。

「ああ、漸く繁忙期が終わってくれたからね。お陰さまで、今は束《つか》の間《ま》の休息期間だよ」

「そうですか。私たちには土日もありませんけれどね」

船生が敵意に満ちた険しい表情を浮かべた。

「……どうやら、警視はダブル・トーラスに興味をお持ちのようですね。でも、言っておきますけれど、これは私たちの事件《ヤマ》です。部外者には邪魔をしてほしくないのですよね」

俺は警察庁の人間であって、必ずしも部外者ではない。それは彼女も解っているはずだから、これは明らかな売り言葉だ。だがそれを不用意に買って要らぬ争いをしても仕方がない。俺は努めて穏便《おんびん》に答えた。

「まあそう言うな。現場の足は引っ張らないよ」

「引っ張るだろうから、申し上げているんですが」

「……さッ、ささッ、警視はどうぞこちらへ」

不穏な雰囲気を察したのか、毒島が慌てたように俺を部屋の奥へと案内した。

「十和田がいる取調室は向こう側です、ささッ」

パーティションの陰まで来ると、毒島は申し訳なさそうに言った。

「あの、気を悪くしないでください、警視。ここのところ船生さんちょっとご機嫌斜めなんですよ。普段は明るくて美人で気立てもいい上司《ボス》なんですけど、今日は特段、刺々《とげとげ》しくて」

「大丈夫だって。解ってるさ」

苦笑いで答えた。中央の人間が地方に行くと、多かれ少なかれこういう確執があって、俺もしばしば巻き込まれるのだ。もちろん、それは単にそれぞれの立場や信念がすれ違い、誤解を引き起こしているだけのことで、別に誰が悪いといった話でもないのは解っている。

だが、やりづらいことを否定できないのも確かだ。

広い執務室の一角、最も奥にある頑丈な扉の前まで来ると、毒島は言った。

「こちらです。中に十和田がいます」

俺は、一人で取調室に入った。

薄灰色の味気ない壁で囲まれた、三畳ほどの狭い部屋。エアコンもなく、夏も終わりとはいえ熱気が淀んでいる。中央には傷だらけのスチール机と、そして――。

その向こうに背を丸めて座る、一人の男。

よれたジャケット。時折びくりと痙攣したように跳ねる肩。鼻先までずり落ちた鼈甲縁の眼鏡。

「……十和田只人だな」

後ろ手に扉を閉めると、俺はそう言って十和田の目の前のパイプ椅子に腰掛けた。

十和田は、誰が見ても不機嫌だと解る、片目をこれでもかと眇めた表情で、面倒臭そうに言った。

「そのとおり、僕は十和田只人だ。ところで君は誰だ。どこかで会ったような記憶があるが」

「警察庁の宮司だ。君とはさっき、ダブル・トーラスのエントランスで会っている」

「そうだったか。では警察庁の宮司くん、さっそくだが君にはお引取りを願いたい。なにしろ今僕は重要な問題に取り組んでいる真っ最中なんだ。邪魔しないでくれ」

「問題？」

「そうだ」

十和田は、いきなり顎を上に向けた。首の後ろがごきりと鳴る。

「結び目の問題だ。これについては有名な未解決問題があるの。『自明な結び目とジョーンズ多項式の値が等しい非自明な結び目は存在するか』……あれについて今、極めて重要な着想を得てね。それについて考えているところなんだ」

「結び目？　……なんだそれは」

唐突に繰り出された未知の単語群に面食らう俺に、十和田は呆《あき》れたように言った。

「知らないのか。ひもを結べばできるあれだよ」

「そんなことは知ってるよ。俺が訊いているのは……あーいや、そうじゃなくて。とりあえず君、俺の質問に」

「宮司くん、君は山登りをするか？」

「は？　山登り？　……それはまあ、少しは」

「ならば、これは君が命を託すロープに関する重要な命題でもあることは肝に銘じたまえ。なぜ結び目は結ばれるのか？　そもそも結ぶとはどういうことなのか？　結び目とは何種類が存在するのか？　結び目をいかなる基準で分類できるのか？　ジョーンズ多項式のような不変量は万能か？　n次結び目の挙動は？　そんな簡単で基本的なことすら、数学はまだ十分に解明しちゃいない。だがな、鰐山先生と平先生の言い争い《ディスカッション》を聞いていて、唐突にひらめいたんだよ。解をね」

「はあ」

「自明な結び目というのは、言わばポアンカレ予想における三次元球面のようなものだ。もし三次元球面と同じホモロジー群を持つ三次元多様体があるならそれは三次元球面と同相だろうというのが予想の肝《きも》だが、これを結び目理論に引き写すことができるのではないか？　つまり自明な結び目と同じ不変量を持つ結び目があるなら、それは自明な結び目と同相となるに違いなく、ここに議論の類似性が見出せるわけだ。もちろんこれは、どちらも大枠では不変量に関する議論だから、それこそ誰でも考えつくような浅いアイデアであって自慢にもならないんだが、一方で不変量とホモロジー群をうまく対応させることができるのじゃないかという点には工夫の余地はある。つまり……」

「ちょ、ちょっと待て、待て十和田」

俺は、慌てて十和田を制した。

「ロープだとか、ジョーズだとか、君は何を言っているんだ？　それが今何の意味を持つ？」

そんなことはどうでもいいから、俺に質問をさせてくれ——そう言おうとするが、しかし十和田は、そんな俺の台詞の終わりに被せて、さらに大声でまくし立てた。

「意味？　自明じゃないか。ロープは位相幾何学と大いに関係があるんだぞ。例えば二次元球面とそれ以外、例えばトーラス面とは一本のロープがあれば簡単に区別できる。ホモトピー理論だ」

「あー、ええと……」

「二次元多様体上の閉じたロープ、つまりループがいつも一点に収束するなら、それは球面だということだよ。輪ゴムが引っかけられない形は球だということだ。ポアンカレ予想が正しければね」

「それは俺も百合子から聞いたことが……いや、そうじゃなくて」

「一方、多様体上に構成されたロープは当然に結び目を形作る。ならばそれぞれが何らかの関係を持っているだろうことは容易に推測できる。なにしろ多様体そのものが結び目を作ることとさえあるのだからね。というわけで君の質問に対する答えは『大ありだ』となる。ちなみにジョーズではなくジョーンズだな」

「…………」

だめだ、話が数学から戻ってこない。

辟易《へきえき》する俺をよそに、十和田はなおもまくし立てる。

「……それにしても本職の位相幾何学者《スペシャリスト》はさすがだな。僕のようなにわかは教わることだらけだったよ。お陰で重要な閃《ひらめ》きも得た。僕はこいつを見失いたくないんだ。誰でもただ論理を組み合わせることくらいはできるだろう。だが本当に有用な論理の組合せは、閃きがなければ得られない。ただ、そう簡単に閃くものじゃない。だからこそ閃きは数学者の命であり、ザ・ブックにつながる唯一の道なんだ。そんなわけで宮司くん、僕は今余計なことにかかずらいたくはないし、一切の邪魔をされたくもないんだ。さあ出て行ってくれたまえ」

十和田はそう言うと、右手を俺に向けてしっしっと振った。

もちろん、言うなりになるわけにはいかない。俺は、首を横に振った。

「無理だよ。これは取調べなんだ」

「そんなのは警察が勝手に決めたことだ。君たちの都合であって、僕には一切関係がない」

十和田は、腹立たしげに言った。

「いいか、今の僕は思考を邪魔されることが何よりの苦痛なんだ。それに、君がこれからしようとしていることも、どうせさっきの事件に関する取調べだろう？　それならば僕が犯人だとすでに言っている。署名もしたし拇印《ぼいん》も捺《お》した。君たちにはこれで十分なはずだ」

「そんなわけにはいかない。君が犯人だというためには、自白だけでは証拠が足りないんだ。それじゃ公判も持たないし罪にはならない。というか、そもそも君の犯行動機はなんなんだ？　降脇と鰐山に恨みでもあったのか」

十和田は、ふんと鼻から息を吐くと、顎に生えた無精髭をぞりぞりと撫でながら言った。

「まさか。大事な気づきを与えてくれた恩人二人を恨むはずないだろう」

「じゃあなぜだ。なぜ殺《や》った」

「答える必要はない。動機なんか大したことじゃない。そんなもの、後づけでいくらでも考えられるものだからだ。例えばそうだな、ムーアだって言ってるだろう、誰かが証明してしまうくらいならいっそ……いや、そんなことはどうだっていいんだ。とにかく動機が重要だと考えるのは間違っている。動機さえあればそいつが犯人だとする思想がいかに危険かは、君にも解るだろう」

「もちろん。だが犯罪には大体、動機から結果に至る一本の筋があるのも確かだ。君が被害者のことを恩人だから恨んでない、そう主張するならなおのこと、その恩人を殺すにはよほどの動機がないことには、筋が通っていないということになる」

「それとこれとは話が別だ。ある仮説に対して客観的な齟齬《そご》が生じない限り、それが真実だということに対して、僕は何の違和感もやましさも感じない。警察《君たち》だって、いつもそうやって無辜《むこ》の民を監獄に送り込んできたのだろう？」

「む……」

　痛いところを突かれた。

　確かに、捜査機関である警察《俺たち》の仕事は、有り体《あてい》に言ってしまえば、刑法の構成要件を満たすための証拠を徹底的に拾い出すという作業に尽きる。もちろん動機そのものも調べないわけではないが、あくまでも一義的な仕事は、十和田の言うとおり「市民が罪人であることを示す『客観的』事実の解明」である。そんな態度が時として冤罪《えんざい》を生んだ、その事実は否定できない。とはいえ――。

「客観的に見て僕が犯人であり、したがって僕は犯人だと自白している。これで十分じゃないのか？」

十和田のこの言い分には、やはり大いに引っ掛かる。

だから、すぐさま訊き返す。

「ちょっと待て、『客観的に見て僕が犯人』っていうのはどういうことだ。君の主観でも君が犯人なんだろう？　だからこそ自白しているんじゃないのか」

「僕の主観なんか存在していないよ。記憶がないんだから」

「……は？」

目を瞬《しばたた》かせる俺に、十和田は、なぜか胸を張るようにして続けた。

「覚えていないんだ。記憶があって忘れたのか、そもそも最初から記憶がないのかは知らない。まあ、いずれにしても瑣末な問題だ」

「待て待て待て、どう考えても瑣末じゃないだろ。じゃあなんだ？　君は人を殺した覚えもないのに自分が犯人だって言っているのか？」

「そうだよ。記憶なんて曖昧なものだ。一分前、一時間前、一日前、一年前に何を考え何をしていたか、宮司くん、君は正確に思い出せるのか？　だとすれば事実認定で大事なことは客観性だ。それに比べれば記憶の有無なんか瑣末な問題だ。客観的事実がある限り、僕の主観はそれにしたがうようにできている」

十和田は高らかに述べた。

俺は盛大に溜息を吐いた。記憶はないが自白はする。まったく理解不能だ。そりゃ理屈では正しいのかもしれないが、屁理屈にも程がある。まったく呆れた男だ。一体百合子は、こんな男の何がいいのだろう。

とはいえ、こういう変人は、変人なりに常人が理解できない変な理屈の上に生きているものだ。だから、俺がその理屈は無意味だと言ったところで、それを改めることも曲げることも絶対にないだろう。

一方で、十和田の言う客観的事実に基づいたとしても、必ずしも彼が犯人だと断定できるわけではない。この男がそれに気づいているかどうかは解らないが、そこにつけ入る隙はある。

俺は、抗弁を試みる。

「……解ったよ。君の記憶云々《うんぬん》については大筋では反論しないことにする。だがそれでも、君が言う客観的な事実は、必ずしも君を犯人だと決めつけないと思うんだがな」

「なぜだ」

「君は密室となっていた書斎にいたんだろう。そんな君がどうやってウプシロン室にいた鰐山を殺せたんだ？　あるいは、どうやってウプシロン室の密室を作り上げた？」

「……はあーあ」

十和田は、裏返ったような変な声を上げると、いかにも不機嫌な顔で頭をぼりぼりと掻いた。

「君は解っていない。ウプシロン室の密室なんて錯覚だ。そんなものは存在しない」

「密室が存在しない？　どういうことだ」

「そもそも『密室』という言葉が正確に定義されていないからだ。君の言う密室とは何だ？」

「うーん……」

あまり意味はないと思える原則論。だから答えても無駄だと解っているのに、しかし、俺は答えてしまう。

「ある犯罪がある空間の内部だけで完結し、かつ内外の疎通が図られていなかったことが明らかであって、こと加害者がある空間の外部にいる場合に、これを密室と呼ぶ、と思う」

「なるほど、比較的解りやすい定義ではある。だがその定義にしたがえばこそ、やはり密室は錯覚なのだと言わざるを得なくなるぞ」

「どうしてだ」

「それこそ密室内の犯罪が構成不能になるからだよ。卵の殻を割らずに黄身だけを取り出すなんて不可能だろう？」

十和田は肩を竦めつつ続けた。

「もっとも、それは現実世界の場合に限られた制約だ。数学的には、卵の殻を割らずに黄身だけ食う方法はいくらでも存在する。例えばn次元の密室も、nプラス一次元からみれば密室とはなっていない。両側が開放された円筒面《シリンダー》と考えれば、この図形の二次元平面による切断面には円ないし楕円ができることがあるが、だからといってシリンダーの内側が完全に閉じているわけじゃない。あるいは球面を裏返す方法を利用する手もある。モランの方法で特異点なく裏返せば、球面の内側にあるものを難なく外に出すことができるはずだ。さらには、これが原理的に内外が定められないクラインの壺のような多様体だったという場合もある。このときはそもそも向きつけがあるという認識それ自体が誤りだったということになり、内外の意味がなくなる」

「意味が解らん。そもそも君がさっきからよく口にしている多様体ってのは一体、何なんだ？」

「呆れたぞ、それすら解らずに今まで僕と話をしていたのか？」

「悪かったな。で、何なんだ、多様体って」

「局所的にはR^nとなるような位相空間のことだよ」

「アールエヌ？」

「n次元ユークリッド空間だよ。ユークリッドはエウクレイデスのことだが、要は直線やデカルト平面のような、僕らが直感的に理解できる空間のことだ。多様体……代数多様体《バラエティ》じゃなくて多様体《マニフォルド》……の表面には局所的にR^nが貼りつけられていて、ある一部分だけを見れば座標系として簡単に捉えることができるという、大変に便利なものであるわけだ」

「すまないが、もう少し解りやすく言ってくれ」

「R^nを貼りつけたパッチワークみたいなものだということだよ」

「うーん、R^nとやらがちくちく縫いつけられたぬいぐるみってことか？　なんだか面倒な物体だな。そもそもパッチワークなんかせずに、初めから物体全体をR^nとやらで考えればすむんじゃないのか」

「馬鹿言うな。それじゃあ多様体が球面なのかトーラスなのかクラインの壺なのか区別できなくなるだろ。あくまでも近傍《きんぼう》ではR^nに近似できるというだけのことだ。だが近似できるから分析できる。分析できるから計算もできる。分類もできる。サーストンの幾何化予想もそうだが、何にせよ分類できることが最も重要なんだよ。でなければそもそも数学の存在意義がない」

「うーん……」

「まあ、一枚布で作ったぬいぐるみと、パッチワークで作ったぬいぐるみ、どちらのほうが修繕しやすいかを考えても、多様体の便利さは自明だな。前者は布丸ごと交換になるが、後者なら一部分の交換ですむ」

「まあ、そうだが……」

頷いてはみたものの、十和田が言っていることがいまひとつ飲み込めない。

多様体とやらが球面かトーラスかで、一体何が変わるというのか？

いや、ちょっと待て――そもそも俺は今なぜ、こんなよく解らない議論をしているのか。数学の話がしたいわけでもないのに。

完全に十和田のペースに乗せられている。そのことに気づいた俺は、頭の上で大きく手を振った。

「いい、もういいよ。とりあえずこの話はお終いだ。今は密室の話をしていたんであって、数学の話をしているわけじゃないんだ」

だが十和田は、強引に話を自分の世界に引き戻す。

「いいや、似たようなものだ。世の中だって結局のところ、抽象化された理屈で動いているようなものだからな。数学と何ら変わらん。例えばスメールの定理と呼ばれるものがある」

「スルメ？　何だそりゃ」

「スメールだよ。スティーブン・スメール。彼はnが5以上のn次元多様体M^nを微分可能なホモトピー球面だとするなら、M^nは球面S^nと位相同型だと示した。具体的には、M^nは二個の閉n次元球体の境界をある微分同相写像で貼り合せて得られる多様体と微分同相となるということを示したわけだ。つまるところポアンカレ予想の五次元以上における解決だ」

「…………」

——まただ。俺はうんざりした。まるで宇宙語でも聞いているようだ。あるいは西洋人が漢字を見たときにはこんな気分になるのだろうか。だが、十和田はそんな辟易など意にも介さない。

「この定理の証明においては、多様体の性質を変えないまま形を変化させるという技術が使われている。例えば球面から二つの円盤を切り出す。切り出した円盤は貼りあわせて球面にする。残る二つ穴の開いた球面には、これを円筒面《シリンダー》の両端でふさぐようにつなげる。靴に取っ手をつけるようにね。するとトーラスと球面がひとつずつ出来上がる」

「はあ、トーラスねえ……」

俺は呆れるように言った。

やっと俺にも理解できる単語が出てきたと思ったら、また「トーラス」だ。この高々数時間の間に、俺は一体何度この数学用語を耳にしただろう?

「ああ、そうだよ。『はあ、トーラス』だ。トーラスほど基本的で興味深い多様体もないのだから仕方ない。そもそも人間は君も含めてトーラスそのものじゃないか。それでだな、例えば二つのトーラスもまたシリンダーで接続することにより球面とダブルトーラスを形成するわけだ」

「ドーナツをチクワでくっつけるのか」

やけくそで答えたが、十和田はにやりとした。

「いいたとえだ。トーラス《ドーナツ》もシリンダー《チクワ》も美味《うま》いからな……さてこのとき、シリンダーを接続するという手続きによる不変量の変化さえ考慮すれば、その前後における性質そのものはある意味では不変なものだとみなすことができる。臓器を人工臓器に入れ替えたとき、身体を構成する元素の存在割合は変わるかもしれないが、患者そのものの同一性と連続性が失われるわけではないのと同じだ。だが卵の例と同じように、臓器の入れ替えを三次元でやろうとすれば、身体に穴を開けなければならない。これは不変量をいじることになるので極めて不都合だ。さてどうするか。スメールはその解決を高次元に求めた。高次元にその不都合を押し込んで隠したんだな。だから彼の定理は高次元に十分な余裕のあるnが五以上の場合に限っているわけだ」

「解らん。いい加減にしろ。そもそも、君の話はさっぱり先が読めん。不親切すぎる」

俺は肩を竦め、あからさまに非難した。

だが十和田は、悪びれもせずに続ける。

「解らないか？　この事件においても同様なのだと僕は言いたいんだがな。多様体……二つのトーラス面がシリンダーによって接続されていると考えれば、事件の性質を変えないまま問題を解決することができる。だとすれば密室など、錯覚に過ぎないというわけだ」

「だから、どういうことなんだよ」

「これでもまだ解らないか……」

苛立つ俺に、眼鏡のブリッジを押し上げつつ十和田は言った。

「はっきり言おう。ダブル・トーラスを構成する二つのトーラス面の内部に含まれた二球面は、シリンダーにより接続されている」

「つまり？」

「二つの密室がシリンダーを介してつながっているということだよ」

「ああ……なるほど」

そういうことか——漸く俺にも、話が読めた。

「やっと解ったぞ。君はこう言いたいんだな？　つまり、二つの密室、すなわちウプシロン室と書斎とは、シリンダーすなわち何らかの通路によって結ばれていると」

俺は漸く納得しつつ、一方で大いに呆れた。最初からその結論だけを言えばすむものを、なぜあんなにまどろっこしい説明をするのか。だが――。

「そうだよ。だからさっきからそう言っているじゃないか」

憤然と、十和田は言った。

どこをどう解釈しても、そうは言ってないぞ――喉まで出掛かるそんな抗議の言葉を溜息とともに飲み込みつつ、俺はそれでもなお残る疑問を、十和田にぶつけた。

「……だが君、本当にそんな通路なんてあるのか？」

「あるよ。間違いない」

俺の質問に、十和田は自信満々に頷いた。

「だったら教えろ。通路はどこにある？」

「それは知らん」

「知らん？」

「ああ」

涼しい顔で、十和田は首を横に振った。

「見たことも確かめたこともないからな。だがそいつは間違いなくある。それが問題の合理的帰結であるべきだからだ。目に見えなくても存在する重要性は世の中に山ほどあるだろう？　君が拠《よ》りどころにしている法律もそうだな」

「……はあ」

「警視、宮司警視」

不意に後ろから、誰かが俺の名前を呼び、思わずびくりとして振り向く。

毒島がいた。扉をほんの少しだけ開け、隙間の向こうで俺を手招いている。

「どうした、まだ取調べ中だぞ」

席を立ち、毒島に近づいて問う。

「その、警視、実は……」

「何かあったのか？」

「……現場からの報告で、今しがた、ウプシロン室と書斎をつなぐ隠し通路が見つかったと」

「何だと」

本当か、と問う俺に、毒島は上目遣いで頷いた。

「本当です。二つの部屋にそれぞれ飾り暖炉がありますよね？　あの奥に、部屋同士を垂直につなぐ通路が隠されていたんですよ。どうやら、配管室の内側を通っているようです」

「…………」

俺は無言のまま、ゆっくりと十和田のほうに振り返った。

十和田は、ぞんざいに口から大きく息を吐くと、さも面倒そうな顔つきのままで、言った。

「ほらな、宮司くん。これで君の疑問はすべて解決だ。もう僕に用はないだろうから、今すぐここを出て行ってくれたまえ。さっきから言ってるが、僕はもう思考を邪魔されたくないんだよ。……ほら、今すぐ」

こうして俺は、あっさりと取調室を追い出された。

もちろん、そんな権限など取調べを受ける側である十和田にはない。だが当の俺にもはや抗《あらが》う元気がなかったのだ。ぐったりとしつつ一階に下り、自動販売機前の休憩所に座った。

今は閉庁時刻。省エネと称して多くの電灯を落としているため薄暗い。申請受付のカウンターの向こうにある執務室にも、誰もいない。

「……すみません警視、こんなところでお待たせしてしまって」

ほどなくして、毒島がファイルケースを片手に、階段を駆け下りてきた。

「その、上にはまだ船生さんが残っているので……さすがに、また鉢あわせしたらまずいかなと」

「構わないよ。むしろ気を遣わせて悪いな」

「いえ、偉い人をこんなところに追いやってしまって、本当に申し訳ないです……」

そう言うと毒島は、そっと黒い物体を差し出した。缶コーヒーだ。お詫びにということだろうか。俺は苦笑しつつ、その握り拳大の缶を受け取った。

「……円筒形《シリンダー》、か」

「はい？　なんですか？」

「いや、なんでもない……ところで毒島君、その」

「解ってますよ、宮司警視」

毒島は、俺に掌《てのひら》を見せると、ファイルケースを開き、そこからごそごそと紙の束を取り出した。

「『ダブル・トーラス事件』の捜査状況について、警視にこっそりご報告を」

「よろしく頼む」

「合点承知です。まず、現場の状況ですが……」

毒島が、捜査報告書の中から一枚の見取り図を俺に渡す。

俺は、暗がりに目を細めて図面を凝視した。

※　図3参照

この図面は、彼らが実際に現場を見分した上で、その詳細を書斎とυ室を中心に描き上げたもの。この図によれば――。

「確かに、暖炉は同じ位置にあるな」

「ええ。さきほどご報告しましたが、この中には垂直の通路が隠されています。暖炉の奥には金網がありまして、そこを押すと通路に入れるようになっている、という仕組みです」

「通路って、どんなものだ」

「基本的には、通路と言うよりも垂直に設けられた配管スペースですね。直径一・五メートルくらいの円形で、上下水管やら配線やらが通っています。人が通るためのものというより、配管室をたまたま人が上り下りできるようになっている、と言ったほうがいいかもしれませんね。窓もありませんし」

「垂直か。梯子《はしご》か、ロープは？」

「いいえ、特には何も」

「それで上り下りできるのか？」

「配管を固定する金具がわずかな足がかりになりますので、できなくはないかと」

「うーむ」

俺は再び、図面に目を落とす。

「屋上の図もあるな。外も調べたのか」

図3　現場図面

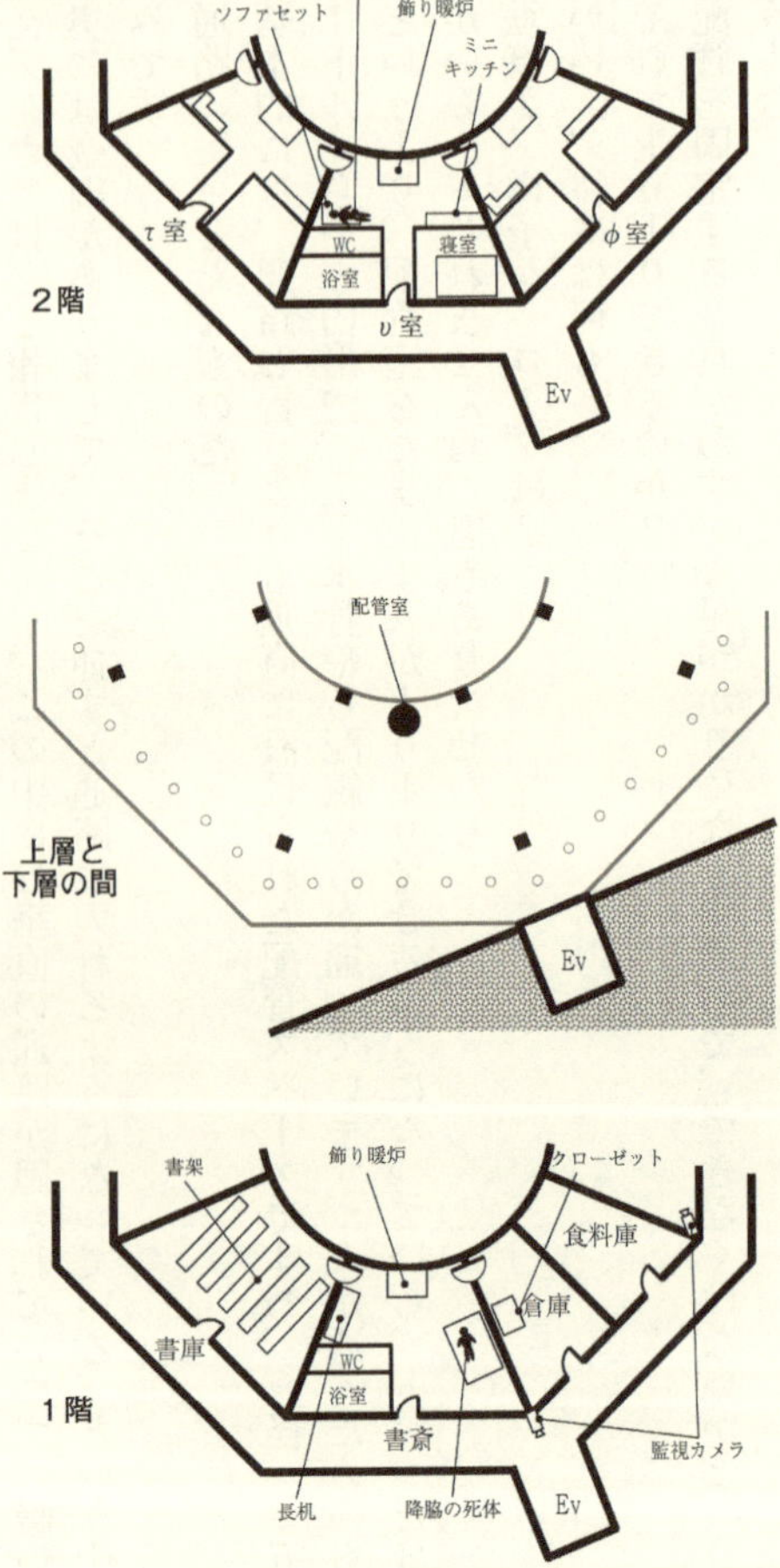
鍔山の死体
ソファセット
飾り暖炉
ミニ
キッチン
τ室
φ室
WC
浴室
寝室
υ室
2階
Ev
配管室
上層と
下層の間
Ev
書架
飾り暖炉
クローゼット
食料庫
倉庫
書庫
WC
浴室
1階
書斎
監視カメラ
長机
降脇の死体
Ev

「はい。一旦建物を出る必要がありますし、暗がりで相当難儀したそうですが……」

それはさぞ捜査員たちも大変だったことだろう。だが彼らの頑張りのおかげで二つのことが解った。ひとつは下層の屋根の上には行けるらしいということ。もうひとつは配管室の位置が、二つの飾り暖炉の位置と合致するということだ。

ひとつめの点については一度、実際に屋根に上がって自分の目で確かめてみる必要がありそうだが——。

「ほかには何か解っていることは？」

「あ、えーっとですね……」

毒島が、紙の束を太い指で器用に手繰《たぐ》りながら言う。

「差し当たり五点ほど……まず凶器となった拳銃ですが、消音機構《サプレッサ》がついておりまして、弾倉は空になっていました」

「硝煙《しょうえん》反応は？」

「いえ、誰からも。ただ、十和田の近くに長手袋が落ちていて、ここからは強い反応が出ています」

「犯人はこの手袋をして銃を撃ったということか」

「ええ。ちなみに銃の持ち手からは、十和田の指紋のほか、降脇の指紋も出ています」

「降脇の……うーん、銃は降脇の所持品だったってことか？　いずれにせよ降脇についてては、指紋から身元を確定しておいたほうがいい」

「正体の解らない男ですからね。降脇一郎という名前からして偽名臭いですし。とりあえずデータベースから洗っているところです」

「それがいい。二点目は？」

「死亡推定時刻についてです。降脇と鰐山、両人とも六時以降で確定です。三点目は、買い出しに行っていたという飯手について。Z市で彼女の行動の裏が取れました。彼女はシロです」

「アリバイありというわけか。……四点目は？」

「メモがみつかりました。ウプシロン室から」

「何のメモだ」

「それは見ていただいたほうが早いかと」

毒島が素早く差し出した紙を受け取る。特徴のある角ばった字が並ぶメモだ。

「なになに……『鰐山殿。話がある。夕食の前に貴殿の部屋を訪ねるので自室にて待機されたい。他言無用。降脇一郎』……ふむ、降脇が鰐山に宛てたものか」

「ええ。このメモが鰐山の背広の内ポケットに入っていました。ウプシロン室に最初から置かれていたものと推定されます」

「筆跡は降脇のもの？」

「おそらく。書斎から押収した書類の字体とも一致しています」

「ということはつまり、鰐山は降脇が書いたこのメモを見て、ウプシロン室にとどまったということか？　妻である明媚には体調が悪いと嘘を吐いて？　……ふーむ」

少し話がややこしくなってきた。降脇が書いたメモの内容からは、明らかに彼が鰐山に対して何か話をしようとしていたことが窺える。一体、何の話をしようとしたのか？　あるいは、本当に話をすることが目的だったのだろうか？

「……とりあえず解った。五点目は？」

「はい、最後はですね、監視カメラのテープです。映像はまだ分析中で、エレベータ前のものしか調べきれていませんが」

毒島は、また別の報告書に目を移しながら言う。

「容疑者の範囲については、ダブル・トーラスの中にいた人間に限ってよさそうです。一階エレベータ前のカメラには、関係者以外は映っていませんでしたので」

「言い切れるか？　エントランスから乗って二階で下りた人間はカメラには映らないぞ？」

「それは大丈夫です。ランプの動きからエレベータの動きを確認していますから」

「なるほど、それならいい」

毒島はなかなか優秀だ。捜査の勘どころはしっかりと押さえている。

「結論として、少なくとも外部からの侵入者による犯行の可能性はない、ということだな。とするとターゲットは関係者八人に絞られるわけだが……」

「あの、宮司警視、ひとついいですか」

毒島が、俺の顔色を窺うようにして言った。

「これは僕の見立てなんですが、例えば……降脇が鰐山を殺して自殺した、あるいは逆に鰐山が降脇を殺して自殺したっていうような可能性はないでしょうか」

「ないとは言えないな。密室の中にいたのは、必ずしも十和田だけじゃない。だが……」

俺は、一拍を置いて続けた。

「残念だが、どちらの可能性も望み薄だ。最終的に拳銃を握っていたのは十和田だったからな。降脇と鰐山のいずれかが自殺したとは考えづらい。降脇に至っては銃創が後頭部にあった。自殺しようとするのに、わざわざ撃ちにくい後頭部を撃つことはないだろう」

「確かにそうですね……ということは、やはり」

「ああ。……結論はひとつしかない」

すなわち、十和田——俺は、また長い溜息を吐いた。

ダブル・トーラスの関係者は、降脇、鰐山、明媚、平、鳥居、立林、飯手そして十和田の八人。このうち、密室の内側にいたのは、二人の被害者と、拳銃を握り締めていた十和田だけ。

この状況だけから判断すれば、もはや、十和田が犯人であることは明らかなのだ。

だが――。

一方で俺は、だからこそある思いをも抱いていた。それは「この事件の犯人は十和田ではない」という強い確信だ。どうしてそう思うのか？　理由は解らない。強いて言えば警察官の第六感だ。

もちろん、そいつはただの勘だ。裏づけも何もない直感にしかすぎない。だから――。

「…………」

俺たちは結局、それから暫くの間口を噤んだまま、人気《ひとけ》のない薄暗い警察署の一階で、ただじっと図面を眺め続けているしかなかった。

6

『えーっ、十和田先生、そんな大変なことになってるの？　……もちろんお兄ちゃん

していた。

も大変だけど』

携帯電話の向こうで、百合子が驚いた声を上げた。

Y署に停めた車の中、俺は運転席のシートを目一杯倒し、顔の見えない百合子と話していた。

すでに時間は深夜、午前二時を回っている。

家に電話を掛けると、百合子はすぐに出た。帰りの遅い俺を健気《けなげ》にも待っていてくれたのだ。喜びつつ、俺は手短にいきさつを話した。

百合子はまず驚愕し、次にきっぱりと言った。

『でもね、お兄ちゃん。私もそれはないと思う。十和田先生が犯人だなんて、絶対にあり得ない』

指が入らない程度に細く開けた窓から、秋のひんやりとした空気が忍び入る。昼夜の気温差が激しい時期だ。俺はジャケットの前を掻きあわせつつ、百合子に訊く。

「どうしてそう思う？」

『だって、不自然すぎるもの。なんでほとんど無関係の十和田先生が二人も殺さなきゃならないの？　動機は？』

「俺も十和田本人に訊いたんだけどね。でもあいつ自身が動機は関係ないって突っぱねたんだ」

『だとしたら、ますます不自然。仮にほんとに十和田先生が犯人だったとしても、これほどの事件を起こすのに、先生ほどの人があらかじめ動機を考えておかないなんてことは絶対にない。だから、答えられなかったっていう事実そのものが、十和田先生が無実だっていう証拠だと思う』

「うーん、そうかな……」

少し奴を買い被りすぎじゃあなかろうか。そう思いつつも、俺は続ける。

「まあ、十和田が犯人ではないとしてだ……それならなんで、あいつは自分が犯人だなんて言っているんだろうか」

『それはね……うん、たぶん情報が足りていないからだと思う』

「情報？」

『うん。情報というか、ルールかな。例えばゼロで割っちゃいけないっていうルールを知らないと、一イコール二っていう変な等式が証明できちゃったりするでしょ。前提が十分じゃないから、結論も不十分になる。それと同じ』

「あ、ああ……」

どう同じなのかが今ひとつよく解らない。だから俺はとりあえず、適当に相槌を打った。

「つまり、ルールづけがきちんとされていないから、あいつは杓子定規に、変な結論を出しているってことか？　コンピュータみたいな男だな」

『仕方ないよ、数学者なんだもの。でもとにかく、私は十和田先生は絶対に人殺しなんかするはずないと思う』

「そうかな」

『そうだよ。だって十和田先生、探偵だもの。犯罪を暴《あば》く人が、犯罪に手を染めるわけない』

「そりゃまあ、そうだが。……」

俺は、語尾を曖昧に濁《にご》した。

百合子が言わんとしていることは十分に理解できる。あの殺人事件で見事に探偵役をこなした十和田が、犯人役に回るはずがないと言いたいのだ。だが、一方で俺は知っている。いかに清廉潔白にみえる人物であっても、決して人殺しに手を染めないとは限らないということを。人はそこまで一貫性を持っては生きられない。どうして彼はそんなことをしたのか。あの悲劇を防ぐことはできたのか。それが知りたいからこそ、俺は情報が集約されたこの場所を目指したのではないのか。そう、そもそも――。

『どうしたの？　お兄ちゃん』

「え……。ああ……すまん、ちょっと考え事をしてた」

我に返った俺は、努めて明るく答えた。

「まあ、いずれにせよ、そんなこんなで明日も現場に出張るつもりだから、今日は家には帰らない。すまないな、心配かけて」

『ううん。お兄ちゃん、十和田先生の無実も証明しなきゃならないんだものね。大変だと思うけど、頑張ってね。でも、あんまり無理しないでね』

「ああ、解ってるよ。ありがとう百合子。君ももうおやすみ。それじゃあ……」

『あっ、待って』

「どうした？」

『ねえ、お兄ちゃん……私、思うんだけど』

「……？」

百合子は、一拍を置いてから言った。

『もし事件が不可解だとしたら、それはきっと、目に見えないことがたくさんあるからだよ』

「目に見えないこと？　なんだ、それ」

『大切なこと、だよ』

「ああ、『星の王子さま』か」

俺は、口の端を上げた。

大切なことは目に見えない——それはかつて、俺が幼い百合子にしばしば読み聞かせていた、サン＝テグジュペリの『星の王子さま』に出てくる有名な一節だ。彼女はその言葉をとても気に入っていて、大人になった今も、魔法の言葉と称してはよく口にする。

「……大切なこと、ね」

いつもは軽く笑い飛ばす、その言葉。

だが今日に限って、俺は考え込む。

ダブル・トーラスの不可解な事件——百合子が言うように、この事件のどこかにあるということなのだろうか。

俺の目に見えていない、大切な何かが。

7

やあ、ようこそ。外の天気はどうかね？

……ほう、急な雨が降った。この季節には確率的によくあることだ。いや、こんな場所にいると、外の天気が解らないものでね。たまにきみのような訪問者から様子を聞かなければ、気にすることすらなくなってしまうのだ。というより、必要がなくなるのだよ。この季節にはよく夕立が降るものだということも、そもそも地球には天候というものが存在するのだということも、知っている必要がね。

さて、きみがここに私を訪ねてきた目的だが……。

いや、言わずとも解る。そう……ダブル・トーラスの事件についてだろう。違うかね？

いや、そんなに驚かなくてもいい。これは重複語法《トートロジー》なのだ。普段、ここに来るのは、毅《たけし》か、弁護士か、その和集合のいずれかだ。きみのような見知らぬ人間が来たということは、おそらくは何か、特別な事情があってのこと。特別な事情とは、往々にして世相と絡む。私とて新聞は読み、ある程度は社会の動きに目配りをしているから、あの事件があったことについても、当然知っている。だとすれば……と、こんなふうに経験を演繹《えんえき》的に接続していくだけで、物事というものはおしなべて、どこにいても手に取るように解るものなのだよ。

さあ、まずはそこに掛けたまえ。大して座り心地もよくないだろうが、すぐに気にもならなくなる。人間とは順応する生き物なのだからね。

ところで……きみは誰かね？

真に分析論理学の原理に基礎をおく証明は、命題の系列から成るであろう。前提をなす命題は同一判断或は定義であって、他の命題はこれから次から次へと演繹される。しかしながら、各々の命題とその次の命題とを結びつける連鎖はたゞちに認められるけれども、最初の命題から如何にして最後の命題に達し得たかは一目のもとには見難い。されば、ともすれば人はこの最後の命題を新しい真理と見做そうとする。しかしながら、もしも次ぎ次ぎにそこに現われる種々の語句をその定義で置き換えて、もしこの操作を出来得るかぎり限なく行なったならば、最後に残るのはもはや同一判断のみとなり、すべては素晴しい重複語法《トートロジ》に帰してしまうであろう。されば論理学は直観によって培われるのでなければ、ついに何等の果も結ばずにおわるのである。

第Ⅲ章　犯人は彼か

1

車の中は狭い。

寝苦しさの中で寝たり起きたりを繰り返しつつ、朝の陽ざしらしきものを浴びたような気がしたと思ったら、いつの間にか九時を回っていた。

凝《こ》った首筋を揉《も》みほぐしながら車の外へ出ると、深呼吸をする。空気がほのかに青臭く感じられるのは、やはり湖が近くにあるからか。

髭の頭が顔を出した顎をぞりぞりと撫でつつ、俺はY署の二階にそっと上がっていった。

執務室には、船生はいなかった。代わりに毒島がワイシャツの腕をまくり、汗だくで作業をしていた。

毒島は俺の姿を認めると、右手を上げた。

「あッ、おはようございます警視」

「おはよう。……なんだ君、徹夜したのか？」

隈《くま》のせいでブルドッグというよりはパグのような顔の毒島は、むさくるしい笑顔で答えた。

「いや、二時間くらいは寝ました」

「もう少し休んだほうがいいんじゃないか？　目が真っ赤だぞ」

「あ、それはコンタクトを外し忘れて寝ただけなんで大丈夫です。体力的には元気ですよ。それより警視も飲みます？　インスタントですけど」

「ああ、頼む」

数分後、勝手に砂糖とミルクをたっぷり入れられた薄茶色のコーヒーを啜《すす》りながら、俺は毒島に訊いた。

「……ところで、あいつにまた話を聞けるかな」

「十和田にですか？　うーん、残念ですが、無理だと思いますね」

「寝てるのか」

「いえ、起きています。ただ……」

「ただ？」

巨大なマグカップになみなみと注いだコーヒーをがぶがぶ飲みながら、毒島は首を横に振った。

「相変わらず取調べを拒否しているんですよ。『僕の思考を邪魔するな』って」

「あいつ、まさか昨日からずっと起きてるのか」

「ええ。取調室で腕を組みながら、終始何やら考え続けていますよ。時々うろうろと部屋の中を歩いたり、飛び跳ねたりしていて不気味ですね」

十和田は徹夜であの『結び目問題』とやらに取り組んでいるのだろうか？　だとしたら不眠不休でよく考え続けていられるものだと感心する。それにしても、俺にはたかがひもを結ぶということが、そんなにも興味をそそるものなのだとはどうしても思えない。結び目とはそんなに面白いものなのだろうか？　そもそも結び目のことを考えて、世の中の何に役立つというのだろうか？

「……留置場にも戻ろうとしないので、取調室に鍵を掛けて放置しています」

「それがいい。戻したところで、同居の連中といざこざを起こしそうだからな。食事は？」

「要らないと言っています。便所にすら行こうとしないんです。本当に薄気味悪い男ですよ。飲まず食わず、しかも無言で何考えているんだか解らない、まるで爬虫類《はちゅうるい》です。まあそこそこ調書は取れていますから、暴れさえしなければそれでいいんですが……で、そんな感じなんですけれど、それでも無理やりやりますか？　警視」

「いや、やめとくよ」

俺は、頭を横に振った。

「なんだか面倒そうだ。タイミングを見てまた後にする」

「僕もそれがいいと思います。……ところで警視、ひとつお耳に入れておきたいことがあるんですが」

不意に、毒島が声をひそめた。

「この事件で主任になっている、船生さんについてなんですけれど」

「船生君？　君の上司のか」

「ええ、その船生さんです。で、その彼女がですね、どうも、この案件は早々に送ってしまおうとしているようです」

「…………」

送る、すなわち検察庁に身柄を一件書類とともに移管する「送致」手続きのことだ。逮捕した場合には原則四十八時間以内に所轄署から所轄の検察庁に送致することを刑事訴訟法は要請している。もっとも、任意同行の扱いとなっている現状、それほど急ぐべき理由はないはずだが――。

「できるだけ早くって、どのくらい早くだ」

「解りません。数日以内に、の意だと思いますが」

「被疑者は不詳？　それとも……」

「十和田です。自白がありますから、そこを拠《よ》り所に」

「うーん……率直に言うが、拙速《せっそく》じゃないか」

「ええ、僕もそう思います」

毒島は、神妙な顔で頷いた。

「自白は確かにありますけど、あからさますぎて、決め打ちするのが逆にまずい気がします。調書も素直すぎて、公判に耐えるかどうか……十和田が本当に犯人かは、もっと慎重に判断したほうがいいと思うのですけど」

「どうしてそう思うんだ？」

「奴が誰かをかばい立てしている可能性があるからです。自白調書があるからこそ、客観証拠をきちっと固めて、外堀を埋める必要があると思うんです」

「そのとおりだ」

俺は頷いた。毒島のその判断は、まったく正しい。

明白すぎる証拠があるからこそ、逆に疑いが強まることはよくある。その証拠が自白であればなおさらだ。人証には主観が入る。物証よりもずっと容易に嘘を紛れ込ませることができてしまうのだ。

だが、俺は首を傾げた。毒島だけじゃなく、船生だってそのくらいのことはすでに十分解っているはず。なのになぜ彼女は送致を急ぐのか？　その理由は、おそらく

──。

「……俺が介入しているからか」

「たぶん、ええ……そうです」

毒島は、俺から目を逸らすと、言いにくそうに言葉を継いだ。

「あの……船生さんはですね、お話ししてもらって解ったと思いますけれど、本庁《うえ》の人が大ッ嫌いなんですよ。現場も知らないのにいちいち口を出すなって、よく喧嘩もしています。ましてや相手が警察庁《そのうえ》の人となると……」

「ふー、なるほどな」

俺は溜息を吐くと、天井を仰いだ。

本庁と現場とで意識にずれが生じるのはよくあることだ。当然ずれた部分は組織として修正していくことになるが、大抵は現場が涙を飲む。指揮権はあくまでも本庁にあるからだ。それがいかに現場の正義を曲げる結果になろうとも抗うことはできない、上意下達のルールである。

彼女はきっと、このルールにまつわる不愉快な経験をたくさん重ねてきたのだろう。残念なことだが、現場で実直に正義を貫こうとするほど、その鼻っ柱を折りたがる輩も少なからず存在する。ましてや船生は女だ。男社会の組織で、女という理由だけで正論が揶揄《やゆ》されるようなことだって、なかったとは言えないだろう。

　だが、それはそれとして、一方でいつも現場の判断が的確だとは限らないのもまた、事実ではある。

　船生が送致を急ぐことは、間違っているとは言わないまでも、やや性急だ。仕事が迅速なのはいいことだが、結論を誤れば困るのは彼女だけではない。

　いずれにせよ、俺としても、船生とは別に急いで調べを進める必要があるのは間違いない。少なくとも、十和田只人が本当に犯人なのか、その確証を得ておく必要はあるだろう。

　俺は、毒島に訊いた。

「……ダブル・トーラスの関係者はまだあそこにいるのか？」

「はい。全員が重要参考人ですので。ただ、こっちにも場所がないので、とりあえず現地に留め置いています」

　ならばまずは聞き込みか、あるいは建物の調査と同時並行か。

「……色々と独自に調べていても構わないか？」

「全然構いません。むしろ、人手不足なので大歓迎です。でも……」

　毒島は顔を曇らせた。俺はすぐに言い足した。

「解ってるよ。船生君だろ。安心しろ、彼女からは見えないところで動くから。君も僕に同行する必要はない。君にも君の立場があるだろうからね。これはあくまでも僕の単独行動だ」

「ありがたいです。そうしてもらえると」

ほっとしたような表情を見せると、毒島は、そのままマグカップの残りを一気に呷《あお》った。

そんなパグ犬に、俺は言った。

「だが毒島君、その代わりと言ってはなんだが、ひとつ頼みがある」

「なんですか？　頼みって」

「ダブル・トーラスに行く前に、ひとつ確かめておきたいことがあるんだが……あれを見せてくれないか？」

2

太陽がぎらぎらと輝いている。

秋口に差し掛かったとはいえ、正午の日差しはまだ真夏のそれと一緒だ。日中の気温も三十度近くまで上がる。車のエアコンはごうごうと唸り声を上げているが、それでもシャツの内側はじっとりと汗ばむ。

昨日と同じく国道から市道へ、さらにダブル・トーラスへと続く細い道へ。両脇には雑木林が繁っているが、左側の奥に時折、昨晩は見なかったきらきらとした光が見えた。

湖面だ。この道は湖畔を沿うようにして走っていたのだと、今さら知った。

暫くして、道は広場に出て行き止まる。

赤い閃光を放つパトカーが何台も停められていた、ダブル・トーラスの駐車場だ。今は閑散としていて、小型のパトカーが一台と、ねずみ色のミニバンしか見当たらない。少なくとも、この岩肌の向こうにある建物で、昨晩あの凶悪事件が発生したのだとは、とても思えない長閑《のどか》さだ。

車を下りると、ミニバンに近づき、窓から中を覗いた。

車中には誰もいない。後部座席にはミネラルウォーターの段ボールと白いスーパーの袋が積んであるのが見えた。飯手が買い出しに使ったという車は、おそらくこれだろう。スーパーの袋からは野菜と魚のパックが覗いていた。野菜はしなびている。魚もこの暑さではとっくに腐っているだろう。

ミニバンから離れると、俺は切り立つ崖を見上げた。

ところどころ草木を生やした岩肌が鋭角に聳《そび》えている。褶曲《しゅうきょく》地層がうねる帯のような模様を描いている。崖の天辺《てっぺん》まで、高さは少なくとも二十メートルはあり、もちろん向こう側は見渡せない。

崖の右側は切通しになっていて、石段が上っている。エントランスにつながる道だ。よく見ると、左側にも、昨晩は気づかなかった小道があるのが見えた。崖を迂回するように湾曲しながらその向こうへと続く、細い道。

これも、ダブル・トーラスの建物につながっている道だろうか。

俺は迷わず、その小道へと歩を進めた。


右に緩やかに曲がる道を、左側に湖を望みつつ進むと、やがて湖に面し周囲をぐるりと崖で囲まれた広い場所に出た。

「おお……」

俺は思わず、感嘆の声を漏らした。

そこに屹立《きつりつ》するのは、鈍い赤銅色《しやくどういろ》の建物。

幅百メートル以上ある巨大な建造物、それはまさに巨大で無機質な、二層の「鍵」だった。

上層は、下層から立ち上がる無数の柱によって支えられている。上層底部の高さは十メートルほど、主屋《おもや》にあたる二層の八角形はそれぞれ崖に接し、そこから延びる桟橋《さんばし》のような二層の先端も、そのまま湖面を侵食し、はるか向こう、Y湖に差し込まれたその先で上下につながっていた。

壁面にはどこにも窓らしきものはなく、のっぺりとした赤い色をあらわにしていて、それが周囲の青や緑と比して、あまりに異質な印象をもたらしている。

それはまさに、神々《こうごう》しくも禍々《まがまが》しい存在感――。

ダブル・トーラス――これがその全体像か。

顔を上げたまま、俺は心の中で呟いた。

と同時に、首筋を一筋、冷たい汗が垂れ落ちた。それが照りつける太陽の仕業《しわざ》なのか、それとも無意識に湧き上がる戦慄によるものなのかは、自分でも解らなかった。

足を前に出すと、ともかく俺は八角形の傍《そば》まで近づいていく。

赤銅色の壁面。コンクリートの表面に色を直接塗っている。手を当てると、ざらりとした感触とひんやりとした温度が同時に返ってきた。

再び一歩下がり、両側を見渡す。入口も窓もなく、継《つ》ぎ目のない壁面がどこまでも続いている。だが一ヵ所、側壁を上る梯子があるのが見えた。壁に取りつけられた梯子は、下層の屋根まで続いていた。

きっと、捜査員たちは昨晩あそこから一階の屋根に上がったのだろう。俺もまた梯子に向かうと、ためらうことなくそこに足を掛けた。

錆が浮かぶ梯子は、体重を掛けるたび、金具がぎいぎいと嫌な音を立てて軋《きし》んだ。

降脇はここを居にするに当たって改装をしたというが、部分的にはまだ、こんなふうに廃墟だったころの面影が残っている。

屋根の上に出る。

膝についた土埃《つちぼこり》を払い落としながら、俺は周囲をぐるりと見渡した。

正面に広がるY湖。水面は穏やかだ。対岸には深緑色の低い山々が並び、さらにその奥には頂《いただき》に万年雪を冠した山脈が連なっている。

湖から吹きつける風を嫌って顔を上げると、七メートルほど頭上に、暗い影が浮いていた。

上層の底部だ。赤銅色に垂れ込め、俺を圧迫している。

ふと脳裏を、柱がすべて折れて上層に押し潰されるという愉《たの》しくない想像が過《よ》ぎる。脇の下に流れる嫌な汗。気を紛らわせるように俺は柱の数を数えた。
一、二、三、――二十三、二十四。
二十四本。鍵の先端まで含めて、上層はそれだけの柱で支えられている。多いか少いかは解らないが、ともかく建物が崩壊する心配だけはないはずだ――そんなふうに自分に言い聞かせながら、俺は視線を下に移した。

足下にあるのは、巨大な環状の屋根だった。外周は八角形、内周は円形。壁面と同じ赤銅色の塗料で覆われている。まるで、巨大なナットが錆びたまま放置されているかのようだ。

穴の縁まで行くと、俺はそこから下を覗き込んだ。内側の円形の壁にはどこにも梯子はなく、下りることはできない。三メートルほど下にはびっしりと雑草に覆われた地面が見え、そこから三本の針葉樹――ヒノキかヒバか――が伸び、天を衝《つ》いている。幹の先端は上層の穴も突き抜け、湖風に吹かれながら、のどかに梢《こずえ》を揺らせていた。

不意に身体がバランスを失い、俺は慌てて片足を踏ん張った。

足下を見る。すぐには気づかなかったが、下層の天井にはほんの少しだけ、内向きの傾斜がつけられていた。水はけをよくするためのものだろうか。

手すりもないのに、危険な作りだ。とはいえここはそもそも人が歩くことを想定していない場所である。転ぶのも墜落《ついらく》するのも自己責任だ。怪我するなんて洒落《しゃれ》にもならない。俺は穴の縁から慎重に二歩後ずさってから右を向いた。

視線の先には、柱がいくつも立ち上がっていた。どれも一辺が五十センチ程度の角柱だ。その中にひときわ目立つ太い柱が一本見える。俺はそこへと歩を進めた。

靴の踵がかつかつとうるさい音を立てた。足下は一面、傾斜する固い床面《スラブ》だが、八角形の外周から少し内側には丸い窓が点々と並んでいる。あれは明かり取りの天窓だろうか。

太い柱――配管室の傍に立つ。

配管室は直径が一メートル半ほどある下層と上層とをつなぐ円柱だった。やはり赤銅色をしており、どこにも扉や窓はない。凹凸のない表面を手の甲で叩くと、密度の高い音が返ってきた。

昨晩の毒島からの報告によれば、書斎とυ室とを結ぶ縦方向の通路がこの奥にある。

その報告に間違いはないだろう。人が内側を行き来できる通路となるほど太い柱はほかには見当たらないからだ。もちろん、本当に通路があるのかどうかは、後で中からもこの目で確かめる必要があるだろうが——。

次いで俺は、八角形のナット——トーラスをぐるりと回ると、Y湖の中へ突き出ている鍵の先端へと歩いていく。

栈橋か堤防のように延びる鍵の先端は、やはり二層をなし、その上層は一列に等間隔に並ぶ細い柱によって支えられていた。足下には平行に二列、明かり取りの窓が並んでいる。

長い距離を歩いて最奥まで行くと、右側に大きな四角い階段室があり、その周囲はすべて湖面だった。水質はあまりよくないのだろう、不透明に青黒く淀む水の表面を、モアレ模様のような複数の方向を持つ波が、ゆらりゆらりと寄せている。じっと見つめていると、なんだか自分が足場ごと湖の中心へと引きずり込まれていくような気がして、俺は無意識に一歩、後退っていた。

梯子を下り、来た道を駐車場まで戻ると、今度は昨晩と同じように、ダブル・トーラスのエントランスに向けて、切通しの長い石段を上っていく。

のどかな昼下がりだ。

さらさらとした葉擦れの音。

足の下で時折ぱりんと爆《は》ぜる砂粒。

夏を惜しむ蟬《せみ》が遠くでじわじわと鳴く声。

その合間を縫う俺の荒い息。ネクタイに指を掛け汗ばむ首筋に隙間をつくる。表面が擦り切れるほどに使い込まれたそれは、何の抵抗もなくすぐにするりと緩んだ。色《いろ》褪《あ》せ、毛羽《けば》立ち、新しいのに替えたらどうかとしょっちゅう指摘されるのだが、俺はその気になれなかった。この、百合子が初めてのアルバイト代で俺にプレゼントしてくれた逸品以外で、首を締める気には――。

石段を上りきると、屈強そうな警察官が二名、狛犬《こまいぬ》のようにエントランスを守っていた。俺の姿を見て一旦は怪訝そうな顔をした彼らだったが、警察手帳を見せると、すぐに背筋をピンと伸ばした。

彼らの理想的な阿吽《あうん》の敬礼に見送られ、俺はエレベータに乗る。

三つ縦に並ぶ四角いボタン。

一番下のボタンを押そうとするが、ふと好奇心から、人差し指をずらし、真ん中のボタンを押してみる。

ぽうっ、とボタンが橙色に点り、すぐにすうっ、と背後でドアが閉まった。

エレベータが動き始めた。相変わらず嫌な揺れだ。胃の底から不快感が湧き上がる。それでも都合三度目になる今は、さすがに慣れてきたのだろう、昨日に比べると多少はましな気がした。

三十秒ほどでボタンの光が消え、目の前のドアが開く。

二階だ。開いたドアの向こうでは、白い壁に臙脂色の絨毯張りの廊下が、左右に百三十五度の角度を成して延びていた。監視カメラはない。

エレベータから首だけを出して辺りを窺う。初老の警察官が、ν室の前でひとり暇そうに立っている以外に人の気配はない。頭を引っ込めると、俺はあらためて一番下のボタンを押した。

ボタンが点り、ドアが閉まる。再度、嫌な振動。だがそれも三十秒ほどで終わる。

ドアが開くと、さっきとほとんど同じ光景。唯一違うのは、監視カメラがあることか。

ふと、俺は考える。一階と二階を行き来するのに、エレベータを使えば片道高々三十秒。だからもし監視カメラがこの入口をにらんでさえいなければ、あるいは犯人がエレベータを用いた可能性についても視野に入れることができるわけだ。だが——。

レンズの表面に浮かぶ七色の光を見つめながら、俺は顎に手を当てた。困ったことにこのカメラは、あのときも作動しており、確実に誰も映し出してはいなかったのだという。

だとすると——。

「うーむ……」

考え事に耽《ふけ》りつつ、エレベータを出ようとしたまさにそのとき——。

「きゃっ」

短い悲鳴。

と同時に、身体の右半分へ、柔らかい衝撃。

左によろけつつ、俺はその原因のほうを向いた。

「痛《い》ったあー……」

鳥居だった。

俺よりもはるかに軽い彼女は、壁際まではね飛ばされていた。

「すまん、君、大丈夫か」

「あー……警視さん？　もう、びっくりしたあ。エレベータから誰かが出てくるなんて思わへんかった」

「怪我はないか？」

「大丈夫……やと思います。たぶん。ちょっとお尻をぶつけたくらいやし」

そう言うと彼女は、腰骨の辺りをさすった。

鳥居の表情にはやや疲れの色が見えていた。それは当然のことだろう。ダブル・トーラスに缶詰めにされたまま一晩が経っているのだから、それは当然のことだろう。昨日のような濃い化粧もしていない。だがそのおかげで、彼女が思いのほか童顔で可愛らしい顔立ちをしていることに、今さらながら気がついた。

「ところで警視さん、何しに来はったん？」

鳥居が、首を傾けてそう言った。事件の現場にいる警察関係者に何しに来たのかとはご挨拶だが、必ずしもつっけんどんな口調ではない。彼女にはきっと、こんにちはと同程度のニュアンスの言葉なのだろう。

「警察の人らももう、見張りの人を除いて、ほとんどいなくなってもうたけど……もしかしてまた取調べか何かですか？」

「ああ、うん、それもあるな」

俺は曖昧に頷きつつ、答えた。

「まだ事件は解決していない。腑に落ちないことが色々ある。調べなきゃならないこともね」

「ふうん……それってもしかして、あたしも疑ってはる？」

「どうだろうね」

怪訝そうな鳥居に、俺はまた曖昧な笑顔を見せた。彼女は重要参考人だ。嫌疑が晴れていない以上、真意を見せるわけにはいかない。

だが——。

「…………」

鳥居はふと無言になる。

それから左右を素早く確認すると、彼女は俺の耳元に顔を近づけ声をひそめて言った。

「あの……実は、警視さんに折り入って話したいことがあるんですけど、ちょっと今、あたしの部屋まで来てもらってもいいですか？」

3

「あの……本音《ほんね》で言いますけど、早くここから解放してもらえませんか。すぐ近くに人殺しの現場がある中で過ごすのって、気持ちいいもんやないんです」

やかんの様子を見ながら、鳥居は、ソファに腰掛けている俺に言った。

客室に入った右手にあるミニキッチンには、電磁調理器とシンクが備え付けられている。キャビネットの中にも紅茶やコーヒーセットがあり、客はそれで自由にお茶を飲んでいいらしい。家主である降脇がいない今もそうしていいのかどうかは解らないが。

「女刑事さんには部屋を替わるなって言われてます。……さすがに明媚さんだけは、替わってもいいことになったみたいですけど」

「鰐山明媚の元の部屋は、ええと、タウ室だったか。ウプシロン室の左横の」

俺は、すぐ横を気にしながら答えた。

「ええ。ここから見たら反対側の部屋ですね。あそこから今はこの部屋の隣のオメガ室に移動されました。当り前ですよね。すぐ隣が旦那さんの殺された部屋だなんて、どう考えたって可哀想ですもん。あたしやったら全力で拒否します。まあ、警察の方は人が死ぬのも慣れてはるでしょうし、そんなの関係あれへんって思うのかもしれませんけど」

「まさか。俺だってそんなのは御免《ごめん》こうむるよ。死体に慣れているというのと、死体と一緒にいられるというのは、まったくの別問題だからな」

「そうなん？　……はい、どうぞ」

鳥居が俺にカップを手渡した。琥珀色の液面から鼻腔《びこう》をくすぐる香りが立ち上る。雑談をしている間にも、彼女は手早く紅茶を淹《い》れ終えていたらしい。

「ありがとう」

「砂糖抜きですけど、いいですか」

「ああ。午前中に糖分は嫌というほど摂ったからな」

「そうですか」

鳥居も自分のカップを手に、俺から距離を置いて横に座った。

俺を無意識に避けているのか？　——と思ったが、違った。

鳥居と俺の間、ソファの座面に薄茶色の円が描かれていた。彼女はこの上に座るのを避けたのだ。

これは、何かの染みだろうか——？

「……ああ、それですか？」

俺の視線を察したのか、鳥居が言った。

「さっき、ちょっとうっかり紅茶を零《こぼ》して、汚してもうたんです。……これ、後で立林さんにも言っておかなきゃですね」

「そうか。……」

なぜ零した？　と質問しようとした、そのとき——。

「それより警視さん……私の話、聞いてくれませんか？」

先に鳥居が、居住まいを正し本題を切り出した。

「……あ、ああ。そうだったな」

誤魔化されたような気がしつつも、俺はカップをテーブルに置いた。

「で、その話っていうのは？」

「ええ。実は……」

鳥居は神妙な顔つきで語り出す。

「昨日の夕方のことなんですけど、広間に降脇先生が来られた後、あたし、平先生と一緒に一度二階へ行ったんですよ……って、これは昨晩もお話ししましたよね」

「平がセクハラ発言をしていたってやつだな」

「そうです。で、あたし、その後はひとりでファイ室に戻って来たんです。多少は寛《くつろ》げるかと思って。でも見てもらって解ると思いますけど、部屋にはテレビもないし、無駄に大きな暖炉があるだけで、すぐに手持ち無沙汰になってもうて。それで、数分でこの部屋から出たんです」

「ふむ。それで広間に戻った」

「あ、いえ……違うんです」

鳥居は首を大きく横に振った。

「下に戻る前に、あたし、ちょっとだけ二階の探索をしたんです。廊下を右に回って……そこで、その、聞いちゃったんです」

「……聞いた？　何を？」

問う俺に、鳥居は声をひそめた。

「言い争いです。鰐山先生と明媚さんの」

「鰐山夫妻の……？」

夫婦喧嘩だろうか？　俺はなおも問う。

「どこで聞いた？　口論の内容は？」

「場所はウプシロン室……でしたっけ？　あそこです。扉の隙間がほんの少しだけ開いてて、そこから聞こえてきたんです」

υ室——鰐山の部屋だ。

「あたし、ちょっと覗き見根性が出ちゃって、扉の物陰でじっと耳をそばだてたんです。そしたら……」

——は違う、そんなのってないでしょ？

——黙れ。これは君が口出しすることじゃない。僕と奴との問題だ。

——でも、あんなふうに言わなくたって。

——仕方ないだろう。言うべきことははっきりと言わなければならん。それが奴のためにもなるんだ。

「……そこだけ聞くと穏やかではない感じだな」

「ええ。鰐山先生、めっちゃ声を荒らげてましたし、明媚さんも声が裏返ってて……」

内容からして、痴話喧嘩《ちわげんか》の類ではなさそうだ。むしろ、その前の広間の出来事と関係があるように思える。

「……で、その先は？」

「はい。明媚さんがこう言ったんですよ……」

——でもそれじゃあ、いつまでも理解されないでしょう？ もっと誠実に話をしないと。

——誠実だと？ 生意気を言うな。君は僕にこれ以上何をしろと言うんだ。義務ならすでに果たした。聞く耳も持った。対話もしている。奴が理解できるようこれ以上ないくらい配慮している。

——でも、あんなのは対話じゃないわ。

——そう思うならそれでいい。だがそもそも、これは奴を理解させるためにやっていることじゃない。いいか明媚、誤解しているのならこの際はっきりと言っておく。否定されているのは僕の感情などという瑣末なものじゃない、先人の努力そのものだ。僕の一存では引かない。引けない。ましてや君が口を出していい話じゃない。黙ってろ。

——でも、豊さん。

「……そのとき、『しつこいっ』って鰐山先生が叫んだんです。同時にばんって何かが倒れたような大きな音がして」

「明媚が倒れた？　いや、倒されたのか？」

「それは解りません。あたし、どうなったのか心配になったというか、気になって、さらに耳を近づけたんですけど……入口が開きっぱなしだって気づいた鰐山先生が、扉を閉めはって……」

鳥居は一拍を置いてから、言った。

「それから先はもう、扉の向こうがどうなってるのか何も解らなくなりました。それであたしも、仕方なく一階の広間に戻ったんです」

「ふうむ……」

俺は唸った。

鰐山と明媚の激しい口論。歳が離れているとはいえ、夫婦なのだから時には喧嘩のひとつもするだろう。だがこれが、ことあんな凄惨な事件の直前の出来事となると、それが何かの意味を持つと考えられはしないだろうか。

「あの……警視さん？」

考え込む俺に、鳥居は言った。

「あたし、思うんですけど……あのときの鰐山先生と明媚さんの言い争いって、ほんと、結構な剣幕やったんです。そやからあたし、『あれ、もしかしてこの二人、仲がいいのは表向きだけなん？』て思ったんです。そう考えると、なんていうか……妙なことを考えてしもて」

「妙、とは？」

鳥居が、声のトーンを一段落とした。

「ほら、鰐山先生と明媚さんって、めっちゃ歳が離れてるでしょ？　鰐山先生は結構な年齢やし、なんていうか、お金も持っていそうやし、えーと、その……」

語尾がはっきりしない。俺は察した。

「つまり、結婚そのものが不自然だと」

神妙な顔のまま、鳥居は頷いた。

つまり鳥居は、財産目当ての結婚なのではないかと言いたいのだ。彼らは夫婦としては歳が離れている。離れすぎていることが不自然なくらいに。だから、あるいはもしかすると彼らをつなげるものは、愛情ではなかったのかもしれず、それこそが事件の端緒となったということだってあり得るのだ。それに——。

「あー、でもやっぱりごめんなさい」

考え込む俺に、鳥居が突然、首を大きく横に何度も振った。

「自分から言っておいてこんなこと言うのもあれなんですけど、今あたしが言うたこと、やっぱり忘れてもらえませんか」

鳥居は、申し訳なさそうな顔で言った。

「よく考えてみれば、結局のところこれって、そういう諍《いさか》いがあったっていうだけの話ですよね……。言い争いだって、よくある夫婦喧嘩でしたし……たぶん、あたしの勘繰りです。ほんと、お騒がせしてすみません」

「…………」

俺は、すぐには何とも答えられなかった。

確かに、鳥居が聞いたというその口論だけから、二人の私生活までを穿って見るのは下世話《げせわ》だ。ましてやそれが今回の事件と関係があるのかどうかも解らない。だから鳥居も忘れてくれと自分から言い出したのだし、そもそも俺だって、こんな話、いつもだったら笑い飛ばしている類の話である。

だが、その一方でこうも思う。つまり、これは本当に無視していい出来事なのだろうか？　そういう諍いがあったというだけで終わらせられる話なのだろうか？

とはいえ、それこそ早急に結論づけられる話ではないことも確かだ——だから。

「……解った。ところで」

一旦疑問をすべて飲み込んだ上で、俺は話を変えた。

「全然関係ないんだが、君にひとつ教えてもらいたいことがある」

「なんですか」

「君と平さん、一体どういう関係なんだ？」

「……は？」

俺の質問に、鳥居は面食らったように目を瞬いた。

「いきなり何言わはるんです？　あたしと平先生の関係て……あれ、もしかして警視さん、何か疑ってるとか」

「さて、どうだろうね」

「あちゃー。そんなん、警視さんにお話ししたことからして、藪蛇《やぶへび》やったわ……」

「かもしれんな。でも質問には答えてくれるか」

にやりと口角を上げた俺に、鳥居は眉尻を下げると、渋々と答えた。

「あー、あのですね……まず誤解なきように言いますと、平先生は、あたしにとってはただの大学のセンセーです」

「それは知っている。だが本当にそれだけ？」

「当ったり前ですよ。あんなうだつの上がらないハゲとあたしが、どんな関係になるっていうんですか。あたしにとって、あれは単位付与マシーン以外の何物でもありません」

「ふーむ？」

そういう割には、彼女は平然と平についてここまでやって来た。決して好からぬ関係でもないのではないか。

「……あれ、嘘だと思ってます？」

「まあ、それが俺の仕事だからね」

「もーやんなるわ。あ、でもそうだ、そんならひとつだけ、はっきりと言っておきます。平先生はね、たぶんゲイですよ」

「は？　……なんだって」

びっくりして聞き返す俺に、鳥居はさらりと言う。

「だからゲイですってば。同性愛」

「それは解る。だが一体どうしてそう思うんだ」

「まあ、勘ですね。でもあの先生、よく言うんですよ。『俺は女とは結婚しない。なぜなら俺がその女を不幸にするだけだからだ』って。色男でもなんでもないのに妙なこと言うなーと思うんですけど、逆にこれ、なんかカムフラージュしてるっぽく聞こえませんか？」

「あー……」

そう言われてみれば、そんな気もしなくもないが。

混乱する俺に、鳥居はしれっと続けた。

「とにかくですね、平先生の性癖はなんであれ、私にとってはただの講師の先生であることに変わりありません。一緒にここに来たのだって、百パーセント単位目当てで、それ以上でもそれ以下でもないですよ」

「……本当に？」

「本当ですって。しつこいなー警視さん」

苦笑いを浮かべつつ、紅茶を一口啜ると、鳥居は言った。

「でもまあ……あんな先生だけど、あたし感謝もしてるんですよね。そりゃ最初は単位さえもらえればいいって思ってましたけど、最近はだんだん位相幾何学も面白いかなあって思えるようになってきたし。数学科に入ってよかったなーって……あ、これあのハゲには絶対に言わないでくださいよ？　基本的にはこんな事件に巻き込まれて迷惑してるんで、調子に乗られたらほんと、困るんですから」

ゆ室を後にする。

鳥居の話は基本的には世間話だ。気になることも言っていたが、今は話半分で覚えておけばいいだろう。それよりこれからどうするべきか。暫く考えた後、俺はまず降脇殺害の現場となった書斎を調べてみることにした。

エレベータに向かう。途上、廊下の天井を見上げると、点々と並ぶ天窓が淡い黄色の光を放っていた。外はまだ晴れているようだ。

エレベータに乗り、三十秒間の不快に耐えて書斎に行くと、入口を若い警察官が足を肩幅に広げて守っていた。

サイズがあわず、ぶかぶかの制服。紅顔の上のつぶらな目を周囲に投げかけながら、彼はただひたすら自分に与えられたその単調な仕事をこなしていた。

「警察庁の宮司だ。中を調べてもいいかな」

そう言うと、彼は「はっ、どうぞっ」と声を裏返しつつ敬礼を返した。

いつも持ち歩いている白い手袋――そんなものを持ち歩いているのは、まったく職業病だと思うが――を慣れた手つきで嵌《は》めると、俺は書斎の扉のノブに手を掛けた。

明かりは消えていて、真っ暗だった。

扉を半分ほど押し開けると、ドアチェーンが扉の反対側に当たり、じゃらじゃらと音を立てた。立林が壊したそのままの状態のようだ。

入ってすぐ、壁にある照明のスイッチを押す。

「……あれ？」

何回押しても、明かりは点かない。

壊れているのか？　仕方なく扉を最大まで開け、廊下の光が少しでも多く部屋の中に入るようにすると、俺は目を細めつつ、そのまま壁伝いに部屋の中へと入った。

やがて目が慣れ、うっすらと書斎の中の様子が見えてくる。

左側に二枚の開け放たれたドアが、両側の壁際には家具がある。向かいの壁に見えるのは、例の飾り暖炉か。書斎の右奥にもスイッチらしきものを認めると、俺は足下に注意して歩きつつ、それを押した。

かちり。漸く、部屋に明かりが点る。

目を細めつつ、あらためて部屋の中を見回す。

特に荒れた気配はない。絨毯張りの床もきれいだ。随所に黒い数字板が置かれているのは、捜査官たちが現場の状況を示すために置いていったものだ。それ以外はこれといって何もない。現場が片づけられた訳ではなく、初めから部屋は整頓されていたのだろう。

二枚のドアの向こうには、それぞれ浴室とトイレが見えた。こちらもまったく乱れた様子はない。浴室を覗くと、バスタブの中にもアルファベット板が何枚か置かれていた。これは、バスタブの中で十和田は気を失っていた状況——しかも拳銃を握りしめて——を示すものだろう。

暖炉に向かって左側には、大きな書き物机があった。幅が二メートル以上ある巨大なものだ。飴色《あめいろ》の天板はニスで照り、その奥にうっすらと複雑な木目模様が浮かんでいる。机の上は片づいており、左端に小さなブラウン管のモニターとビデオデッキが、それぞれ二つずつあった。

俺は、それぞれのモニターの下にあるトグルスイッチを、ぱちんぱちんと押し上げた。ぽうんという低い音の後、それぞれのモニターにじわじわと光が入った。暫くして画像が鮮明になると、それらは、それぞれ広間と一階エレベータ前の映像であることが解った。広間では平と明媚がくつろいでいるところまで、はっきりと確認できる。画質は悪くないことを確認すると、俺はスイッチを切った。二つのモニターはまた、何事もなく灰色の凸面へと戻っていった。

暖炉に向かって右側の壁には、丸い掛け時計と、横長の風景画が掛けられ、ベッドがその下の壁際に置かれていた。

木製のベッド。マットレスはない。おそらく死体ごと撤去したのだろう。よく見ると壁際や床に血飛沫《ちしぶき》が飛んでいる。一見するとごく普通の書斎だが、ここが紛れもなく殺人の現場なのだということを、その斑模様《まだら》が俺に思い出させた。

書斎の最奥、飾り暖炉の前に立つ。

鳥居の部屋にあったのと同じものだ。幅は手を広げた大きさ、高さは胸まであった。赤褐色の煉瓦《れんが》が小口積みで積まれている。もちろん本物の煉瓦ではなく、そういうデザインのタイルなのだろうが、白灰色の目地は実にそれらしく、装飾としては申し分のないものだ。

蒲鉾型《かまぼこがた》の火口を覗くと、暗くぽっかりと開いた穴が一メートルほど続き、その奥に目の細かい金網が張られていた。上半身を穴に突っ込み、その金網を手で押す。金網は上端だけが蝶番《ちょうつがい》で固定されており、ほとんど抵抗もなく開いた。

その向こうで、さらに何かが口を開けていた。四つん這いのまま、俺は金網の向こうのスペースへと入っていった。

「こいつか……」

金網を越えたさらに奥。膝を払って立ち上がると、俺は上を見たまま、無意識に呟いた。

書斎の奥に隠された通路。それはまるで丸煙突を下から見上げているような縦穴だった。

直径は一メートル強。天井は見えない。内壁はむき出しのコンクリートで、型枠の継ぎ目が横筋の模様をつくっている。表面は湿っていて、泥か黴《かび》かは解らないが、黒いむらがあちこちにあった。

それにしても薄暗い空間だ。何ヵ所かに豆球が点っているが、もちろん十分とは言いがたい光量だ。

通路の内側には、三本の配管が垂直に立ち上がっていた。太い二本の管と、細い金属の管。それぞれ上下水道と電気系統ということか。

その配管に沿って視線を上げていく。通路はかなり高くまで続いている。その消失点付近に、ぼんやりと白い光が見えた。あれは、二階の飾り暖炉から侵入した光だろうか。そこまでは目測で約十メートル。外から見た上層と下層の高低差にほぼ等しい。

ひととおり辺りを確認すると、俺は、本当にここで上下の移動ができるかどうか、試してみることにした。

足場にできそうな、あるいはつかめそうな出っ張りは壁にはない。足掛かりになりそうなのは唯一、太い管を固定する金具だけだ。俺はその小さな金具に足を乗せると、全体重を掛けて身体を持ち上げた。

そうして、苦心しつつ二メートルほどを上ったところで、俺はそれ以上、上に行くのを諦めた。

時間ばかりが掛かりそうだったからだ。上がれないことはないが、その二メートルを上がるのにさえ三分近く掛かっている。手足の置きどころが小さく、つまむようにしか、あるいはつま先を差し込むようにしか身体が支えられないからだ。暗さと狭さのせいで自由に動くことも難しい。このまま二階まで上るには、どんなに頑張っても十分以上は掛かる——俺は横にある金属の細い配管に乗り移ると、そのまま配管を抱くようにして滑り下りた。上るのに苦労した行程も、下りるのはものの数秒と呆気《あっけ》なかった。

拍子抜けしつつ、俺は自分の名刺を一枚取り出し、そこに目印として置くと、飾り暖炉から這い出した。

身体中が埃まみれになっていた。手で払うが、内壁の塵埃《じんあい》か、あるいは黴か、湿り気を帯びたそれらはまるで落ちない。まあ、クリーニングに出せばすむことだ——と諦めた俺は、同時にあることに気づく。

白手袋の掌が、まるで汚れていない。

一瞬不思議だと思うが、すぐにその理由が解った。掌が接触していたのは、金属の配管だけ。つまりあの配管にはほとんど埃が付着していなかったのだ。もしかするとこれは、前にもあの配管を使って上り下りしていた人間がいたということを示唆するのかもしれない。

そんなことを考えつつ、俺は、飾り暖炉の両側にある通用口も調べてみた。

暖炉に向かって左側の通用口は、書庫につながっていた。部屋の中は、真っ暗な部屋に本棚が並んでいて、まるで図書館のような雰囲気だ。もっとも、蔵書はあまりなく、多くの棚は歯の抜けたように空いていた。並ぶ本の背表紙からすると、収められているのは数学や建築の本が主のようだ。

右側の通用口の奥は、倉庫だった。ここも真っ暗な部屋だったが、書庫とは異なるのは、雑然としていることだった。部屋のあちこちに、乱雑に置かれた段ボール、放り出された業務用の掃除機、斜め置きされたやけに背の低い衣装ラック、壁際で屹立する天井まであるどでかいクローゼット――さまざまな物品がそこかしこにあり、一言で言えば、まったくの無秩序だった。どちらの部屋にも数字板やアルファベット板の類が置かれていないのは、そこまでは十分に手が回らなかったからだろう。

「うぅーむ……」

手袋を脱ぎつつ、俺は誰に聞かせるでもなく、大仰《おおぎょう》に唸った。

次いで俺は、再び二階へと向かった。

目的地は、もうひとつの現場であるυ室だ。

エレベータは使わず、廊下を左回りに進む。念のため、廊下のすべての箇所を今一度見ておくためだ。長い距離を歩くことにはなるが、何らかの手がかりが見つかる可能性もある。もちろん、エレベータには可能な限り乗りたくないというのも理由のひとつではあるのだが。

広間を過ぎ、二つ並ぶ扉——左は共用トイレ、右は共用浴場——の前を通ると、廊下は右に曲がり、その先で一直線に続いていた。

見え方が昨日とは若干異なっているのは、天窓から光が差し込んでいるからだろう。山吹色に輝く小円が天井に等間隔に並び、その直下でやはり淡黄色のおぼろな大円が床に並ぶ。

どこまでも続く廊下。俺はその間の空虚を進む。

誰もおらず、静けさに満ちた場所。時折光に顔を照らされつつ、ただ歩いていく。考えようによっては、のどかな時間だ。

ふと百合子のことを思い出し、電話でもしてみるかと携帯電話を取り出す。

だが、ディスプレイは「圏外」を表示していた。

百合子の声は聞けないか。ちっ、と舌を打ちつつ、俺はまさに今見た数字を口にする。

「四時、か……」

端末をポケットに戻しながら、俺はその一言を、何度も心の中で復唱した。

階段室を上がり、そして引き返す。

ただひたすら何もない、ただ長いだけの道のり。来たのはただの時間の無駄だったか？　いや、何もないということが解っただけでも無駄ではないのかもしれない――そんな言い訳をただひたすら自分自身にしているうちに、俺は八角形の廊下まで戻っていた。

ほどなくして、ν室に着く。

部屋を守る初老の警察官、その年季の入った敬礼に見送られて中へ入ると、俺は扉を後ろ手に閉めた。

ここも事件があった時のままにしているのだろうか、部屋には最初から明かりが点っていた。

両側を壁で挟まれた通路が四メートルほど延びている。左側にはドアが二枚、右側にもドアが一枚。

そのまま奥に進むと、居間に出た。

正面には飾り暖炉。右側にミニキッチン。左側にソファセット。部屋の両側のそれぞれには通用口。見たところ、ν室の構造は、什器《じゅうき》類に至るまで鳥居の部屋のそれとまったく同じで、何ら変わるところはなかった――ただ、ある一点を除いては。

それは、ソファに生々しく残る血溜りだ。

鰐山が仰向けに横たわり、その額を撃ち抜かれていたというソファ。その座面には、彼の頭蓋骨の内側から流れ出た体液が染み込み、不定形の模様を描いていた。無残なものだ。その痕跡から顔を背けると、そこから逃げるようにして飾り暖炉を覗き込んだ。書斎の暖炉と同様、火口の奥を目の細かい金網が遮っている。金網は軽く押しただけで簡単に開き、その奥に隠された空間が口を開けた。

思い描いたとおりの縦長の通路が真下に延びていた。

太い配管が二つと、細い金属の配管が一つ。それらとともに、通路が十メートル下まで続いている。

その薄暗がりの底に、白い小さな何かがあった。

俺は知っている。あれは、さっき置いてきた名刺だ。

これで、書斎とυ室とは間違いなく、この通路でつながっていることがはっきりした。

俺は暖炉から這い出ると、頭をぼりぼりと掻く。

「うーん……二つの部屋《トーラス》をつなぐ、隠し通路《シリンダー》、か……」

書斎の入口にはチェーンが、また二つの通用口にはいずれもかんぬきが掛かっていて、人が出入りすることは不可能。これはυ室も同様だった。

一方、書斎とυ室をつなぐ通路は確かにあった。

書斎とυ室とが、十和田が言うところのこの「二つのトーラスに接続されたシリンダー」により連結され、確かに一つの密室を構成しているのだ。

このひとつながりの密室の内側には、二つの射殺死体と、拳銃を握って気絶する一人の男が収められていた。前者が降脇と鰐山、後者が十和田だ。

このような状況を前提として、一体誰が降脇と鰐山を殺したのか？

答えは簡単。

十和田しかいない。

だが――。

壁に凭れると、俺はまだ仄かに漂う血の匂いを鼻腔に感じながら、瞼を閉じ、黙考する。

経験上、必ずしもある事件における推理が一つだけとは限らない。推理の元になる材料がいつも十分にあるわけではないからだ。時間の経過で人の記憶はあやふやになるし、現場も失われる。犯人が故意に隠蔽する証拠だってある。推理はいつも不完全な情報に基づいてしか行えず、だからいくつかの考え方も生じ得る。もちろん真実はその中のどれかではあるのだろうが、だからといって、最初に見つけた推理がいつも真実であるとは限らない。

だから、俺は考えるのだ。十和田以外が犯人であるような可能性は、つまり、ほかに合理的な推理はあるか、と。

そう、例えば——。

十和田は昨日、俺に「密室とは何か」と訊いた。俺はその問いに「ある犯罪がある空間の内部だけで完結し、かつ内外の疎通が図られていなかったことが明らかであって、こと加害者がある空間の外部にいる場合に、これを密室と呼ぶ」と答えた。実際のところ、この定義にしたがうならば、厳密には書斎もν室も密室ではないことになる。

なぜなら、チェーンはかかっていても扉がわずかながら開くからだ。このとき「内外の疎通」は可能であり、定義上密室ではないということになる。

もちろん、人間があんな狭い隙間を通り抜けることは不可能だ。だがもっと細いものであれば、容易に疎通が可能となる。そう、例えば、拳銃の先端であるとか。

このように考えれば、別解が容易に導き出せる。つまり犯人は、密室の外——廊下から、扉のわずかな隙間を通して降脇と鰐山を撃ち殺したのだ。だが——。

「あー。……これは、違うな」

俺は首を横に振った。

確かに拳銃は隙間を通る。しかし、それだけではあの二つの犯行を遂行できない。

例えば書斎だ。犯行があったとき、あの部屋は真っ暗だったのだ。そんな中で、犯人はどうやって降脇の後頭部を正確に撃ち抜くことができたのか。あるいはυ室だ。υ室は書斎と異なり明かりは点っていた。しかしあの部屋にはもっと致命的な問題があった。入口から見て、鰐山が撃ち殺されていたソファは完全な死角にあるのだ。

つまり、無理なのだ。廊下から撃ち殺すことは。

もちろん、仮にこれら二つの問題を解決できる何らかの方法があったとしても、なぜ密室の内側にいた十和田が拳銃を握っていたのかという謎はなお残る。

「うーん……」

こめかみを親指と人差し指で挟みながら、しつこく考えてみる。

それなら、こういうのはどうだろうか。つまり、何らかの方法で、扉の外からチェーンを掛けることができたのではないか。

この事件においては、密室の内外に人が出入りできないという事実が大きな制約となっている。すなわち書斎とυ室とが一体となって、しかし人の出入りを阻み、閉鎖的な状況を生み出しているのだ。

だが、裏を返してみれば、そんな状況を生み出しているものは、たかがチェーン一本である。このチェーンさえどうにかできれば、閉鎖的な状況は簡単に失われるのではないか。

この点、書斎もb室も、チェーンそのものは破断していたものの、そのほかの金具類は頑丈で、扉や壁への損傷もない。だからチェーンの機構そのものに細工があったとは考えづらいが、一方で、例えば糸だとか磁石だとかを使って、部屋の外からチェーンを掛ける方法がなかったとは言えない。ましてや十センチの隙間もある。手は入れられなくても、何か特殊な器具を挿入して、外からチェーンを器用に掛けることだってできたのかもしれないのだ。だが——。

「……だめだな、これも、根本的に」

俺はまた首を大きく横に振ると、吐き捨てるように言った。

もしかするとチェーンを外から掛ける方法があったのではないか——そんな希望的観測に基づく仮定に立ったとしても、ある一つの大きな問題のせいで、可能性は潰《つい》えてしまうからだ。

その問題とは、何か。

それは——「時間」だ。

仮に、犯人が降脇でも鰐山でも十和田でもなかったとする。つまりあの一連の事件については、密室の外に犯人がいるのだと仮定する。この仮定は、しかし「時間が足りなすぎる」という事実によって、あっさりと却下されてしまうのである。

今日の午前中、俺はY署で、毒島からある映像を見せてもらっていた。

それは、監視カメラの記録だ。

具体的には、昨日事件が起こる前のある一定時間——死亡推定時刻である六時から七時半までの、広間の映像だ。もしも広間にいた誰かが犯人なのだとすれば当然、その人物は犯行のために席を外したに違いない。とすると、誰がどのくらい広間を離れていたかは、大きな手掛かりとなる。そして俺は、その映像から、関係者の不在時間を計測したのだが——。

結論から言えば、全員に広間からいなくなる瞬間はあった。もちろん不在時間の長短はあった。鳥居は二分程度で、それ以外の面々は大体五、六分。十和田だけが、戻ってもこないまま三十分以上不在にしていた。

ところが、ここで問題がひとつ生ずる。書斎とυ室を行き来するには、少なくとも十分は掛かるのだ。

一階と二階を行き来するには三つの方法がある。一つめは廊下を鍵の先端まで行って帰ってくる方法だが、これは廊下の距離が長すぎるため、十分以上掛かる。二つめはエレベータを使う方法で、これなら片道三十秒、往復でも一分しか掛からない。だがエレベータ前の監視カメラには誰も映っていなかった。この方法を使って行き来した人間は存在しないのだ。そして三つめは書斎とυ室とを結ぶ隠し通路を上り下りする方法だが、下りるのはともかく、あの狭くて足場のない通路を二階に上るには、やはり最低でも十分は要するのだ。

こう考えると、広間をいかに不在にしたからと言っても、それが高々数分程度のものであれば、その人物には犯行はおろか、二階に行って帰ってくることすらできないということになる。

突きつめれば、それができたのは、それこそ七時前から姿を消していた十和田しかいないということになってしまうのだ。

あるいは犯人は、できるだけ短い時間で犯行を終わらせるため、廊下を全力疾走するか、または通路を必死に上ったのかもしれない。だがもしそうだとすれば、短くない距離を走ったり、狭い場所を全力で上ったりすることになるので、確実に息が上がる。にもかかわらず監視カメラには、そんな息の荒い人物はひとりも映っていなかったのだ。

結局のところ――。

俺の可能性は、どれもある一点へと収束していかざるを得なかった。

やはり、犯人は十和田しかいないのだ、と。

うーむ、と唸る俺の脳裏に、不意に、十和田がしていた多様体の説明が頭を過ぎる。奴は、多様体とは俺たちが直感的に理解している空間、すなわちR^nのパッチワークなのだと言った。俺はそれを、クラインの壺のような奇妙な図形であっても、それが部分的にはR^nと考える限り、全体としては多様体という便利なものだと捉えられる方便だと理解した。その解釈が正しいものかどうかはもちろん解らない。そもそも俺は数学について不案内だし、R^nでないもの、つまり直感的に理解できない空間があるとして、一体それが何なのかも知らない。にもかかわらず俺は、その考え方はもしかすると、犯罪や事件にも当てはまるものなのではないかと感じていた。

犯罪。事件。これらもまた、合理的に理解できる要素R^n——これをR^nと言ってしまっていいものかどうかはさておき——のパッチワークになっていると理解できるのではないか。いかに全体が奇妙な様相——不可能犯罪だとか、密室だとか——を呈していたとしても、部分的には合理的な要素R^nのパッチワークとして考えることで、全体としても理解ができるようになる。数学と犯罪、あるいは事件とは、この点で良く似ている。

問題は、こうして造り上げたパッチワークにしたがう限り、どうあがいても、結論は十和田が犯人だとしかならない点にある。

犯人はやはり、十和田只人。

百合子がこの結論を聞いたら、なんと言うだろう。彼女のことだ、「やっぱり十和田先生じゃないよ」と言うに違いない。実のところ、俺自身がそう言いたがっている。これほど多様体が十和田のことだけを指し示していると、いかに部分的には合理的であると解っていても、かえって不自然に見えて仕方がないからだ。

本当にこれが正しい多様体の形なのか？　それとも、真実の多様体の形はほかにあり、それを推測するための何か——例えば、正しいパッチワークの方法——を俺自身が見落としているせいで、正しい姿が把握できていないのか？

解らない。それにしても——。

——多様体、か。

俺は、はあーと心からの溜め息を吐きつつ、苦笑いを浮かべた。

俺が積極的に数学用語で物事を考えるなんて。

いつの間に俺は、十和田に毒されたのだろう。

5

——しまった。

不用意にり室を出たことを、俺はすぐに後悔した。

廊下には、初老の警察官のほかに、二人の女がいたからだ。一人は黒縁の眼鏡の向こうで、怯えたような瞳をこちらに向けている飯手。そしてもう一人は——。

「宮司警視、こんなところで何をしているんですか」

船生だった。昨晩とは違うチャコールグレーのパンツスーツをびしりと着こなす彼女は、腕組をしたまま俺を睨《にら》む。

まずいタイミングで、まずい人に会ってしまった――思わず視線を逸らしたのがよくなかったか、女刑事は顎先を攻撃的に向けた。

「覚えていますよね？　私、昨日申し上げました。捜査の邪魔はやめてくださいと」

肩を怒らせ、敵意をむき出しにしたその態度。

かといって喧嘩しても仕方がない。俺はできるだけ感情を介入させないよう、言葉を選びつつ釈明した。

「もちろん覚えてるよ。でも安心してくれ。邪魔はしていないから」

「いいえ警視。あなたは完全に我々の捜査を妨害しています。ほら……これ。一体何ですか？」

船生は、あるものを俺に突きつけた。

それは、掌よりも小さな長方形の紙片。片面に印刷された俺の所属、肩書き、そして明朝体ででかでかと「宮司司」の文字。

「あー……それは俺の名刺だね」

「見れば解ります。問題はこれがどこにあったかです」

「……書斎、かな」

「そのとおり。書斎の隠し通路の床に捨てられていたんですよ。警視、どうしてあなたはそんなことをするんです？」

もちろん、捨てたものではない。この名刺は、通路が本当に書斎とυ室とをつないでいるかどうか、その事実を確認するために置いてきたものだ。もちろん後で回収するつもりだったのだが——。

いずれにせよしくじった。心の中で舌を打つ俺に、船生はなおも続ける。

「現場は可能な限り犯行当時の状況を保存する。これは捜査の鉄則、基礎中の基礎です。これくらいのことは警視だってご存じのはずですよね？」

「ああ」

「じゃあなんで、こんなものを捨てていくんです？　所轄の人間がどれだけ現場保存に気を遣っているか解っているんですか？　そのためにわざわざ少ない人を割いて、見張りを立てているっていうのに、どうして邪魔をするんです？」

「いや、すまなかった。後できちんと片づけるつもりだったんだよ。本当だ」

「謝られても事実は消えません。片づけるつもりだったなんて、それこそ後で何とでも言えます。子供の言い訳ですよ。それ以前に、関係のないものを不用意に現場に置いていくという行為そのものが不愉快だと私は申し上げているんです」

「そうだな。うん、君の言うとおりだ。本当に申し訳なかった。以後、気をつけるよ

「……船生さん」

「気をつけなくても結構ですから、もうここには来ないでもらえますか？　宮司警視」

「…………」

明確な返事はしない。そんなつもりはないからだ。

そんな曖昧な態度しか見せない俺を見て、なおも何かを言おうとする船生――。

だが、彼女が息を継いだその瞬間を捉えて、俺は訊いた。

「それより船生さん。ひとつ訊いていいか？」

「なっ、なんですか」

出鼻を挫《くじ》かれ、船生は一瞬言葉に閊える。俺はその隙をさらに衝く。

「君は今も捜査中なんだよな？」

「そ、そうですけれど」

怪訝そうな顔で、船生は答える。

「いま一度、ダブル・トーラスの構造を検《あらた》めているんですが、それが何か」

「飯手さんに案内させて？」

「そうです」

「どうしてもう一度？」

「どうしてって……事件は捜査報告書を見れば大体解りますけれど、現場の雰囲気だけはこの目で見ないことには解らないからです。それが解らなければ、三席《さんせき》に対する説明だって……いえ、それを聞いてどうするんです？」

「検事への説明か。なるほど、ということはもう協議にも入っている」

船生の質問には一切応じず、俺は問いだけを彼女に投げ続ける。

「ええ、すでに具体的なご指示もいただいていますけれど。……だからなんで」

「次の協議日は？」

「だからそれを聞いて警視は」

「協議日は？」

「……明日ですけど」

「てことは、もうそろそろ送るんだな。近々か？」

「…………」

ことごとく質問を無視されている船生は、憮然とした表情で答えた。

「明後日ですよ」

「明後日、か……」

驚いた。そんなに早い段階での送致を予定しているのか。

困ったぞ、それじゃあほとんど俺にも時間はない——言葉を失った俺に、船生は、それまでの不満をすべてぶちまけるような厳しい口調で言った。

「そうですよ。明後日の朝には送るんです。だから、そもそも宮司警視のような警察庁の方が出る幕は、どこにもないんです。解りましたか？　解りましたらどうぞ、ここから速《すみ》やかにお引取りを願います」

嵐のような女刑事がその場を去ると、後には俺と、飯手と、初老の警察官が残された。

初老の警察官はさすが、組織での経験が長いだけあって、少し距離を置き、顔を背けたまま知らぬふりをしていた。不穏な事態を聡《さと》く察知し、何も聞いていないことにしているのである。

一方の飯手は、ただおろおろとしつつ、申し訳なさそうに言った。

「あ、あのう、すみません……私、船生刑事さんに案内しろと言われたので、どうしても断れなくって、その……結果的に、警視さんになんだか申し訳ないことをしてしまったような」

「いや、君が謝ることじゃないよ」

俺は、あえて笑顔を見せた。

「君は警察に善意で協力しただけで、何も悪いことなんかしていない。むしろ君こそ、昨日の出来事で疲れているところを案内させられて、大変だったな」

「いえ、それは平気です。これでも体力には自信があるほうですから。それより立林さんのほうがお疲れみたいです。昨日も随分歩いたようですし」

「あー、それは俺にも責任があるな」

俺は頭を掻いた。だがこればかりは仕方がない。使用人の彼らでなければ、館内のことがよく解らないからだ。もっとも、彼ら以外にもダブル・トーラスに詳しい人間がいる可能性はあるのだが――。

「立林さん、今日は一日中なんだかだるそうでしたし……相当お疲れなんだろうと思います」

「少し休んでもらった方がいいんじゃないか？」

「私もそう思います。でも、食事の用意もあるからそうはいかないっておっしゃって……お料理ができるのは、立林さんしかいないので」

「それじゃあどうしようもないな」

誰かがここで飯を作らなければ、皆の腹は膨れない。本来、それは警察の責任においてやるべきことなのかもしれないが。

――と、そのとき。

どこからか、かすかに、どーんという低い音が聞こえた。

「……何だ、今のは？」

俺は顔を上げ、目を細めた。

「太鼓？　雷か？」

「いえ、花火です」

飯手が答えた。

「Y湖の花火大会、今日もやってるんです。対岸の音が、ここまで聞こえてくるんです」

「花火だって？　今何時だ」

「ええと、六時半ですけど」

「驚いた、もうそんな時間か」

天井を見上げる。飯手が言うとおり、天窓はいつの間にか群青色《ぐんじょういろ》に変化していた。

いつの間にやら、もう夜なのだ。びっくりする俺の鼓膜をさらにどーんという低音が揺らす。小さな音だが、その振動は腹まで響く。

ちっ、と俺は小さく舌を打った。

調査は手早くすませてしまうつもりだったのだが、何だかんだと余計な時間ばかりが掛かっていたらしい。ここでやるべきことはまだ残っているのに。肝心の話も、鳥居以外からはまだ聞けていないのに。

俺は、飯手に訊いた。

「皆は今、どこにいる?」

「広間です。皆さん、客室に戻る気にはならないようですね……」

「まあ、そうだろうな」

ここは殺人現場だ。見知らぬ部屋でたった一人過ごす心理になれないのは当然のことだ。

「皆に話を聞いても構わないかな?」

「大丈夫だと思いますけど……でも立林さんが、これから夕食だと言ってたので……」

「じゃあその後だな。……」

食事が終わるのは八時以降か。一人当たり三十分掛かったとしても、大体十一時までには終わるだろう。それから——。

「…………」

「……あのう、警視さん、どうかされましたか」

飯手の心配そうな問いかけに、俺ははっと顔を上げた。

「あっ、いや……すまない、ちょっと考え事をしていただけだ」

照れ隠しの薄ら笑いを浮かべた俺に、飯手は小首を傾げた。

「あの、……もしよければ、刑事さんもお食事していかれます？」

「えっ、俺がか？」

「はい。食材はまだあるはずですし、立林さんも多めに作っていると思いますから、たぶん大丈夫ですよ」

「あー、いや、しかし、仮にも警察の人間が関係者と一緒に飯を食うというのは……」

そのとき、言葉と裏腹に、腹がぐうと切なげに鳴った。

「ほら。遠慮しなくても」

飯手がくすくすと笑った。

なんだかんだ言って、今日は朝から何も食べていなかった。どうせ聴取りはできないのだし、夕飯に相伴《しょうばん》するくらい問題はないだろう。あるいは、もしかしたら食事の席で、何か興味深いことが聞けるかもしれない。

――そんな言い訳を心の中で並べながら、俺は頷いた。

「……そうだな、じゃあ、ご馳走《ちそう》になろうか」

6

広間に行くと、すでにテーブルには白いクロスが掛けられ、食器が並び始めていた。

「どんどん食べてください。いつまでここに拘束されるのかは解りませんが、このままでは食材が無駄になるだけですから……警視さんも、遠慮なく」

そう言いつつ、隈のある充血した目の立林は、相当疲れているだろうに、次から次へと料理皿をテーブルに運んでいった。

明娟、平、鳥居、もう丸一日以上ダブル・トーラスに留め置かれている彼らは、三者三様、その料理に手をつけていた。

フォークを右手で逆手《さかて》に握り、がちゃがちゃと盛大に音を立てているのは平だ。左手も出さず、行儀の悪い犬食いで、不器用な動きで食べ物を次々と口の中に掻き込んでいる。

その隣で鳥居が、背筋を伸ばした美しい姿勢で、巧みに箸《はし》を扱っていた。動きは流れるようで、魚の小骨も箸先だけで上手に捌《さば》いている。その行儀のよさは、右隣で大音を立てている平と対照的だ。

一方の明娟は、食が進まないのか、軽く水で唇を湿らせるだけで、料理に口をつけることもなく、終始斜め上をぼんやりと眺め続けていた。

そして俺は、そんな彼らと二人の使用人を横目で観察しつつ、飯と汁物だけを素早く胃の中に入れ、ものの数分で食事を終わらせた。とりあえずの満腹が得られればそれでいい。

結局、静かな広間には、ただかちゃかちゃと平の扱うフォークの音だけが響いていた。

食後――。

八時が過ぎた。食器が片づき、クロスも取り払われると、俺は改めてタイミングを窺った。静かな広間には、キッチンで飯手が洗い物をする水音だけが聞こえている。その安堵を誘う音にじっと耳を傾けるように、明娟、平、鳥居の三人は、会話をするでもなく、それぞれの時間をそれぞれで過ごしていた。

話をするなら今しかない――俺は腰を上げた。

と同時に、俺のジャケットの中にある何かが、振り子のように動き、俺の動きを邪魔した。

「……？」

その何かを取り出す。

百合子に託された「ザ・ブック」だった。

思わず苦笑した。そう言えばこの本は、昨日からずっとポケットに入れっぱなしになっている。本来なら、この裏表紙に十和田がサインをして——「宮司百合子様」という文言も添えさせて——とっとと家に帰ってくる、ただそれだけの予定が、まさか、こんなことになろうとは。

「なんですか？　その本」

問いかけられ、びくりとして振り返る。

明媚がいた。彼女は、いつの間にか俺の隣に場所を移すと、横からザ・ブックを覗き込んでいた。

「なんだか、おどろおどろしい題名ですね」

「まあね。十和田にサインをもらおうと思って持ってきたんだが」

「十和田先生に？……警視さん、もしかしてファンなんですか」

「そうだね。ああ、いや、ファンなのは俺じゃなくて妹なんだけどね。だからこの本ももちろん妹のだ」

俺のじゃない、と慌てて本をポケットにしまう。別に言い訳する必要があるわけでもないのに、なぜかしどろもどろだった。

「そうなんですか。警視さん、妹さんがいらっしゃるんですね」

「あ……ああ。歳はかなり下だけどな」

「どれくらい離れているんですか？」

「十六だよ。妹は今二十二歳、大学院生だ」

「そんなに……でも、仲がいいんですね」

「どうだろう、たぶんいいほうだろうな。だがまあ俺は、妹にいいように使われているだけというか何というか」

「ふふ」

明媚が口元を綻《ほころ》ばせた。

身内の話を人にするのは気恥ずかしいものだ。ましてや明媚にそんな表情をされてはなおのこと。俺はそこから逃れるように明媚に訊き返す。

「それはともかく……鰐山明媚さん、そう言うあなたはどうなんだ。その、鰐山先生のほかにご家族とか、ご兄弟とかは？」

「私ですか？　私は……」

明媚は、表情を曇らせた。

「……私には、家族はいません。父も母も私が幼い頃に死んでしまいましたから。兄が一人いますが、物心がつく前に生き別れていますので、私は顔も知りません」

「それは……すまない」

質問を後悔した。これは、訊くべきでないことだったのだ。彼女にとっては、鰐山豊が唯一の家族。その彼が殺された今、この質問が明媚にとって酷なものでしかないことくらいは、すぐに解る。

俺は言葉に詰まった。そんな様子を察してか、明媚はにこりと気丈に微笑んだ。

「大丈夫ですよ、独りは慣れていますから。それに私、二十歳を過ぎるまでずっと母方の故郷で血のつながっていない養父母に育てられていましたし、知り合いがまったくいないわけでもないいんですよ」

「そ、そうか。その……母方の故郷って?」

「フランスです……トゥールーズ、私の母の生地です」

「ああ、だからか」

俺は納得した。やはり明媚には西洋人の血が入っていたのだ。だから虹彩が、日本人にはほとんど見られない、幻想的な琥珀色をしているのだ。

少し俯《うつむ》いて、明媚は続ける。

「養父母は私に、本当によくしてくれました。実の子のように可愛がってくれて……でも、正直に言えば、やはり私には本当の家族はいなかったんです。だから私はいつも孤独でした。そんな私を、豊さん……鰐山豊は探し出し、家族になってくれたんです。だから私、豊さんには感謝してもしきれない。なのに……」

不意に、明媚の頬を一筋の涙が伝う。

「……まさかこんなことになってしまうなんて。一体私、これからどうすればいいのか」

そう言うと明媚は、顔を両手で覆った。

肩を震わせ、小さな声で嗚咽《おえつ》する彼女に、俺は掛ける言葉すら見つけられなかった。

唯一の家族である夫を亡くした明媚。その喪失感はどれほどのものだろうか。俺はふと、彼女の姿を自分に照らしあわせる。俺もまた身寄りのない人間だ。父と母をあの事件で亡くしてからというもの、俺は、百合子との二人暮らしを続けている。親戚もいない中、俺にとって肉親と呼べる人間は、百合子しかいないのだ。

もし、そんな俺が百合子を亡くしたら――。

そんなことは、想像すらしたくなかった。

だからこそ俺は、明媚の心中が痛いほどよく解った。それが、どれほど辛いことなのかが。だが――。

その一方でふと俺は、鳥居の話を思い出していた。

鰐山と口論をしていたという明媚。彼女にとって、歳の離れた夫とは一体どういう存在だったのか。逆に、鰐山にとって若すぎる妻とはなんだったのか。つまり――穿った見方をすれば、これが彼女の巧妙な演技であるということも、もしかしたらあるのではないか？

「ごめんなさい。ちょっと失礼します……」

明媚はそう言うと、ハンカチを口元に当てて席を離れた。透き通るような明媚の白い肌は、彼女の赤い目をより際立たせていた。

明媚が広間を出て行く後ろ姿。

ふうむ、と息を吐いてそれを見送る暇もなく、つい今しがたまで明媚が座っていたその席に、誰かが腰掛けた。

「やあ、宮司警視殿」

平だった。昨日と同じくよれた丸首シャツをだらしなく着た彼は、首だけで会釈《えしやく》をすると、三白眼を俺に向けた。

「なあ、いい加減に俺たちを解放してくれないかね。もうここにいるのは飽きたよ。誰かと数学の話をしようにも、降脇先生も鰐山も死んでしまったし、鳥居君にいたっては相手すらしてくれん。セクハラ親爺《おやじ》扱いするんだよ」

後者は自業自得だろうと苦笑しつつ、俺は答えた。

「まだ事件の全貌も、犯人が誰かも解っていない状況なので……そこが判明しないことには、皆さんを解放するのは難しい。ましてや俺の一存では」

「待て待て、もう犯人は十和田君で確定だろう。状況が状況だからな」

顔を上げてそう言う平に、俺は首を横に振った。

「まだ確定したわけではない」

「そうは言うが、聞いているぞ？　十和田君は自分で自分が犯人だと言っていると。調書に拇印も捺したそうじゃないか。もちろん彼が犯人などとはにわかには信じがたいが、自白があるのでは仕方ない」

俺は、眉を顰めて訊き返す。

「誰が、そんなことをあなたに教えたんです？」

「誰って、あの女刑事だよ。ふにゅうとかいう柔らかそうな名前の、綺麗で怖いお姉ちゃんだ。彼女がさっき、ここに来て言っていたんだよ。『明後日には十和田を検察に送る。事件に目処《めど》が立てば皆を解放できるから、もう少しだけ我慢してほしい』とね」

「そうか……」

俺には、それ以上何も言えなかった。

捜査の進捗《しんちょく》を軽々しく関係者に喋るべきではない。だが、長時間事件現場に留め置かれている平たちにもストレスと疲労が溜まっている。それは、平のどす黒い顔色を見ても明らかだった。だから、船生は喋ってもいいと思ったのだろう、すでに事実上事件は解決したに等しいし、あなた方ももうすぐ解放されると。その判断自体を責めることは俺にはできない。あくまでもこの事件の捜査責任者は船生なのだから。だが――。

俺は思う。やはり拙速だと。

口を開かないままの俺に、平は、なぜか一瞬だけ物欲しそうな顔で口をぱくぱくと開閉してから、すぐ顔を顰《しか》めた。

「なあ警視さん、あんた、まさか持ってないよな、煙草は……まあ、あんたが持っていたところで、俺には持てないし、どうしようもないんだがね。……ところでだ。あの女刑事が十和田君を犯人だと考える一方で、宮司さん、あんたがいまだ事件にこだわりたい気持ちは、俺にも何となく解る気がするよ」

「と、いうと？」

平は、肩を竦めて答えた。

「十和田君が犯人だなんて、やたらと不自然だからな。あんたもそう思っているんだろう？」

「…………」

俺があえて相槌を打たずにいると、平は、饒舌に話を続けていく。

「とはいえ不自然さを説明できる決め手がない以上、十和田君が犯人だという説に納得せざるを得ないのもまた事実。もちろん、もっと十分に説得力を持つ説があるなら、俺はそっちに飛びつくがね。そう……例えば、もしこの事件が起きたのが二十年前だったら、俺は間違いなく、犯人は別にいたはずだと主張しただろうな」

「……犯人は別に？」

聞き捨てならない文言《もんごん》だ。身を乗り出し眉を顰めた俺に、平は言う。

「ああ。昔話になるけどな……鰐山には敵がいた。鰐山を心底恨む男だ。もし生きていれば、いつかそいつは鰐山を殺しただろう。だから俺は、犯人は十和田君ではなくてその男だと主張するわけだ」

「その男というのは？」

問う俺に、平は禿《は》げた頭を揺らした。

「名前を木村五郎《きむらごろう》という。鰐山豊は木村五郎にとって終生の仇《かたき》……まさに不倶戴天《ふぐたいてん》の敵だったんだ」

終生の仇、不倶戴天の敵。穏やかではない言葉とともに、平は顎を上げた。

「木村五郎は、K大に所属していた位相幾何学者だ。K大数学科には昔、あの藤衛の研究室があってな。木村五郎はそこに所属する助手だったんだ」

「助手。そのときいくつくらいだったんだ？」

「三十前後だ。だから今生きていれば五十後半だな。鰐山豊と同い年だよ。ちなみに鰐山もまた同時期に藤研究室の助手だった。木村と鰐山は、ともに藤天皇の下で働く、位相幾何学を中心とした研究を続ける同僚の間柄だったというわけだ」

平は、ふーと長い息を吐くと、先を続けた。

「だが彼ら二人はその後、対照的な人生を歩むこととなった。まず鰐山だが、藤研究室からアメリカのプリンストン研究所に渡ると、そこで今は鰐山理論と呼ばれる一連の研究を行った。君に言っても解らんかもしれないが、高次元ポアンカレ予想とも関係する一連の一般則を導く理論だよ。その功績で、鰐山は多くの賞と名誉を受けた。プリンストンに留まり死ぬまであそこで研究を続けることもできたらしいが、帰国すると、T工大教授の座に収まった。奴は研究と後進の指導と俺への攻撃に尽力するという道を選んだわけだ。いい歳をしてあんな若い妻まで貰ってな。まったく、妬《ねた》ましいほどに晴れやかな人生だ」

「ふむ。……で、もうひとりは？」

「木村五郎か。先に言っておくが、悲惨だぞ……木村は鰐山がいなくなって数年してから、自分も藤研究室を去らなければならなくなった」

「なぜだ？」

「研究がいまひとつだったからだよ。いや、正確には『いまひとつという評価しか受けなかった』だな。彼の論文はしばしば『先進的だが、厳密性に欠け荒唐無稽《こうとうむけい》である』という評価を受けてな。木村はもちろんそれに反論したんだが、それがまたK大の連中……藤先生以外の学部のお偉いさんににらまれる結果となった」

「なるほど」

　どこの世界にも「悪い意味で目をつけられる人間」というのは存在する。木村五郎はそのタイプだったということだろうか。

「仕方なく木村は、自身の研究を成就させるべく新たな在籍先を探った。だがわからずやのレッテルを貼られた木村を日本の大学はことごとく忌避した。事なかれ主義ってのはどこにでもあるものだからな。やがて彼は生活に窮《きゅう》した。地方の私塾で講師をしたり、時には肉体労働をして糊口《ここう》を凌《しの》ぎつつ、研究活動だけは続けていたらしいが、荒《すさ》んだ生活が祟《たた》ったんだろうな、肺病を患って、五十を待たずして亡くなってしまった」

「確かに悲惨だな。決して才能がないわけじゃなかったんだろう？」

「才能がないどころか、才能の塊だよ。だが数学の女神がいつも才能に微笑むとは限らない。木村五郎が受け入れられなかった理由は、主に彼の研究があまりに感覚的、あるいは思想的で、数学者のものとしてはやや異質だったからということがあるな。例えば木村のある論文には数式も数字も一切出てこない。欧米ではそんな論文もたまに見かけるが、当時の日本ではそれを数学として扱えるのかという議論すらあったらしい。そして理由はもうひとつあった。木村は国内の実力者である鰐山と強く対立していたんだ。そのせいでこんな噂もある。木村の提出する論文を鰐山が握りつぶしていたんじゃないか、とね。つまり、鰐山豊は、日本のクロネッカーなのではないか」

「…………」

無言の俺に、平はなおも続ける。

「木村五郎は藤研究室を出て以降、ポアンカレ予想を解決するためには微分位相的な手法、あるいは物理学的な手法まで視野に入れることが不可欠だと主張し続けた。『あの予想は狡猾な生き物だ。手段を選ばず、あらゆるやり方を試す必要がある』、これが木村の口癖だったそうだよ。だが、これらの手法は言わば奇策だ。伝統的《トラディショナル》な位相幾何学の手法に基づく鰐山の研究を正道とするなら、これはその正道から大きく外れている。一般的な位相幾何学者としては、微分幾何学的方法は残念ながら少し邪道なものに映るからな。ましてや、ポアンカレ予想にどうつながってどう解決していくのかすら解らない奇策だ。リッチフローというのは、そういうやり方なんだよ」

「リッチフロー。確か平さん、あなたもその奇策を追っているのだと昨日言っていたように記憶しているが」

「よく憶えているな。そう、確かに言っていた。そうさ、俺は確かに、木村の邪道を継いでいる」

自虐的な笑みを口の端に浮かべ、平は続ける。

「だが、正道邪道とは、これまでその道を主に誰が通ったかでしか判断されない概念であって、必ずしも正誤そのものを示さない。それに、もし仮に俺の考え方が誤っていたとしても、俺はそれでもいいと考えている。数学という強打者を倒すには、直球だけじゃなくて変化球も必要だからな。たとえ最後にアウトを取るのが直球だったとしてもだ」

「…………」

俺は黙した。

平の語る昔話。

すなわち鰐山と対立し、不遇をかこったという木村五郎。

そんな話を唐突にしたのは、正道を歩む鰐山に対しあくまで邪道を貫いたという木村に、平が特別のシンパシーを感じているからだと、そんな風に感じられたからだ。

やがて平は、ほっと小さな溜息を吐いた。

「……とまあ、そんな経緯があって、木村五郎にとって、鰐山は決して許すことのできない仇敵《きゅうてき》となったわけだ。だから今がもし二十年前なら、あるいはもし木村が肺病で夭逝《ようせい》せずにまだ生きていたなら、こんな妙な事件の犯人は、鰐山に強い恨みを持っていただろう木村に間違いはないと思うんだよ」

「だが今はもう、木村五郎はこの世にいない」

「そのとおり。あるいは怨霊にでもなって祟り殺した可能性はあるがな……まあでも、不思議なものだよ。藤天皇の研究室にいたころの木村五郎と鰐山豊は、しばしば共同研究を行う親しい間柄だった。それが、犬猿の仲になってしまうのだからな……」

俺は、曖昧に頷いた。

平は不思議だと言う。だがそれは、実は不思議でもなんでもないことだ。ごく些細なことが、ふとした契機から以後の二人を激しく分かつ。そんな私情がもつれた事件を俺はいくつも知っている。それが決して珍しいことではないということも。

それにしても——。

「藤、衛か……」

俺は、平には聞こえないほどの小声で呟いた。

何度も口の端《は》に上るその名前。そう、彼は——。

「まあ、つまりは、だな」

平が、やけに明るい声色で俺の思考を遮った。

「木村五郎は今の俺と同じような立場にいたということだよ。鰐山と対立し、学界からはつまはじきにされる。まったくもって同じだ。違うのは、俺には鰐山を殺してやろうというほどの感情はなく、木村五郎のようには子供もおらず、何より木村五郎ほどの飛び抜けた才能はないということだ。……最後の点が最重要であることは言うまでもないな」

「……子供？」

唐突に現れたその単語。やけに気になり、俺は問う。

「その木村五郎という男には、子供がいたのか？」

「ああ。男の子だよ。ただ二十年前に聞いた話だから、その子がどうなっているのかも、いや、そもそもその話が本当のことかどうかも解らんのだけどな。ただまあそれが本当だとすれば、少なくとも天涯孤独の俺よりは、家族がいた木村五郎のほうが、ほんの少しだけ恵まれていたということにはなるのかもしれないが……ところで」

平が突然、首を伸ばすと忙しなく周囲を窺った。

「あれはどうした。さっきから姿が見えないぞ」

「あれ？　あれって何だ？」

「うちの学生だよ。あいつ、どこ行った」

「ああ……鳥居美香のことか」

つられるように俺も広間を見回した。

平は目の前にいる。立林と飯手もキッチンにいる。だが鳥居がいない。ついさっきまでテーブルの向かい側で、いかにもつまらなそうに手悪戯《ていたずら》をしていたと思ったのだが――。

自室に戻ったか、あるいはトイレにでも行ったか。

二人できょろきょろとしていると、まだうっすらと赤い目をしたままの明媚が、広間に戻ってきた。

明媚は、きょとんとした顔で言った。

「……鳥居さんですか？　どうでしょう。私、ずっとトイレの洗面台の前にいましたけど、別に見かけませんでしたし……」

平が、上ずった声で言った。

「大方、自分の部屋にでも戻ったんだろう。いずれまた姿を見せるよ。一人で部屋にいられるほど、あいつは肝が太くないからな」

だが――。

それから一時間経っても、鳥居は広間に現れなかった。

もしかしたら体調を崩したのか？　鳥居の身を案じ、俺たちは皆で彼女の部屋へと赴いた。

だが、彼女の部屋――ψ室には、誰もいなかった。

部屋には鍵もチェーンもかけられておらず、中は真っ暗で、ただしんと静まり返るのみだった。

一体、鳥居はどこへ行ったのか？

それからさらに、一時間。

建物の中を手分けしてあちこち探した俺たちは、やがて、ひとつの理解しがたい結論へと導かれる。

すなわち、鳥居美香は、ダブル・トーラスから忽然《こつぜん》と姿を消していたのである。

7

「お、おい。あいつ、本当にどこに行っちまったんだ？」

平が引きつった顔で、大声を張り上げる。

「長い廊下も二周した。すべての部屋も検めた。にもかかわらず、どこにもいない……一体どういうことだ？」

怒気を含む声色。だが、そのわずかに震える語尾から、怒りの中にも慄《おのの》きがあると推察できた。

「まさか、外に出て行ったのか？」

天井を見上げる平に、俺は頭を横に振った。

「平さん、それはない」

「なぜだ？」

「さっき俺はエントランスで話を聞いてきた。見張りの警察官二人からだ。彼らは昼からずっとエントランスを監視していたが、俺と船生君を除いては誰の出入りもなかったと言っている」

「つまり、鳥居君はまだ中にいると？」

平が、目を眇めた。

「人がいそうなところはすべて探したんだぞ？　どこか見落としがあったとでもいうのか」

「そう考えるのが合理的だ」

「あの、警視さんの言うことももっともですが」

立林が、口を挟む。

「鳥居さん、やっぱり出て行ったんじゃないでしょうか……見張りの人の目をかいくぐって。別に警察を信用していないわけじゃないですけれど、これだけ探しても中にいないのでは、外に出たとしか考えられません」

「………」

立林の言うことはもっともだ。だがあの狛犬のような警察官たちが簡単に誰かの出入りを許すとは、俺には思えなかった。そもそもエントランスの構造上、こっそりと出て行くのは至難の業である。だが――。

「俺もそう思うぞ」

平もまた、立林の意見に大きく頷いた。

「だから問題は、鳥居君はどこへ行ってしまったのか、なんでこの俺に何も言わずに出て行ってしまったのかということだ。せめてそのくらいは言い残しておけばいいものを、まったくあの子は人騒がせな……」

「あの、もしかして、ですけれど」

立林が、やや言いにくそうに言った。

「もしかして、逃げたんじゃないですか。鳥居さん」

「はあ？　逃げた？」

その言葉に、平が目を吊り上げた。

「立林君、それはどういう意味だ」

「それはもちろん、ここにいることに不都合を感じて逃げたんじゃないか、と」

「聞き捨てならないな。まさか君、鳥居君が犯人か何かだとでも言いたいのか」

「そうは言っていませんけれど」

平の剣幕に肩を竦めつつも、しかし立林ははっきりと言った。

「……でも、何も言わずにいなくなってしまったんでしょう？　それって、後ろめたいことがあるからじゃないですか。犯人だとまではいいませんが、少なくとも、事件と何か関係があるってことじゃあ……」

「馬鹿言え、そりゃ穿ちすぎってもんだ」

吐き捨てるように平は言った。だがその表情には、不安の色も浮かんでいる。

「あの……」

明媚が、おずおずと言った。

「この建物って、本当にエレベータだけしか入口がないんですか？」

「どういうことだ？」

訊き返す俺に、明媚は答える。

「その……書斎とウプシロン室には、隠し通路があったんですよね？　だとすると、もしかしてそういう隠された通路がほかにもあって、そこから外に出られるようになっているんじゃないか……と」

「なるほど、そういう可能性もなくはない」

俺は、使用人たちに振り向いた。

「一応訊いておくが、そういう通路があるのを、君たちは知っているか？」

立林と飯手は、お互いに顔を見あわせると、すぐ「いいえ」と同時に首を横に振った。

だが、彼らの目は、自分たちがまだ知らない通路の存在を否定はできないと訴えているようにも見える。

「ふーむ……」

俺は、顎に手を当てると、深く唸った。

出入口がエレベータしかないとは限らない——つまり、もしかすると誰も知らない外に出るための通路が存在している。鳥居はそこを通って逃げたというのも、考えられない話ではない。

もしそういった通路があるとすれば、それはおそらく一階にあるだろう。なぜなら、二階には外に出るための隠し通路が存在できる物理的なスペースがほとんどないからだ。強いていえば、八角形が崖に接している部分か、階段室、五十センチ角の柱が、あるにはあるが——。

「ちょっと待て、それをあいつが知っていたと言うのか？」

平の声が、俺の思考を遮った。

「鳥居君が誰も知らないような隠し通路をあらかじめ知っていて、そこを抜けて逃げた。明媚さん、君は本気でそう考えているのか」

「いえ、決してそういうわけでは……」

たじろぐ明娟。代わりに立林がぼそりと言った。

「でも、知らなかったとも言い切れませんよね」

「知るはずあるか。俺たちは昨日初めてここに来たんだぞ？　そりゃ言いがかりってもんだ」

「言いがかりじゃありませんよ……ただ、そう考えれば腑に落ちると思っただけで」

「じゃあ何か、あいつは事件に何か関係していた。だからここから逃げたかった。で、どういう経緯かは知らんが隠し通路を見つけた。これ幸いとそこから逃げた。……本当か？　あの鳥居君が？　馬鹿な、あり得ん」

「そうは言っていませんよ。でも、あり得ないとも言い切れないと、僕は言っているんです……」

平と立林が口論になる。

平は椅子に腰掛けたまま、立林もキッチンの前で腕を組んで立ったまま、さすがにつかみ合いになる気配はないが、それでも二人の語気は荒い。

念のため、そっと二人の間に位置取ると、俺は、口論に耳を傾けているふりをしながら、その一方で明娟と飯手の様子をそっと窺った。

明娟はただ、おろおろとしていた。隠し通路があるのではないかという自分の不用意な一言が口論を生んでしまったことに動転しているようだ。

一方飯手は、立林の横で腕を前に組み、じっと佇んでいた。一歩引いて様子を見ているといった体《てい》だが、その表情はどこか冷ややかにも見える。

そして俺は――なおも続く平と立林の口論の間で、密かに思考する。

ダブル・トーラスから鳥居が忽然と消えたということ。この事実を額面どおりに受け取れば、立林の言うとおり「逃亡した」と考えるのが筋だ。問題はなぜ逃げたのか、そして繰り返しになるが、どこからどうやって逃げたのかということだが――。

まず、なぜ逃げたのか。それは鳥居が犯人だったから。そんなことがあるのだろうか？

例えば鳥居は、鍔山と対立関係にあった平の教え子だ。鳥居自身ははっきりと意思を表明してはいないが、おそらく平と感情的にもかなり近しい間柄にある。だとすれば、昨日の激しい口論を見て、鍔山を逆恨みしたというようなことも、あるいは殺意を抱いたというようなこともあり得る。もちろんそれが確信的なものか、偶発的なものかは別にしてだ。もっともこの場合でも、なぜ降脇も殺されたかという疑問は生ずる。それだけじゃない。彼女は銃をどこで手に入れたのか、あるいは密室をどうやってつくりあげたかという疑問もだ。それに――。

いや、ちょっと待て。俺は一旦首を横に振った。そこまで鳥居が直接的な犯人だと考えなくとも、彼女が事件に何らかの関与をしていたと考えれば、彼女が逃亡すべき十分な理由がある。

ならば鳥居は、どこからどうやれば逃げられたかを考えてみる。

方法は二つしかない。一つはエントランスの監視をかいくぐって外に出るというもの。だがそれは極めて困難だ。あの狭いエントランスを、手馴れた警察官二人が監視していたのだ。そんな厳重な監視をかいくぐれたとは到底思えない。もう一つは、明媚が言うように、俺たちが知らない隠し通路がどこかにあるのではないかというものだ。もしもそんな通路が存在するのならば、それは一階のどこかにあるのだろうが、それにしたって、そんな通路があるということを、どうやって鳥居は知ったのかという疑問は残る。

いや――それ以前に。

俺はふと、嫌な悪寒とともに、根本的な疑問を抱いた。

そもそも――鳥居は本当に、逃げたのか?


ばんッ。

いきなり、広間の扉が勢いよく開いた。

突然の大音に俺たちは――それまで舌戦を繰り広げていた平と立林も含めて――その扉を一斉に見た。

「ぐ、宮司警視ッ」

扉の向こうにいたのは、毒島だった。

毒島は、暑さに喘ぐ犬のようにはッはッと息を切らせながら、言った。

「すみません、大至急Y署に来てもらえませんか。上司《ボス》が……船生警部補が、警視を呼んでいます」

8

「宮司警視、どうして邪魔立てするんですか。先ほども申し上げましたよね？　これ以上私を無視するのはやめてくれませんか？」

俺の姿を見るや、船生は目を吊り上げ、とげとげしい言葉を投げつけた。

「いや、無視なんかしていないよ」

「本当にそう思ってますか？　ご自分のしていることを少しは省《かえり》みたらどうです？」

努めて冷静を装う俺がかえって気に障ったのか、船生は激昂する。

「現場にまだずかずか立ち入っているでしょう？　ごみを捨てたり、勝手に話をしたり、それどころか彼らと一緒に食事までするなんて。あり得ません。いくら中央の人間だからって限度があります」

「いや、気持ちは解る。だが俺はあくまでも自分の権限で動いているだけだ。その範囲内で、かつ君たちの邪魔をしないように最大限配慮している」

「あれでですか？　だったらなぜ参考人の鳥居美香がいなくなったりするんです？　聞けばあなたが広間で食事をしてその後すぐに姿を消したそうじゃないですか。捜査に悪影響を与えておきながら、それでも配慮していると？」

「それは……必ずしも俺のせいではないよ」

「言い逃れです。ふざけないでください」

「ふざけてはいないさ」

さすがの俺もむっとした。一応は俺だって警察庁に勤務する警察官の端くれだ。現場を独自に調べる権限も持っている。だから俺が自分の思うとおり、やりたいようにしたとしても何ら恥じるところはないし、それがために文句を言われる筋合いも、本来はない。だが——。

それでも俺は、内心をぐっと堪えた。俺のしていることは、船生にとっては自分の縄張りをずかずかと荒らされている行為なのだということもまた、紛れもない事実だからだ。

だから、ひとつ深呼吸を挟むと、俺は——。

「……いや、現場にいる君たちの気を悪くしたのは事実だ。本当にすまなかった」

その一言だけを述べて、頭を下げた。

船生は、それでも気が治まらないのか、俺に対する苦情を——時には本庁、警察庁に対するさまざまな不平不満を——矢継ぎ早に並べ立てた。俺は、そんな現場のクレームをすべて額で受け止めた。

やがて、やっと気が済んだのか、船生は言った。

「いずれにしても、これは私の……いえ、Y署の事件《ヤマ》なんです。いくら中央の偉い警視だからといって、土足で上がることは、責任者である私が許しません。だから……だから、もう邪魔するのはやめてください」

「ああ、解ったよ」

それだけを言うと、俺は船生を見た。

「約束してください、警視……絶対ですよ」

彼女の怒りに震えた表情は、なぜか今にも泣きそうだった。


「はあーあー……」

Y署の一階、昨夜と同じ自販機の前。

缶コーヒーを買うと、俺は壁に寄り掛かり、我ながら情けない溜め息を吐いた。

船生が俺に投げつけた激しい言葉。あれはともすれば暴言に近いものだ。警部補である彼女の階級は、俺よりも二つ下だ。言ってみれば企業の部長級に係長が歯向かうようなもので、組織としてはあり得ない暴挙だ。

だが、そんなことくらい船生はとっくに解っている。もしこの組織で上長に暴言を吐いたらどうなるか。彼女も幾つかの実例を通じてよく知っている。それを知っていてなお、あんな言葉を吐いたのは、彼女には彼女なりの、現場人としてのプライドがあるからに違いない。

——これは私の、いえ、Y署の事件《ヤマ》なんです。

彼女の懇願《こんがん》するような台詞。あの今にも零れそうな涙。彼女は覚悟を持って仕事をしているのだ。俺は、そんな彼女のプライドを、ともすれば半ば興味本位で踏みにじっていたのである。

「まいったね……」

無意識に、そんな言葉が口を衝いて出た。

あるいは、もう手を引くべきか——ぬるい缶コーヒーをずるずると啜りながら、ぬるい頭でずるずると考える。俺がやるべきことはほかにある。現場のことは現場に任せる。それも中央の仕事に携わる者の度量じゃないのか？

だが——ややあってから俺は首を横に振った。

だめだ。ここに至っても、俺の直感は以前にもましてなお「十和田只人は犯人ではない」と強く主張している。この直感が正しければ、船生は無実の十和田を送致することになる。誤送致だけは彼女のためにも免れなければならない。のみならず、鳥居までが忽然といなくなり、事件は混迷の様相を呈してもいるし、何よりも俺はこの事件にすでに深く関わっている。船生に邪魔をするなと言われても、こちらもはいそうですかと素直に引き下がるわけにはいかない。

俺には俺のプライドがあるのだ。ここで乗りかかった船を下りるという選択肢はない。

事件の送致は明後日。残された時間は事実上あと一日だ。十和田の身柄が地検に移れば、俺は手出しができなくなる。この切迫した状況において、俺は何をすべきか？

——そんなことは考えずとも解っている。

缶コーヒーを一気に飲み干すと、腹を決めた。

これまでもそうしてきたように、俺は、自分が正しいと思う道を行くしかないのだ。だから——。

「あッ、こんなところにいたんですね。探しましたよ、警視」

ばたばたと喧《やかま》しい音を立て、毒島の身体が階段を落ちるように下りてきた。

「どうした。騒がしいな」

「あの、宮司警視。まずはその……」

やけに神妙な顔で、毒島は頭を下げた。

「船生さんのこと、すみませんでした」

「すみませんって、何がだ？」

俺はとぼけて訊き返す。

「何がってほら……船生さんのあの態度です。さすがの警視も、あれはないと、腹にすえかねたのではないかと」

ひどく恐縮しながら、毒島は言った。

「あの、僕が言うのでは言い訳にもならないと思いますけれど、船生さん、ここのところあまり寝てないみたいで、いつも以上にぴりぴりしてるんです。肌も荒れ気味で、気の毒というかなんというか」

申し訳なさそうに頭を掻く毒島に、俺は鷹揚《おうよう》を装った。

「あー、気にすることはないさ。船生君も解っていてあえて言っているのだろうしな。きついパンチだったが意図はきちんと伝わっているから安心しろ。……それより、そんなに多忙なのか？　彼女は」

「ええ。その……Y署《うち》は船生さんがほとんどの事案を抱えてるものでして」

「ほとんど？　どうしてだ。ほかにも担当者は何人もいるはずだろう」

「ええ、まあ……」

煮え切らない返事だ。俺は眉を顰めた。

「課長はどうした。事案管理はしていないのか」

「あー、それはですね……うーん、これってあんまり宮司警視のような立場の人に言いたくはないんですけど」

毒島が、耳元で声をひそめた。

「うちはその、周りにいる連中がいろいろと難しいもので」

「難しい。どういうことだ」

「まあなんというか、色々と面倒がるタイプというかなんというか」

「よく解らんが……つまり船生君が何か、仕事で割を食っているということか？」

「平たく言うと、そうですね」

いかんな——俺は眉を寄せる。

どんな組織にも仕事をサボタージュする人間はいて、そのために多少の機能不全を発生するものだ。だがその不全が無視できないほど大きくなると、周囲に歪《ひずみ》が生まれる。そしてその歪が、やがて人を襲うのだ。得てして、船生のような生真面目な人間から。

これはまったく看過できない状況である。

そんな懸念を持つ一方で、実は俺は、同時に感心もしていた。そんな歪を一身に受けているにもかかわらず、船生は「これは私の事件だ」とはっきり言い切ったのである。これは並の人間にできることではない。

「その上、二日連続で花火大会対応でしょう？　その、しつこいかもしれませんけれど、本当に普段はいい上司《ひと》なんですよ。頼りになるし、美人だし。でもさすがにテンパってるんです。参考人の鳥居にも逃げられて、きっとすごく責任も感じていて」

「解った、解った。もういいよ」

俺は、笑って答えた。

毒島にそこまで言われずとも、船生が有能で優秀な刑事であり、Y署になくてはならない存在だということくらい解る。その上、ここまで部下に慕《した》われる上司などそうはいないのだ。

それでも心配そうな表情を見せる毒島に、俺は言った。

「別に船生君をどうこうしようなんて考えちゃいないさ。だから安心しろ。それより、君は何か俺に言いたいことがあるんじゃないのか。だから俺を探していたんだろう」

「あッ、そうそう、例のダブル・トーラスについてなんですが、また新しい情報が入手できましたので、ご報告をと」

「ちょっと待て、君……船生君の部下という立場で、俺にそれを教えてしまっていいのか？　部下としてそれはどうなんだ？」

慮《おもんぱか》る俺に、毒島は口の端をにやりと上げた。

「それはそれ、これはこれです。僕も今の船生さんのやり方は正直、拙速に見えますからね。保険はかけておいたほうがいいかと」

したたかだな――俺は毒島のつぶらな目を見ながら頷いた。

「なるほど、了解した。だがもちろん、このことは絶対船生君に言わないでおけってことだな」

「はッ、そのとおりであります。警視のご配慮心より感謝いたします。……ですね。新しい情報というのは二つほどありまして」

居住まいを正した毒島いわく――。

ひとつは、現場に残されていた拳銃と被害者二名から摘出された銃弾の旋条痕《せんじようこん》が一致したということ。

旋条痕とは、銃身内に施《ほどこ》された溝に応じて銃弾に残る特徴的な痕跡のことだ。これが一致したということは、つまり二発の弾丸は間違いなく十和田が握っていた拳銃から射出されたものだということの証明となる。

「……なるほどな、これで誰かが別に凶器を隠し持っているというような線はなくなったわけだ。……で、もうひとつは？」

「ええ、それはですね、実は降脇一郎の指紋が、過去のデータベースから見つかったんです。それで奴の身元が解りまして」

「本当か、それ」

「もちろん。見てください。これが奴のデータです」

目を細めた俺に、毒島は一枚のメモを渡した。

「……本名は北山田正一《きたやまだしょういち》。六十七歳。S県S村出身で、地元の国立S大学の理学部数学科を出たインテリです。卒業後は地元のメーカーに就職しましたが、ひと月で退職、その後もあちこちの会社を勤めては辞めを繰り返しています。社会適応性がなかったんでしょうかね。で、ある工場に勤務した際に、そこでの事故で顔半分に火傷《やけど》を負いまして、それからは全国の工事現場を転々とするような生活を続けていたようです。まあ、風来坊というやつですね」

「そんな奴だったのか。それにしても、降脇の……北山田の指紋はいつデータベースに載った？」

「十年前に起きた傷害事件です。北山田は被害者として取調べを受けていますね。指紋はそのとき採取したものです」

「傷害事件。どんな事件だ」

「大した事件じゃないですよ。建設現場での作業中、仲間内の喧嘩に巻き込まれて顔を殴られ、口の中を切った……まあ、よくある小競《こぜ》りあいですね。相手方も似たようなチンピラですし」

「ということは、今回の事件とはまず関係ないな。家族、友人関係は？」

「S県にいたころは母親と二人暮らしだったようですが、奴が火傷を負った時期と前後して病死しています。それが根無し草になるきっかけにもなったようですね。友人関係は解りませんが、少なくとも人づきあいがいいタイプではなかったようです」

「ふうむ……」

俺は、文字が羅列されたメモを凝視しつつ、唸る。

伝説的数学者、降脇一郎――。

その正体は実は、S大数学科を卒業し、その後全国を転々と渡り歩いていた、北山田正一という男。

筋の通ったストーリーをつくるなら、こうだ。すなわち、S大数学科を卒業した北山田は、勤め人の適性がなく、顔の火傷と母の死を契機として風来坊の生活を送るようになった。その傍ら、三十年前から二十五年前にかけて降脇一郎という偽名で位相幾何学に関する論文を書いた。以後は再び全国の建設現場などを転々としつつ、最終的にはダブル・トーラスの主となった。

解《げ》せない部分も多い。いや、そんな部分ばかりだ。だが、必ずしも辻褄《つじつま》があわないわけでもない。いずれにしても、謎めいた被害者であった降脇一郎の身元が、北山田正一という実在の人物であることがはっきりしたのは、大きな収穫だといえるだろう。

黙考する俺に、毒島は言った。

「ところで……警視？」

「なんだ？」

「実は今、十和田が取調べに応じると申し出ているんです。聴取りされますか？」

「もちろんだ」

俺はすぐに顔を上げた。

「あいつには訊きたいことが山ほどある。だが……船生君は？」

大丈夫だろうか？　さすがに、さっきの今で十和田の取調べなどすれば、船生が黙ってはいない。

だが毒島は、にやりと不敵に口角を上げた。

「船生さんでしたら平気ですよ。今日はもう帰りました。十和田に話を聞くなら、今です」

こいつはやっぱり、したたかだ――俺は心の中で呟いた。

9

「喜べ宮司くん。解けたよ」

取調室の十和田は、開口一番大声を張り上げた。

「難物だった。だが解けた。素晴らしい」

斜めに傾いた鼈甲縁の眼鏡の奥で、目をぐりぐりと剝《む》きつつ、十和田はさも上機嫌に身体を揺らした。

「解けたって、何がだ」

「結び目問題だよ。昨日言ったじゃないか。自明な結び目とジョーンズ多項式の値が等しい非自明な結び目は存在するか否かという未解決の……君はまさか僕の言うことを聞いてなかったのか」

「ああ……そういえばそうだったな」

正直どうでもいい話だ——俺は十和田の向かいに座りつつ、適当に相槌を打った。

「証明できたのか。よかったな」

「馬鹿言うな。証明なんかできるものか。この問題は僕のような平凡な人間が陥落させられるほど簡単なものじゃないんだ。高々一日考えたくらいでザ・ブックの表紙はめくれないよ。だが……」

十和田は、その長い両腕を大きく拡げると、大仰に言った。

「ほんの少しだけ前に進んだ」

「ほんの少し。どのくらいだ」

「イプシロンだ。だが前進は前進だ。たとえデルタだけしか進んでいないとしても、それは明らかにゼロより大きい」

「……はあ」

意味が解らない。生返事の俺に、十和田は続けた。

「それだけじゃない。僕は再発見したんだ。共同研究も素晴らしいが、誰にも邪魔されることのない環境でひたすら思考に浸るということもまた大事なのだということをね。今さらだが、大ガウスの言葉は、やはり正しかった」

「そうか、よかったな」

俺は咳払いを打つと、本題に入る。

「それより君に訊きたいことがあるんだが」

「そんなに僕の成果が知りたいのか？　ならば説明しよう。言っておくが本来この問題の詳細を述べるには黒板とチョークが要る。一次元の文章よりも二次元の図表のほうが、失われる情報が少なくてすむからだ。その意味では説明が煩雑かもしれないが、ともあれ話してみよう。まず骨格はこうだ。nを三以上としてn次元球面上に存在するi番目の分岐しないひもをR_iとする。このひもには結び目がk_i個存在しそのj番目のものをk_{ij}としたとき」

「待て待て待て」

滔々《とうとう》と言葉を吐く十和田を、俺は慌てて制止した。

「……なんだ宮司くん、説明は定義が始まったばかりだぞ？」

十和田は、眉を顰めた。

「質問を要するほどの難しさは、まだどこにもなかったと思うが」

「いや、そうじゃなくってだな……俺が訊きたいのは、そのひもがどうとか、結び目云々の話じゃあなくってだな」

「違うのか」

あからさまに嫌そうな顔で、十和田は言った。

「そういうことは最初に言いたまえ、宮司くん」

「言う間もなく早合点《はやがてん》したのはそっちじゃないか」

「で、訊きたいことはなんだ」

「ダブル・トーラスの事件についてだよ」

俺は、呆れつつ言った。

十和田は、嫌そうな表情をさらに顰めると、身体をあさっての方向に向けて、不快感をあらわにした。

「そんなことか。まったく、つまらんな」

「いや、つまらなくはないぞ。何しろ君がダブル・トーラスを去ってから動きがあったんだからな」

「動きとは」

「いなくなったんだよ。鳥居美香が」

「……鳥居くんが？」

十和田の肩が、ぴくりと震えた。

「そうだ。彼女のことは君も知っているだろう？　忽然といなくなったんだよ。彼女が、ダブル・トーラスから」

「立ち去ったのか」

「そう思うだろう？　ところが違うんだ。エントランスを見張っていた二人の警察官が、鳥居が出て行ったところなど見ていないというんだよ」

「じゃあ建物の中にいるのか」

「それも違う。人がいそうなところは、一階の各部屋も、二階の客室も、すべて探したんだが、どこにもいなかった」

「つまり彼女は消え失せた。なるほど、面白いな」

十和田は再び身体をこちらに向けると、眼鏡のブリッジをくいと押し上げた。

「少し詳しく教えてくれ。昨日から今日にかけて、あそこで何があったのかを」

——俺は、手短に昨晩からの出来事を説明した。

その間、十和田は顔を真下に向けたまま微動だにせず、旋毛《つむじ》で俺の話を聞き続けた。相槌も打たず、寝ているのではないかと疑うが、時折眼鏡の位置を直す仕草《しぐさ》で、一応起きてはいるらしいと理解する。

「……ということだ。ダブル・トーラスにはさらなる隠された通路があって、そこを抜けて鳥居が出て行ったんじゃないかというのが立林の見解だ。もしそれが正しいとすれば、鳥居は逃げたということになり、事件についても何らかの事情を知っている可能性がでてくる」

「……隠し通路か」

漸く十和田も、口を開く。

「鳥居くんはそこを通って外に逃れた。なるほど、合理的な解釈だな」

「だろう。だが問題がある。それは……」

「そんな通路がどこにあるのか。ふむ」

俺の台詞を先取りすると、十和田は腕を組んで、いきなり大きく身体を後ろに反《そ》らせた。パイプ椅子《いす》がぎいと苦しげな悲鳴を上げる。

顎の下にびっしりと生えた無精髭を俺に見せつけながら、十和田は言う。

「……宮司くんはどう思う？」

「どう思うって、何を？」

「鳥居くんがいなくなった理由だよ」

「理由か？　そうだな……」

一拍を置いて、十和田の問いに答える。

「彼女が直接の犯人であるとは、ちょっと考えにくい。だがなんらかの事情は知っていたように思う。だから逃亡を図ったんだ。だがどこから逃げたかは解らない。問題はどうしてそれを鳥居が知っていたかだが……」

「ああ、すまない」

十和田はしかし、目の前で手を振り俺の話の腰を折った。

「僕の質問の意図が正しく伝わらなかったな」

「は？」

目を瞬かせる俺に、十和田は言った。

「ともかく、宮司くん。君は説明の手際が実にいいな。お陰で実によく理解できた」

「はあ……それはどうも」

「その手際がいいついでにもうひとつ訊きたいことがあるんだが」

「今度はなんだ」

「僕の記憶がない時間……つまり、昨日の七時前から警察が来るまでの経緯についても教えてくれないか。君が知っている限りのことでいいから」

「あ、ああ……構わないが」

俺は再び、昨晩の出来事——といっても、平や鳥居たちから聞き取った話の伝聞になるのだが——を、十和田に説明する。

話をすべて聞き終わると、十和田はなぜか、両手をいきなり机の上に出し、指をまったくばらばらに曲げ伸ばしし始めた。その巨大な節足動物を思わせる不気味な動作を一分ほど続けた後、十和田は突然その動作をぴたりと止めて、言った。

「……そうか。よく理解できたよ。鳥居くんがいなくなったこと、それはまず明らかに僕がやったことではない。加えて僕が気を失っている間の出来事、これもまた面白いことだ。なるほど……なるほど」

「何か解ったのか？」

俺の質問に、十和田は色素の薄い瞳で俺を見やると、両方の口角を上げて言った。

「もちろんだとも。さて……では改めて、結び目理論について説明しよう。ひもとい

うのは何も三次元に限ってのみ存在するものじゃない。一般にひもはn次元において
それ以下の次元を持つ多様体として存在していて、例えば」
「だから待て待て」
俺はまた、慌てて十和田を遮った。
「どうしてまた、ひもがどうとかいう話になるんだよ。俺が訊きたいのはそんなこと
じゃないと、さっきから何度言ったら」
「いいから、聞きたまえ」
十和田が大声で、さらに俺の言葉を遮った。
俺が口を閉じたことを確認すると、十和田は落ち着き払った口調で続けた。
「世界はひもでできているという物理学の理論を知っているか？『超《スーパーストリング》ひも理論』
と呼ばれるものだが、この理論は十次元時空における五つほどの仮説群として成立し
ている。近年はさらに一次元を加えたM《ミステリ》理論においてこれらの理論を統合している
ようだが、それはさておき、超ひも理論がどうしてこれほど多くの次元を持つ空間を
扱っているかといえば、もちろんこれは、理論が整合性を持つ上でそれだけの次元を
必要とするからだ。僕らにはこの世界は四次元時空により構成されていて、それ以上
の次元など初めから存在していないように見えているが、実は余剰次元がプランク長
よりも微小なひもに巻き取られコンパクト化されているだけのことであって、必ずし

も存在していないわけじゃあない」

「……は？　次元が巻き取られる？」

「そうだ。例えばここに紙が一枚あるとするな。これは平面だから二次元だ。だがこれをくるくると巻いてしまえば、棒状になる。太さを無視してしまえばこれは一次元だ。同様に十次元の多様体のうちの六次元が無視できる大きさにまで巻き取られて、見かけ上四次元になっているということさ」

「…………」

「このような超ひもは世界の根源をなすものであり、そのひもの振動態様《モード》を探ることは、世界の本当の姿を明らかにすることと同値だ。もちろん、結び目理論もその検証には一役買うことになる」

「悪い。君が何を言っているのか、まったく解らん」

「解らなくても構わない。そもそも解る必要がない。すべて解る奴なんて、神を除いてはどこにもいない」

　人差し指で天を指差しつつ、十和田は続ける。

「ただ、すべて理解できなくとも部分的には理解できる。いいか宮司くん、僕が言いたいのはな、複雑なこの世界を説明する超ひもを存在させるためには、次元が四では足りず、十ないし十一要るということだ。世界は信じられないくらい複雑だ。にもかかわらず、一方では奇跡的な対称性もまた確かに存在している。もちろんそれらは極めて複雑なものだ。モンスター群などは八かける十の五十三乗余りの対称性を持っているからな。だから四次元時空で考えようとしてもさっぱり理解できないが、しかし次元を増やした多次元世界においてならば、これらの解が存在する可能性も生じ得る。理解できるんだよ」

「うーん……複雑なものを表現するのに多くの要素が必要だっていうのは、まあなんとなく解る。絵の具だって三色よりも十色あったほうが絵は描きやすいからな」

「言い得て妙だ」

したりと頷く十和田。しかしいまだ話が見えない俺は、こめかみを押さえた。

「だが十和田、君が述べているのはもっとその、ずっと根源的な話だろう？　絵の具ならともかく、次元云々の話をされても、それが何の役に立つのかも、何の意味を持つのかも、さっぱり解らんぞ」

「役に立つか立たないかでいえばもちろん、役には立たない。ハーディだって言っている、『私は何ひとつ役に立つことはしてこなかった。私の発見は直接的にしろ間接的にしろ、善きにしろ悪しきにしろ、世界の快適さにいささかの変化ももたらさなかったし、今後ももたらすとは思えない』とね……そもそも、役に立つ立たないで論じたら君や僕の存在がこの世界において何の役に立っているというんだ？」

「それは、まあ……うん」

確かに、あらためて君は何の役に立っているのかと問われても、すぐには出てこないものだが――。

十和田は、そんな俺になおも滔々と続ける。

「だが役に立つかどうかと意味があるかどうかは別問題だ。意味があるかないかで論じたら、これは意味がある。とにかくだ。僕が君に言いたいのは、次元が上がることで広がる世界が山ほどあるということさ。例えば七次元では通常の七次元球面S^7とは微分構造、つまり『なめらかさ』が異なる異種《エキゾチック》球面Σ^7が、ニッケル……二十八出現するようになる。一、二、三、五、六次元ではどれもひとつしか存在しないにもかかわらずだ。だが、世界が広がるということは、一方で解釈を簡単にする場合もある。例えば球体のキス数を考えてみる。あれは四次元以上でどうなるのかさっぱり解らないくせに、オキシジェン……八次元においては二百四十、クロム……二十四次元においては十九万六千五百六十になると容易に判明するんだ」

「どういうことだよ……」

俺は頭を抱えた。世界が広がるということは、解釈を簡単にする？　逆じゃないか。十和田の言葉はまるで禅問答で、俺はこんなにも混乱させられているのだから。

顔を顰めながらも、俺は訊いた。

「要するに、君は必ずしも、高次元だから難しく、低次元だから簡単になる、というわけではないと言いたいのか」

「何が簡単かという定義にもよる。あるいは高い低いだけで一義的に論じようとしてもおかしなことになる。そうだな、ひとつ例題をだそう……例えば君が、平面上に、点、線分、三角形、四角形、五角形、六角形と不定形に形を変える図形を見たとしよう。これは何だと思う？」

「は？」

「ヒントは『面に囚われるな』だ」

「なんだ、そりゃ」

唐突な質問。だが俺は考える——。

平面において点になったり線分になったり、数学風に言えばnが六以下のn角形になったりする図形。

あっ——珍しく俺は閃いた。解ったぞ、それは——。

「正解は、直方体と平面R^2とが交わる部分の形だ」

答えを、先に十和田が言った。

「なんだよ、俺に言わせろよ」

「別にいいだろう。どうせ君ならすぐに答えを導く。いずれにせよこの例を考えれば、一見して複雑に見えた二次元の現象が、三次元で見たらごく当然のことと理解できるだろう」

「まあ、それは確かにそうだな」

「次元が拡張されると、理解が促進される。平面世界では点または線分またはnが六以下の不定形n角形と複雑に定義されていたものが、立体世界になると単なる直方体となるようにね」

「世界が広がると、解釈が簡単になるというのはそういうことか」

「そういうことだ」

十和田は頷くと、なおも続けた。

「世界はおおむね、そういうふうにできている。この事件だって同じことだ。例えばダブル・トーラス。例えば建物。例えば密室。例えば降脇先生。例えば鳥居くん。これらの問題は何もかも、結び目理論、超ひも理論、あるいはポアンカレ予想の高次元解とまったく同じ種類の問題に還元される」

「うーん、また飛躍してよく解らんのだが、つまりどういうことなんだよ？」

ばりばりと頭を掻く俺に、十和田は——。

しれっとした顔で、いともあっさりと、とんでもないことを言った。

「要するにだな、僕は、実は犯人ではなかったということだ」

——僕は、実は犯人ではない。

その言葉を数秒掛けて咀嚼《そしやく》した後、意味を理解した俺は脳天から声を出した。

「……はあ？　なんだって？」

「聞こえなかったか？　僕は犯人ではないと言っているんだ」

「ばッ……」

馬鹿か今さら何言ってるんだお前——と、喉元まで出掛かる密度の高い罵《のの》りをなんとかこらえると、俺は努めて冷静に言った。

「は……犯人じゃないのか？　君は……そうなんだな？　犯人じゃないんだな？　よし、ならば君がここにいると冤罪になる。今すぐ自白を撤回する調書を」

「いや、いいよ」

十和田はしかし、身を乗り出した俺をつまらなさそうに一瞥すると、面倒臭げに言った。

「正直、僕はどちらでもいいんだ。別に刑務所に行こうが行くまいが」

「馬鹿かお前は」

二度目の暴言は抑えられなかった。

「何言ってるんだ。まるで意味が解らん。君はこのまま犯人扱いでいいのか？」

「いいも何も、そもそも人が僕のことをどう扱うかなんてそう大した話じゃない」

「大した話だ。このままだと君は自由を失うんだぞ？」

「自由か。自由を失うのは……まあ少しは残念だな。だが証明が得られた喜びはそれ以上のものだから、別にどうでもいいな。刑務所の思索に満ちた静かな暮らしもまた、魅力的だと思えるしな」

「思えないし、思わないよ」

俺は、心底呆れた。

「あのなあ十和田、そんなふざけたことを言うもんじゃない。実刑判決なんか受けたら、君の人生そのものが終わっちまうじゃないか」

「これで終わる？　人生が？　……君こそそんな間違ったことを言うもんじゃない」

十和田は爽やかに微笑んだ。

「人ってのはな、誰でも死ぬまでは生きるんだ」

「…………」

まるで駄目だ――この男は。

ぐったりと虚脱感に苛《さいな》まれつつ、俺は静かに椅子に腰掛け、天井を仰いだ。

灰色の天板を見つめ、呆れを通り越しもはやぽかんと口を開けたまま、長々と溜息を吐いた俺は、そのままの姿勢でぼそりと呟いた。

「……普通じゃないぞ。君は」

「その見解は否定しない。だが僕はあくまでエキゾチックなだけだよ。Σ^7がS^7と微分同相にならなくとも位相同型ではあるようにね」

「その言い方からして普通じゃないと言ってるんだよ……俺なら刑務所なんてまっぴらごめんだ。自分が犯人じゃないと思うのなら、なぜ釈明しない？」

「釈明する意味がないからだよ」

「意味あるだろ。収監されてみろ、行動も制限されるし、刑務も科せられる」

「毎日を雑務に追われるのも、毎日を刑務に追われるのも、結果として大した差はないと思うが」

「あるだろう。大ありだ」

「なら僕の定義と君の定義が違うんだろう。別に僕には気にもならんからな」

「あのなあ」

際限のない苛立ちに、またばりばりと頭を掻きむしる。

「そんな割り切り方、普通はしないぞ。少なくとも俺にはできない」

「そりゃあできないだろうさ。異種球面《エキゾチック》はS^nとは微分構造が異なるんだから」

「……もういいよ」

エキゾチックどころか、エキセントリックだ。

俺は、諦念《ていねん》とともに言った。

「そうだ、君の人生は君だけのものだ。いかようにも自由にすればいい。俺はそれ以上は干渉しないからな。だが君の人生がどうでもいいからといって、事件の真相までどうでもよくなるわけじゃない。十和田、君が自分を犯人じゃないとなぜ思うのか、それだけは詳しく話してくれ」

「どういうことも何も、そのままだよ」

十和田は肩を竦めた。

「それはつまり、犯人が君のほかにいるという理解でいいのか」

「そうだよ。それ以外にどう理解できる?」

「その、君のほかにいるという犯人が、どう事件に関わっているのかについても君は知っているのか」

「そうだよ。それ以外にどう理解できる?」

「いい加減にしろよお前」

さすがに切れた俺は、机をばんと叩いて立ち上がり、十和田を脅しつけた。

「俺はお前のほかにいるという犯人とやらが誰で、そいつがどうやって事件を起こしたのかを訊いているんだよ。いや、そもそもお前はなんで書斎で拳銃を握っていたんだ? すべてひっくるめてもっと解りやすく説明しろ」

「だからさっきから説明してるじゃないか」

十和田は、怖じる様子を見せることもなく、ただ嫌そうに目を細めると、ふんと鼻息を吐いた。

「まったく君は解らん男だなあ……いいか？　トーラスそのものを結び目にしたり、あるいは穴が結び目になっているトーラスをつくることは簡単だが、そのどちらも備えているものをシングルトーラスで構成することはできない。そういう曲面をつくるためには種数《ジーナス》が二のダブルトーラスが必要なんだ。結び目となった穴の中でシリンダーもまた結び目を作るという構造を二つ兼ね備えたものがね」

「御託《ごたく》は要らん。答えだけ寄越せ」

「答えだけ知って何になる。そんなのただ本を読めばできることだろう。いいか、もうひとつの要点は、種数が一以上である限り経路は異なるホモトピー型を持たざるを得ないということだ。もしこれら経路をすべて一点に収束させようとするならば、何らかの方法でその穴を飛び越える必要がある。だが経路が多様体上にある限りそれは絶対に不可能だ。そこで経路をもっと自由なひもと考える。ひもをどう操作すれば一点に収束させ得るかを考えれば、誰がどうやったのかなんてすぐ解る」

「解んねえよ」

きっぱりと言った俺は、興奮を抑えつつ、また椅子に腰を下ろす。

「俺にはさっきから君が単純なことをあえて複雑に言っているようにしか聞こえない。頼むからもう少し簡単に言ってくれ」

「簡単にするということは正確さを犠牲にするということだ。そんな冒瀆はできない。とにかく必要な前提条件はすべて示されているんだから、いい加減自分の頭で考えたまえよ」

考えても解らないから訊いているのだ。

そもそもトーラスがどうたら、結び目がどうたら、ひもがどうたら、穴がどうたら、一体これらが何だというのか。位相幾何学の世界に投影された何かのたとえ話だということくらいは解るが、肝心の何がどうたとえられているのかがまるで解らない。

解らない以上、教えを乞うしかないのだが――。

「いいから説明してくれよ。頼む……早くしないと君が送致されてしまうんだよ……」

「それは警察の事情だろう。そんなの知らん。そもそも問題とは自分で解かなきゃ意味がない。問われているのは君なんだ。それとも警察は僕に答えだけを求めて、自身の無能を証明したいのか？」

「…………」

堂々巡りだ。まったく埒《らち》が明かない。

困り果てた俺は、両手で頭を抱えた。

「……どうした。疲れたのか？」

他人事のように笑う十和田。俺は苦々しく答える。

「ああ。もう疲れ果てたよ」

「家に帰って休んだらどうだ、宮司くん。君は昨日から家に帰っていないのだろう」

「皮肉だな。家がない君に言われると」

「僕には家がないんじゃない。僕にとってはどこでも家になるだけのことだ。まあ、そもそも家について明確な定義が明らかじゃないんだが」

「まったく、徹底してるなあ……。だが俺はまだ家には帰れん。少なくともこの事件を解決に向けて動かさない限りはね。君が犯人でないと言う以上、俺は船生君の暴走を止めなきゃならんし、何より君が刑務所に放り込まれたら、妹が悲しむだろうよ」

「妹？」

片眉をぴくりと上げた十和田に、俺は肩を竦めた。

「そうだよ。実に腹立たしいことだが、妹はあんたに憧れてるんだ。その夢を壊さないでくれ」

「はあ」

　ぴんと来なそうな顔で、心のこもらない相槌を打つ十和田に、俺は舌を打った。この朴念仁《ぼくねんじん》め——だが。

「……ならば、仕方ないな」

　あるいは、ここにいない百合子の存在がむしろ心を動かしたのだろうか。十和田が突然言い出した。

「君の妹さんに免じてヒントを差し上げよう。いいか、こんなジョークがある。三人の数学者に立方体を見せてこれは何かと問うた。幾何学者は言った『立方体です』。グラフ理論学者は言った『十二の辺で結ばれた八つの点です』。位相幾何学者は言った『球です』。……な？」

「な？　じゃないよ。それのどこがヒントだ」

　投げやりに答える俺に、十和田は続ける。

「同じ事象でも、人なり立場なりによってまったく違う物の見方をするということだよ。見方とは常に個々人固有の経験に基づきなされる主観的なものだからな。かかる固有の経験……一般的には先入観と呼ばれているものは、固有の視野を形成するが、裏を返せば、先入観こそ視野を狭めている張本人だということでもある。すなわち先入観を失くせば、狭窄《きょうさく》した視野が解放され、問題解決への糸口が見える」

「はあ……」

「鳥居くんがいなくなったということについても、それは密室と同じく錯覚だ。なぜなら本質的にこれらは同じ問題だからだ。そもそも『ダブル・トーラス』という名称からして変だということと同じだ」

「名称が変？　どういうことだ」

眉を顰めた俺に、十和田は人差し指を横に振った。

「まったくふさわしくないってことだ。あとはそうだな……これは君の仕事として具体的に言うとだ、遡《さかのぼ》って新聞を調べてみたらきっと面白いものが見られるだろうな」

「は？　新聞？」

「そう……特にX県のローカル紙だ。ここ半年ばかりの」

「何か事件に関連する記事でも載ってるのか」

「見れば解る。すべて隅なく当たってみろ」

十和田は力強く言った。

新聞を調べろとは、一体どういうことなのか？　ダブル・トーラスの事件に関係する何かの事件が起こっていたということなのか、それとも——。

考え込む俺に、十和田はなおも言う。

「あとはだな……」

「まだヒントがあるのか？」

「……あー、いや」

十和田はしかし、すぐに首を横に振った。

「大したことじゃない。やめておこう」

なぜかいきなりはっきりしない物言いをする十和田を、俺は追及する。

「やめておこうってどういうことだよ。気になるじゃないか。言いかけたことは最後まで言え。この期《ご》に及んで君らしくないぞ」

「…………」

俺の促しに、十和田はややあってから、ぼそりと言った。

「……鰐山先生の恩師を訪ねてみるといい」

「鰐山の恩師？　それは誰だ」

「藤衛先生だ」

「…………」

——藤衛。

その名を聞いた俺もまた、複雑な表情を浮かべつつ、言った。

「あの藤天皇のところか……行けば何が解る？」

「藤先生は日本の数学界の碩学、あらゆることを知っている。先生を訪ねてみれば、興味深いことが聞けるかもしれない……いろいろとな」

に言った。

「まあ、実際に藤先生に会えたとしても、宮司くん。君が先生から何を得るかは、君次第だがな」

「…………」

無言のままの俺に、鼻先に落ちた鼈甲縁の眼鏡を、そっと押し上げると、呟くよう

10

伝え聞くところによると、自首したのは、あの十和田君なのだそうじゃないか。面白いとは思わないかね？　彼は世界中を自由に彷徨《さまよ》い、私はここで不自由を強いられていた。だが同時に、彼は不自由で私は自由だった。それが今や同じ運命を辿《たど》ろうとしている。結局は、自由など、不自由な概念でしかなかったのだね。

ところで原点とは、すべてがゼロになる座標だということは君も知っているだろう。ゼロは特別な数だ。どんなに大きな数との積を取っても自分自身にしかならない。逆元も持たない。そんな数は、この世にひとつしか存在しない。例えば、放浪を続ける十和田只人、檻《おり》に閉ざされようとしている平国彦、漸くあの狂気から解き放たれた善知鳥神《うとうかみ》。彼らをゼロの近傍に定義することはできるだろう。特に善知鳥君はイ

プシロンだ。だがそれとてゼロにはなり得ない。それよりも近傍を定義できるからだ。つまり、やはり彼らは生であり無限遠点であり、私は死であり原点なのだ。このことだけはきみも覚えておくべきだよ。

そういえば、平君はどうしていたかね。

ふむ、なるほど。どうやら彼も従容《しょうよう》とここへ来ることを定めたのだね。だが、いかに平静を装ったとて、平君にとってそれは極めて困難な道だ。なぜなら彼もまた、十和田君と同じく、決して捨てることができない人間なのだからね。

だからこそ、もしきみがまた彼に会うことがあるなら、私がこう言っていたと伝えておいてはくれないか。「それは決しておそろしいことではないのだ」と。

さて、そろそろ本題に入ろうか。

きみの必要条件を満足させるためには、まず伝えるべきことが私にはある。

言うまでもなくかつてのＫ大のことだ。

三十年前、私はあそこに研究室を持っていた。まだ瑣末な事象に振り回されていた時期のことだ。

あのころ、研究室には人材が揃っていた。

中心人物は鰐山君。彼は理論の男だ。理論とは抽象化、抽象化とは宇宙そのものを記号に内包する技術。だからこそ抽象化は深い洞察を要求する。彼にはその力があった。彼が後にプリンストンで精緻な鰐山理論を構築することができたのは、その力がゆえだ。

しかし、理論はあくまでも理論。

世界は理論だけでは成立しない。

抽象化された理論に生命が吹き込まれるには、通底する思想や、輝くようなアイデアが必要だ。

その点で、木村君は実に素晴らしい思想家だった。彼の思想は暴力だ。だが同時に、不可能性をこじ開けて可能性に変える爆発力でもあった。だからこそ彼の思想は大きな推進力となった。残念なことに、彼はそれを表現することが不得手で、思想の重要性が理解されないまま死んでしまった。とはいえこれは、理解しなかった人間どもの側に大いに問題があるのだがね。

そう、もう一人、メビウスとクラインの生みの親でもある、ルジャンドルの閃きについても言及しておかねばなるまい。鰐山君の理論、木村君の思想、それらは言わば植物にとっての土であり水だ。いずれも必須のものだが、それだけではまだ育たない。植物には、まばゆいばかりの光……閃きが必要なのだ。そういう光をルジャンドルは持っていた。あるいは、それだけしか持っていなかったと言ってもいいがね。

さて……ここできみに、ひとつ質問をしようか。

もしきみがアンドレ・ヴェイユだったら、アンリ・カルタンだったら、クロード・シュヴァレーだったら、ジャン・デルサルトだったら、あるいはジャン・デュドネだったら、きみは何をするかね？

つまり……。

もしきみが私だったら、きみは何をするかね？

僕が六歳だったときのことだ。『ほんとうにあった話』という原生林のことを書いた本で、すごい絵を見た。猛獣を飲みこもうとしている、大蛇《だいじゃ》ボアの絵だった。再現してみるなら、こんなふうだ。

本には説明もあった。〈ボアはえものをかまずに、まるごと飲みこみます。すると自分も、もう動けなくなり、六か月のあいだ眠って、えものを消化していきます〉

僕は、ジャングルでの冒険についていろんなことを考え、自分でも、色えんぴつではじめて絵を描きあげた。僕の絵第一号だ。こんなふうだった。

この傑作を、僕はおとなたちに見せて、「この絵こわい?」と聞いてみた。

すると答えはこうだった。「どうして帽子がこわいの?」

帽子なんかじゃない。それはゾウを消化している大蛇ボアだったのだ。それで僕は、おとなたちにもわかるように、ボアのなかが見える絵を描いてみた。おとなたちには、いつだって説明がいる。おかげで僕の絵第二号は、こんなふうになった。

ところがおとなたちは、「なかが見えようが見えまいが、ボアの絵はもう置いときなさい」と言った。「それよりもっと地理や歴史や、算数や文法をやりなさい」。というわけで、僕は六歳にして、画家というすばらしい職業をめざすのをあきらめた。僕の絵第一号も第二号も認められなくて、がっかりしたのだ。おとなというものは、自分たちだけではけっしてなにもわからないから、子どもはいつもいつも説明しなくてはならず、まったくいやになる……

第Ⅳ章　犯人は誰だ

1

二日ぶりのベッドの上で、俺は目を覚ました。

カーテンの隙間から差し込む朝の光。枕元のデジタル時計は六時二十分を示している。

あと十分で、耳障りな電子音が鳴り響く。二度寝の誘惑に抗いつつ、俺は軋む上半身を起こすと、時計のアラームスイッチを切り、それから大きく伸びをした。

眠い。だが惰眠を貪るわけにはいかない。今日はやるべきことがあるのだから――。

百合子はもう出掛けたのだろう。家にはいなかった。

二つの椅子が向かい合せに置かれたダイニングテーブルに、丁寧にラップが掛けられた焼き鮭とお浸しの器《うつわ》、そしてメモが置かれていた。

汗ばんだ首筋を掻きつつ、それを読む。

『——お兄ちゃんへ。朝ごはんは用意しておいたよ。お味噌汁《みそしる》は温めてね。私は今日も朝からゼミでのお仕事があるので先に出ます。帰りもたぶん遅いです。お兄ちゃんも大変だと思うけれど、頑張ってね。十和田先生のために。——百合子』

俺は心の中でぼやいた。百合子、最後のワンセンテンス、前半はともかく後半はまるで納得できないぞ——。


東京まで車を飛ばし、疲れた身体を引きずるようにして家に帰ってきたのは、昨日の夜遅く、もはや日づけが変わって何時間も経ってからだった。

驚いたことに、百合子はまだ起きていた。どうやらダブル・トーラスの事件と十和田がどうなっているのかが気になって、眠らず待っていたらしい。

「あ、もちろんお兄ちゃんのことが心配で起きていたっていうのもあるんだよ？」

「そうだったら嬉しいね」

「そうだったらじゃないよ。そうなんだよ」

「はいはい解った解った」

百合子が淹れた熱い玄米茶を啜り、漸く人心地がついた俺は、顚末《てんまつ》が知りたくてうずうずしている彼女に、事件に関する経緯を手短に話した。

「……というわけだ。十和田は自分が犯人じゃないと認めたし、それどころか誰が犯人でどうやって犯行に及んだかまで察しているようだけれども、だからといって警察への捜査協力や冤罪を晴らすことにはまるで消極的で、はっきりしたことを何ひとつ話そうとしない。その上、鳥居美香までいなくなってしまって……結局、事件は解決するどころかますます混迷の度合いが深まっている。正直言って、得体が知れないよ」

「お兄ちゃんでも、まだ事件の真相は解らない？」

「ああ……うん、今のところはね」

俺は頭を掻きつつ、曖昧に頷いた。十和田が解けている謎が、俺にはまだ解けないなどというみっともない事実を認めるのは癪《しゃく》だったからだ。

「うーん……」

一連の経緯を聞いた百合子は、腕を組んでひと唸りすると、可愛らしく首を傾げて言った。

「お兄ちゃん、ひとつ訊いていい？　お兄ちゃんは、鳥居さんが忽然と消えたのは、ダブル・トーラスから逃げたからだと思う？」

「鳥居は逃げたか？」

俺は一考してから答えた。

「それは……たぶん、ないな」

「どうして？」

「本当に逃げようとしたなら、あんなタイミングじゃなくて、もっと最初のうちにとっとと逃げるはずだからさ。初めのうちは、現場だって混乱していたんだし」

「うん、私も同意見。だからたぶん、鳥居さんは犯人じゃないってことになると思うのだけど……でもね、そう考えるとますます解らなくなるの。鳥居さんはなんでいなくなったんだろう。そして、誰が犯人なんだろうって」

「それは……」

言葉に閊えた。どうしても、そこがつながらないからだ。

十和田は自白を撤回した。

そのとおり、奴は犯人ではないと、俺も思う。

にもかかわらず、どうしてそうなのかが説明できない。事件の真相はいまだ解らないままだ。当の十和田がすでに真相を見抜いているらしいというのに、俺はまだ何一つ解っちゃいないのだ。しかも、そのことを、沈黙によって最愛の妹の前で自ら暴露しなければならないなんて、屈辱だ。

だがそれでも今は、黙っているしかない。

解らない者には、喋る資格がないからだ。

ただ沈黙し続ける俺に、百合子はそっと、優しく言った。

「……落ち込まないで、お兄ちゃん。いつだって、大切なことは、目に見えないものなんだから」

「……『大切なことは目に見えない』、か」

皿をシンクの洗い桶に沈めながら、俺は自分自身に言い聞かせるように呟いた。

百合子の言葉は正しい。事件が解決しないのは、真実が見えていないからだ。真実が見えないのは、何か大切なことが目に見えていないからだ。何かのきっかけで、その大切な何かさえ見ることができれば、事件は驚くほどあっさり解決するだろう。そんなことは重々承知しているのだ。だが——。

そもそも、目に見えないものをどうやれば見ることができるのか？　そんなこと、不可能なのじゃないのか？

湧き上がる後ろ向きな心。俺は首を強く振ると、両頬をぱちんと強く引っぱたく。弱音を吐いている場合ではない。解らないからといって立ち止まっているわけにはいかないのだ。

船生は明日にも事件を送致する。そうなれば十和田の身柄は地検に移り、俺にはもはや手出しができなくなる。何がなんでも今日中には決着をつける必要があるのだ。

霞《かすみ》が関《せき》にはすでに連絡して、今日一日の自由を確保した。その上で今日の夕方までに自分が取るべき行動もすでに決めている。頭が働かないなら汗を掻け。単純なことだが、これこそ事態が行きづまったときにもっとも効果的な対処法だと俺は知っていた。あとはそれを粛々とこなすだけ。

つまり、俺がすべきことは、二つ。

古新聞の探索と、あの男との面会だ。

「藤衛、か……」

いつものネクタイで首元を締めると、俺はふと、警察手帳を胸ポケットから取り出した。

その最後のページに挟んだ写真。二十一年前に家族で撮ったもの。色褪せたマット地のフレームの向こうで、高校生の俺と亡き両親が微笑んでいる。

その切り抜かれた思い出に、暫し浸ってから——。

「……さあ、行くか」

俺は手帳をしまい、立ち上がった。

2

車を走らせること二十分。

開館時刻の八時には、俺は図書館の前にいた。

都立H図書館——比較的大きく、家からも近い場所にあり、何より首都圏の地方紙のバックナンバーを揃えている大図書館だ。

最近改装されたばかりだという建物が、曇り空を背景に、不思議な佇まいを見せている。

『……沼四郎氏に師事したことがある建築家、奈良岡朋彦《ならおかともひこ》氏が設計したこの図書館は、現代的なコンクリートとガラスの建築に、懐かしさを喚起させる伝統的な意匠を同居させ、都会の風景と周囲の自然が調和した新たな憩いの場を織り成すよう、デザインされています。……』

丁寧だが抽象的でよく解らない説明書きが、入口に掲示されていた。それにしても——。

またしても沼四郎。

その禍々しい人物の名前に、俺は無意識に身を強張らせつつ、エントランスをくぐっていった。

「……何かお探しです？」

ホールでうろうろしていた俺は、暫くしてから女性司書に声を掛けられた。

「デイリーXのバックナンバーを半年ほど見たいんだが」

「デイリーXですか。持ってきますから、そちらで掛けてお待ちください」

俺をテーブルに促すと、女性司書は足早に書架の森へと消えていった。

彼女を待つ間、俺は天井付近にある幾何学的な模様のステンドグラスを眺めつつ、ぼんやりと考える。

今さらだが、デイリーXには一体何が書いてあるのだろう? 十和田いわく「見れば解る」のだから、一目でぴんとくるようなことが書いてあるのは間違いないのだろうが――。

ダブル・トーラスに関係する何かだろうか。

それとも降脇や鰐山に関わることだろうか。

あるいはそれとは別のほかの事件だろうか。

――やがて、女性司書が書架の奥から、大きな冊子を両手いっぱいに抱えて戻ってきた。

「こちらですね。一冊がちょうど半月分で、合計十二冊です」

そう言うと彼女は、目の前のテーブルにそれらをどさどさと積み上げた。製本された冊子にはどれも、表紙に「デイリーX」と大きく書かれている。

「貸し出しは禁止です。コピーは有料で、そちらの複写室で承ります。読み終わりましたら、元の場所に戻しておいてください。Pの十五番の書架になりますので」

「Pの十五だな。ありがとう」

丁寧に礼を述べると、あらためて俺はその冊子の前に腰かけた。

さて――。

腕をまくる。新しいほうから調べるか。それとも古いほうからにするか。逡巡した後、俺は古いほうから手をつけた。

デイリーXは地方紙だ。だが一日分は二十ページ近くあり、なかなかボリュームがある。それが半年分となると、ページをめくるだけでも日が暮れる。テレビ欄、スポーツ欄、株価欄と広告はたぶん関係ないだろうと勘で当たりをつけつつ、俺はひたすら紙面に視線を斜めに這わせる。

気が遠くなる作業――それでも慣れてくるにつれ、一日分を数分で読み終えられるようになる。とはいえ当り前だが、それが何日分、何週間分ともなると、文字列を盲目的に追い続けるという行為に脳が飽きてくる。

だから俺は、危うくその数行を見落としてしまうところだった。

「……あっ」

思わず声が漏れた。

向かいに座っていたひっつめ髪の女が怪訝そうに顔を上げたが、俺は構わず顔を紙面に近づける。

あったぞ——きっとこれだ。

四月十五日の朝刊、十三面。求人欄の一番右下の、そのさりげない三行を、俺は凝視した。

『Y湖畔施設の管理業務等全般。資格年齢不問。住込み。報酬月六十万円。一人採用。連絡はダブル・トーラス降脇まで』

——連絡は、ダブル・トーラス降脇まで。

間違いない。十和田が言っていたのは、これのことだ。

俺はすぐにその文面をメモした。探すのには苦労したが、書き写すのはほんの一瞬だった。一言一句違《たが》わず、その求人が載るページと紙面の月日もメモすると、俺は椅子の背もたれに体重を預け、長い息を吐いた。

十和田が「見れば解る」と言っていたもの。まさかそれが、使用人の求人のことだったとは——。

だが、見つけてみれば納得だ。ダブル・トーラスは元々美術館だった大規模な施設である。老齢で身寄りもない降脇一郎が一人で維持することなど到底できるものではない。どうしても使用人が必要だったのだ。立林と飯手、彼らはきっと、この求人を契機にしてダブル・トーラスに勤めるようになったのだろう。もっとも、この求人が事件にどう関連するのかは、まだぴんと来ないのだが。

しかし、とりあえずこれで目的は達したことになる。

冊子を片づけようとした俺は、ふと思う。

待てよ――十和田が言っていたのは、本当にこの求人のことなのか？

内容からして間違いない。だがあの男はこうも言っていた。つまり――「すべて当たってみろ」。

あえて「すべて」と言ったのには、もしかすると意味があるのではないか？　だとすれば、きちんとチェックだけはしておく必要がある。

俺は、次の日のデイリーXも念のため確認してみることにした。すると――。

『Y湖畔施設の管理業務等全般。資格年齢不問。住込み。報酬月六十万円。一人採用。連絡はダブル・トーラス降脇まで』

同じ求人が、また載っていた。

この日だけではない。その次の日もさらにその次の日も。そして――。

順次確認していった俺は、やがてひとつのある事実を確認する。

この三行求人は、実に三ヵ月の間、一日も間を置くことなくデイリーXに掲載され続けていたのだ。

「なぜ……三ヵ月も？」

思わず、俺は呟く。

高々一日募集したくらいで適切な応募者があるとは限らない。だから求人が複数回またはある期間にわたって行われるのは、別におかしなことではない。だがこの求人は、四月十五日から七月十四日までの三ヵ月間、一日も休まず、一字一句変えられることもなく掲載され続けていたのだ。そんなに長期間、求人を出し続けることには、はたしてどんな意味があったのだろうか？

あらためて、俺は考え込む。

施設の管理業務。資格年齢は不問。何より報酬が月六十万円であること。よく見てみれば、この条件は破格だ。応募も多数あっただろうし、よほどのことがなければ、すぐに採用者は決まったはずだ。

だが、募集は三ヵ月間続けられた。

なぜか？　考えられる理由はただひとつ。

採用条件に適《かな》う人間がなかなかみつからなかったからだ。

降脇一郎の選考が厳しかったからか、それとも適任者がみつかっても引き続き募集を続けるべき何らかの理由があったからか。いずれにせよ、採用された立林と飯手は、募集要件に適った二人なのだということは間違いないのだろうが、しかし——。

俺は思わず、うーむと唸る。

なにかが引っ掛かっている。

破格の条件。

三ヵ月にわたる求人。

これらの事実が一体、何のヒントになると十和田は言いたいのだろうか。

そして俺は一体、これらをどのように解釈すればいいのだろうか。

3

W大学の正門を出ると同時に、ぽつぽつと大きな水滴がいくつも落ちてきた。

閃光。ほんの少し遅れて、岩を転がすような雷鳴。なお大きくなっていくその音とともに、アスファルトの表面には見る間に濃灰色の痘痕《あばた》が形作られていく。

本降りになるぞ——俺は駐車場に向け、足を速めた。

時刻はすでに午後一時を過ぎた。

思ったより時間がかかってしまった。次の目的地へはそう遠くないが、道が混む可能性はある。担当の弁護士に迷惑をかけないためにも、渋滞に巻き込まれるのだけは避けたいが——。

雨粒が地面を打つ音が、あっという間に粗い表面を乱暴に引っぱたく音に変わる。

その音に急《せ》かされるように、俺の早足もまた、駆け足へと変わっていく。

「どうぞ、遠慮なく」

一時間前のこと——。

手招かれて、俺は彼の執務室へと通された。薄暗く湿気のこもった、無彩色ばかりの部屋。よく言えば長い歴史があり、悪く言えば改修もせず朽《く》ちたままにしている、W大の理学部長室。

「部屋が古くてすみませんね。再来年には本館ごと建て替える予定なんですが、それまでは改修予算がつかないもので」

「あ、いえ」

内心を読み透かされたような気がして、恐縮しつつ、俺は名刺を差し出した。

「俺……いや、私、警察庁の宮司と申します。いきなり何のアポイントもなくお邪魔して申し訳ありません」

「いえ、ちょうど今会議も終わったところでしたから、いいタイミングでした。……初めまして、W大理学部長の藤毅《ふじたけし》です。生憎と名刺を切らしているもので……宮司さん、警察庁の方なんですか」

老眼なのか、受け取った名刺を遠く離して見る藤毅氏に、俺は頷いた。

「お忙しいでしょう。中央の方は激務と聞きますが」

「いえ、言われるほどでも。今は比較的暇ですし」

「ご所属は、刑事局」

「はい」

「ということは、今日来られたのは、例の事件ですね？」

「……ええ」

例の、と言っただけで共通認識が成立する。ダブル・トーラスの事件はすでに新聞でも大々的に報じられており、藤毅氏も知っているのだ。

「まあ、立ち話もなんですから、宮司さんもどうぞそちらに」

俺を応接セットのソファに促すと、小柄な藤毅氏は、向かいに腰を下ろした。

一拍を置いて、彼は口を開いた。

「……今回の事件、ニュースを聞いて本当にびっくりしました。あの降脇一郎と鰐山さんが殺されてしまうとは。降脇一郎が実在の人物であったということも驚きですが、まさか鰐山さんまで……。彼は僕の同級です。まだまだ先導役として後進を牽引《けんいん》し、数学者としても円熟味を増していく歳なのに……まったく残念です」

「ええ、本当に……」

落ち着いた所作に温厚な口ぶり。常に俺の顔を真正面からしっかりと見すえて話をする。その印象はまさに理知的な学者である。

相槌を打つ俺に、藤毅氏は続けて言った。

「しかも、十和田君が犯人と聞きました。しかも自首したとか。それが、どうしても僕には信じられない……。いえ、共同研究をいくつもしていますから、よく知っているのです。確かに彼は変わり者です。地位も名誉もすべてを投げ捨て、人生を数学のみに捧げようとしているのですから、少なくとも普通ではありません。確かに、あんな性格ですから、人によっては十和田君のことをよく言わないこともあります。けれども、人を傷つけたり殺《あや》めたりするようなことは決してしない。そのことは僕が保証します」

「解ります……ええ、よく解ります」

繰り返し頷きつつ、俺は藤毅氏の頭部を見る。

そこに備わるのは、二つの大きな特徴だ。ひとつは高い知性を思わせる、発達した額。幅も高さもあり、しかも大きく前にせり出している。そしてもうひとつは——。

目。吸い込まれそうなほどに大きな、黒い瞳——。

「ところで、宮司さん」

不意に、藤毅氏が俺に訊いた。

「あなたがここにいらしたのは、父と面会するためでしょう?」

「確かにそうですが、……なぜそれを？」

目的を見透かされ、俺は眉を顰める。

藤毅氏は、口元に笑みを浮かべて言った。

「僕は、事件のことは新聞やテレビで報じている以上のことは何ひとつ知りません し、もちろん事件とも一切関係ありません。ただ、父がこの事件とある種の関わりを持っているということは、容易に推察されます。父は降脇一郎とかつて交友がありましたし、K大にあった父の研究室には鰐山さんが助手として働いてもいたからです。二人の被害者とつながりを持っている父ならばきっと、この事件について何かを知っているのではないか。そう思うのは、当然のことでしょう」

「…………」

藤天皇が降脇とも交流をもっていた？

俺は驚いた。鰐山が藤天皇の下で働いていたことがあるのは知っていたが、まさか降脇とも関係があったとは――。

「そして、この面会は秘密裏に行いたいのですよね？　宮司さんの立場なら正式な手続きを経て父に会うこともできるはず。にもかかわらず、わざわざ僕のもとを訪れたということは……。おそらく、表立って動きたくない何らかの理由がおありなのでしょう。もちろん、その理由までは存じませんが」

「ええ……まったく、おっしゃるとおりです」

舌を巻いた。さすが、鷹《たか》の子はやはり鷹だ。

下手な隠し事は逆効果。そう判断した俺は、事情を包み隠さずすべて藤毅氏に説明し、彼の助力を素直に乞うことにした。

「……解りました」

一連の話を聞くと、藤毅氏は神妙な表情のままで頷いた。

「そういうことならば、宮司さんがこっそりと面会できるよう取り計らいましょう。今から父を担当している弁護士に連絡します。彼はとても優秀です。今日中にでも父と話せるよう、速やかに動いてくれるでしょう」

「ありがとうございます」

俺は、深く頭を垂れた。

藤毅氏が席を立ち、弁護士に電話を掛けに行く。

不意に、ガラス窓がかたかたと小さな音を立てて揺れた。その隙間からはびゅうという高い音が吹き込むと、いつの間にか窓の外にどんよりと雲が垂れ込めていることに気づく。天気が急速に悪化している。現地にはできるだけ早めに向かったほうがいい——。

暫くして、戻ってきた藤毅氏は言った。

「大丈夫です。先生とは二時に正門前で待ちあわせてください」

「本当にありがとうございます、藤先生。……では私は、さっそく……」

「ちょっと待ってください、宮司さん」

暇《いとま》を乞《こ》おうとした俺を、しかし藤毅氏は不意に呼び止めた。

「はい？　どうかしましたか」

「ひとつ、僕は、あなたにお伝えしておくべきことがあります」

「なんでしょうか」

俺は再び、ソファに腰を下ろす。しかし初老の紳士は、何を話すでもなく、その代わり、胸ポケットから白い小さな紙の箱を取り出した。

煙草だ。

「失礼、一本だけ」

蓋を開けると、藤毅氏は白く細長い円筒形《シリンダー》を一本、ゆっくりと取り出し、ライターで火をつけた。彼が口をつけると、先端の橙色がくすくすと音を立てて瞬く。二度、三度――ふう、と時間をかけて長い紫煙を吐き出してから、漸く、藤毅氏は口を開いた。

「……僕にはね、昔から、父の考えていることがよく解らなかったんです。父にはさまざまな横顔がありました。血のつながった肉親としての父、優秀な数学者としての父、そして尊敬すべき教育者としての父……しかし、その内心はいつも不透明で、よく見えなかった。もちろん優しい父ではありました。でも子供心に不審に思うほど、父の本当の心はいつも理解できなかったのです。実の親に向けてこんな言い方をするのはどうかしていると解っていますが、あえて言います。……不気味だったんですね。父のことが」

心情を吐露しつつ、藤毅氏はまた、軽く煙草に口をつける。

「ただ……今はこう考えています。もしかすると父は、誰かが考え得る世界よりも、常に高い次元で生きているのではないか。それならば、なんとなく腑には落ちるのです。父はいつも何かを超越している、まさに超人だ。だからこそ、所詮《しょせん》凡人である僕には決して理解などできないのだ、と……ええ、率直に言えば、いまだにそうなのです。いまだに僕は、父のことがまるで理解できない。だから、どうして父があんなことをしたのかも、今、あそこで何を考えて暮らしているのかも、何ひとつ解らないままなのです……とはいえ」

藤毅氏は、短くなった吸殻をガラスの灰皿でぐっと押し潰した。

「大抵は、後から見て漸く解ることではあるのですが、父の行動や思考は、実のところすべて一本の原理原則によって貫かれているように見えるのです。だから、父が今あんな場所にいることすら、父の筋道立った思考の結果だと考えるのが、きっと正しいのだろうと思うのです。……もっとも、その筋道は超越した次元にあって、それがいかなる論理に貫かれたものか、凡夫《ぼんぷ》の僕には、いまだ解らずじまいなのですが」

「…………」

長い沈黙。

強風に、窓ガラスががたがたと不穏な音を立てる。

ややあってから――俺は、藤毅氏に問うた。

「……藤衛は重罪を犯しました。裁きを受け、いるべくしてあそこにいます。まさか、これらの端緒も過程も結果までも含めて、すべて藤衛が望んだものなのだと、先生はおっしゃりたいんですか？」

「それは……解りません。ですが……」

藤毅氏は、彼の父親とまったく同じ、真っ黒で底知れない瞳を俺に向けると、言った。

「すべては、父の意図した結果である。そうとしか思えずにいるのです。少なくとも……子である僕には」

「…………」

再び俺は、言葉を失った。

すべては、藤衛の意図した結果——だって？

俺は無意識に下唇を嚙むと、心の中で毒突く。

そんな馬鹿な。そんなふざけたことがあるか。

もしこれが藤衛の望んだ結果であるのなら——。

どうしてあの日、皆は死ななければならなかったんだ？

4

「……さっぱり解らん」

Y署の取調室に戻るなり、俺は頭を抱えた。

部屋には俺と十和田だけがいた。毒島は外で待機している。

「デイリーXにも目を通した。藤天皇にも会った。だが俺にはやっぱり意味不明だ」

十和田に言われるまま図書館に赴き、W大を経てあの藤衛にも面会してきた俺は、しかしさしたる結論も得られないまま、ひとしきりぼやいた。

「まるで解らん。一体どうしてくれる」

「どうしてくれるのかと言われてもな」

ずり落ちそうな眼鏡。そのレンズの向こうで俺を憐れむように目を細めつつ、十和田は言った。

「見るべきものは見た。聞くべきことも聞いた。ならばあとは知るべきだとしか言いようがないが」

「もちろん見たさ。聞いたさ。デイリーXには三ヵ月にわたって毎日、ダブル・トーラスの求人が掲載されていた。あれを見て立林と飯手は応募してきたんだろう？　随分と長期間の募集だったことが気になるが、それだけ降脇の眼鏡に適う人物が応募してこなかったというだけのことで、別に不自然なことじゃない」

「…………」

十和田はじっと、何も言わずに俺の言葉――半ば腹立ちまぎれの愚痴が混じったもの――に耳を傾ける。

「あの男……藤衛だってそうだ。延々とよく解らない話を聞かされたよ。かつて藤研究室には鰐山のほかに木村という男がいたらしいな。平も言っていたが、鰐山のことをひどく恨んでいたとか。言ってみればこいつも動機を持つ容疑者となるが、これは二十年以上も昔の話だ。そもそも木村はもう死んでいる。結局、短い面会時間もそんな昔語《むかしがた》りとはぐらかしで終わってしまったよ。残念ながらここからは何も知ることは……うん、できなかった」

「ふむ……」

「十和田、俺は君の言ったとおり今日あちこちで情報を仕入れてきた。だが結果、何がなんだかますます解らなくなっただけだ。一体俺が見聞きしたことのどこに、ヒントがあったっていうんだよ、まったく」

俺は肩を竦めると、勢いよく後ろに凭れた。パイプ椅子が苦しげな悲鳴を上げた。

そんな不貞腐《ふてくさ》れる俺に、やがて十和田は、眼鏡のブリッジを押し上げつつ言った。

「……そこまで明確になっているのなら、もはや答えも自明なものになっている。そうとしか、僕には言えんな。君はすでに、すべての情報を得ている。必要な公理も得られている。とすれば君がすべきは、齟齬が出ないように論理を組み立てていくだけ。君ならば簡単なことだろう？」

「簡単だって？」

俺はすぐさま抗議した。

「そりゃ、頭のいい君には簡単なことかもしれないがな。俺はそう簡単にはいかないんだよ。頭が悪いからな。まったく……馬鹿にしてるぞ。答えを知っていながらびた一文《いちもん》教えもしないなんてさ」

「馬鹿になどしていない。君は聡明だ。少なくともこの問題を解くに足る十分な能力を持っている。だが答えを与えさえすればそれで満足するような人間でもないだろう？　だから君は解くべきだし、解かなければならないんだよ。もちろん、自力でだ」

「はあ……もういいよ」

呆れて溜息を吐いた。一体、十和田とのこんな不毛なやり取りは、これで何度目だろうか？　それにしても――。

俺が聡明だなどとは、十和田も買いかぶりすぎだ。確かに俺は、死ぬ気で勉強と仕事に励んで今の地位に就《つ》いているし、逆に言えばその程度の一般的能力ならあるのだということを自認している。だが、それだけだ。なにしろもう十年以上も経つのに、俺は何ひとつ解っちゃいないのだから。

そう、俺は十和田が言うところのイプシロンすらちっとも前には進んでいないのだ。それが、聡明だなどとは――。

「……宮司くん」

十和田が俺を呼ぶ。ぞんざいに答える。

「なんだよ、十和田」

「大事なことだからもう一度言うが、君はこの問題を解くに足る十分な能力を持っている」

「そうかい、そりゃよかった。それで？」

「だから君は、考えるべきだ。とことん」

「はあ、とことんねえ……」

それで一体、何が変わるのか。

俺は溜息を吐いた。だが――。

なぜか俺は、不思議とその十和田の言葉に真っ向から反発する気にならなかった。

だから俺は、腕を組むと、今一度黙考する。

――ダブル・トーラスの事件。

二人の被害者を出したこの奇妙な事件において、十和田は俺がすでにすべての情報を得ていると言った。つまり、俺はすでにこの事件の犯人が誰で、そいつがどうやって犯行に及んだのか、その真相を推認できるはずだと言っているのだ。その真相の中には鳥居がいなくなった謎も含まれているとも。

ならばスタート地点は、ここだ。すなわち、「すべての情報」とは何か。

あらためて記憶を洗い出す――俺はあの二枚鍵の中で、あるいは外で、何を見て何を聞いただろうか？

二つの密室の存在か？　かんぬきで閉ざされた通用口か？　ドアチェーンが掛かった扉か？　無残な二つの射殺死体か？　拳銃を握り締めた十和田か？　飾り暖炉に隠された通路か？　暗くじめじめとした配管室か？　メビウスの帯を形作る階段室か？

長い通路か？　それとも――。

あるいは、ダブル・トーラスには誰がいたか？　そして十和田、明媚、平、鳥居、立林、飯手の六人のうち、誰が犯人になり得たか？

十和田は第一の容疑者であり自白もしたが、今は犯人ではないと言っている。飯手は犯行時刻にはダブル・トーラスにおらずアリバイも取れている。明媚、平、鳥居、立林の四人は、いずれも時間が足りず犯行には及べないことが解っている。ならば誰が犯人なのか？

さらに、鳥居の失踪は事件にどう絡むのか？　そもそも彼女はなぜいなくなった？　逃げたのか？　だとするとエントランスの監視をかいくぐり彼女はどうやって外にでたのか？　あるいはまだダブル・トーラスの中にいるのか？　それならば、どこに？

——やがて。

思考に思考を、疑問符の上に疑問符を重ねた俺の結論は、結局、ただひとつの点に収束していった。つまり——。

容疑者は、誰もいなくなった。

犯人の姿は、どこにも見えなくなってしまったのだ。

ただひとり——目の前にいる十和田を除いては。

——やっぱり解らん。

俺は心の中でそう呟くと、ここに来てもう何度目になるかも解らない長い、長い溜息を吐いた。こんな結論、まったく笑えない。明らかに真相とは違うとしか思えないのに、にもかかわらず結論がそこにしか至らないのだ。だから、もはや俺は――。

「……はは」

浮かべるしかなかった。諦念の笑みを。

こちこち、と時計の針が時を刻む。

やたらと重くて愚鈍な頭を、両手で包み込むようにして支えながら、途方に暮れた俺は、ふと――。

百合子がしばしば口にするあの言葉を、無意識に呟いた。

「……大切なことは目に見えない……か」

5

マリィ・ルジャンドル。

留学生だった彼女は都合四年、私の研究室に滞在していたことになる。

彼女の閃きは実に素晴らしかった。あの次元すら超越するアイデアは、不覚にもこの私が興奮してしまうほどのものだったのだから。

だが、素晴らしい時間とは得てして永続しないものだ。その後、彼女は留学を中途で切り上げ母国へと帰り、鰐山君もまたアメリカへと旅立ってしまった。実に惜しまれることだが、我が愛しの四元数《クオータニオン》も追憶《ついおく》の彼方《かなた》へと消え去ってしまったわけだ。

しかも、甘い蜜というものが時折、その後にひどく苦い後味を残すように、この物語もそれだけでは終わらなかった。

ほどなくして木村君は呪われた。ルジャンドルもメビウスとクラインを残したまま、自ら命を絶った。彼らの心の底にいつまでもくすぶり続けた夢の残滓《ざんし》は、いつしか燃え盛る炎となって、彼ら自身を焼き尽くしてしまったのだ。

むろんその炎の中には、鰐山君もいた。彼もまた蚊帳《かや》の外にはいられなかったのだ。結局は焼かれたのだよ、彼も。単にその時期が少し遅かったというだけのことでね。

……ところできみは、本当に美しい宝石というものを見たことはあるかね。

宝石と言っても宝飾品ではない。勘違いしてはいけないのは、真の美しさとは鉱物のような無機物には決して宿らないことだ。

そう、あの宝石、あの美しい瞳の輝きは、今思い出しても、溜息を禁じ得ない。

眼球とは、すなわち投入された光線を神経信号に翻訳する精密な変換回路であり、急所を不合理に曝《さら》す粘膜であり、そして瞳孔と視神経をつなぐ硝子体管《しょうしたいかん》によりつながれた、トーラスだ。

閃きは輝きだ。ルジャンドルの位相幾何学者としての閃きが、あの琥珀色に輝く二つの眼球《ダブル・トーラス》の奥底からこの世界に湧き出ていたのかと思うと、きみはぞくぞくしないかね？

ふふふ。なにもそんなに困ったような顔をしなくてもいい。

さっきから私が、きみの目を晦《くら》ますようなことばかり言うのにも、もちろん理由があるのだからね。

つまり、知らないものは答えられない。またたとえ知り得たとしても、私自身の理由で答え得ないのだということなのだよ。私のみが知ることであればこそ私はそこから見返りを受ける。それこそが知る者の権利であり、すなわち人の死を司ることのできる権利なのだ。だが一方で、私のみ知ることだからこそ、それはどこまでも私のみのものでなくてはならない。それは知る者の義務、すなわち私自身が死に対して負う崇高な義務なのだ。

解るかね？

要するに、きみをいきなり山頂につれていくことなどできないのだよ。あくまでもきみは、自らの足を使ってでしか、自らを高い標高へと押し上げることなどできないのだ。

もちろんこれは、きみだけでなく、人類すべてが自覚し、理解しなければならないことだと、私は常々考えているのだがね。

さて……最後に、数学の話をしよう。

位相幾何学、トポロジー、トポスとロゴスすなわち位置の探究、その本質は不変量と性質が一対一に対応し分類できるということにほかならない。位置の概念そのものが本質的には不変量としての性質を持つからだ。

裏を返せばそこにあるのは不変量という性質だけだということになる。だとすれば、こうは思わないかね？　私たちの身の回りに存在する環境も、きみも、もちろん私も、固有の不変量に依存している限りは、単に位相幾何学的《トポロジカル》な存在であって、それ以上でもそれ以下でもないと言えるのではないか。

つまり、一本の消化管で貫かれた我々こそ、巨視的にはひとつ穴《シングル》トーラスそのものなのではないか。

そう考えれば、あの位相幾何学的な象徴として屹立する建物こそが矛盾した存在なのだとすぐに解る。あれは、附属する大地を取り払えば種数二十八のオクトヴィグープルトーラスだと言うべきなのだ。だがそうはならない。理由はすぐに解るだろう。不変量が、すなわち位相が異なるのだよ。二つの《ダブル・》トーラスである二つのT^2はシリンダー$S^1 \times I$で連結し初めてダブルトーラスになる。それだけじゃない。あれはね、それ以前に最初から矛盾しているのだから。

……何が矛盾しているのか、だって？

いい質問だ。だがこの問いにはあえて答えず、きみにはひとつ大切なことだけを教えてあげよう。

それは、きみこそが死ぬために考えるトーラスであるべきだということだ。

死ぬために考えるのは、義務だ。

そして、義務であると同時に権利なのだ。すでに知り得た私にとって、そのことが権利であり義務であるのと同じようにね。

いいかね？　もう一度言う。

きみは、死ぬために考えるトーラスなのだ。

おや？　……もう時間のようだ。

本当はもっと、きみとたくさん話したかったのだが、残念だ。

だが、ポアンカレが「視《み》よ、しかして正しく視よ」と述べたとおり、きみたちは本質的に一切を視尽くすほどの時間を持たないのだ。残念なことにね。

だからまた、この素晴らしい場所に来るといい。

私はいつでも、この、切り刻まれざる時間を持つ原点に存在しているのだから。

そう、私はまさに、このガウスの理想郷に充足している、原点そのものなのだから……。

わたくしが以上に於て説明しようと試みたところは、学者が、その好奇心の前に現われる無数の事実のなかから選択を行うためには、如何なる方針に進むべきであるか、ということであった。すなわち、選択は必ず犠牲を伴うものではあるが、学者の精神の力には本来限りがあり、やむなく選択をしなければならないからである。最初には、一方に於て、解くべき問題の性質を明らかにしつゝ、他方に於て、解決の主たる手段たる人間精神の性質をさらによく理解しようと試みつゝ、わたくしはまず一般的考察によってこれを説明した。次いで、わたくしは例を用いてこれを説明した。わたくしはその例を無限に多く重ねることはしなかった。わたくし自身もまた、選択を行わなければならなかったのであって、当然わたくしのもっとも深く研究した問題を選択したのである。もし、わたくし以外の人であったならば、勿論異なる例を選択したではあろう。さりながら、これは大した問題ではない。わたくしは、彼等もまた同じ結論に達するに相違ないと信ずるからである。

第Ｖ章　犯人は君だ

1

「そうだよ。なんだ君、もう解っているんじゃあないか」

十和田が突然、取調室に響く大声を張り上げた。

「うわ、なんだよいきなり、びっくりするじゃないか」

身体を竦ませつつ憤慨《ふんがい》する俺に、逆に十和田が文句を言う。

「びっくりしたのはこっちだ。大切なことは目に見えない。そこまで解っているのに、どうして解らないなどと言うんだ。不可解だ。まったく不可解だ」

「はあ？」

俺は目を眇めた。

「どういうことだ十和田、君が言っていることがよく解らんぞ。俺がすでに解っているだって？」

「そうだ。君はもうこの問題における大切なこと、すなわち要点を手にしている」

「解らん。要点ってなんだ?」

「大切なことは目に見えないということだ」

「…………」

ただひたすら、意味不明さに目を瞬かせる。

ダブル・トーラスの謎を解くための大切なこと、つまり要点が、大切なことは目に見えないということ――?

黙ったままの俺に、十和田はうるさく咳を払うと、言った。

「世界の本質というのは、得てして目には見えないものだ。十次元ないし十一次元空間のうちの余分な六次元が超ひもの中で巻き取られているようにな。もちろんこのとき、空間の本質は消えたわけじゃなく、ただ見えなくなっているだけだ。多次元のひもだけじゃないぞ、僕らがよく知る三次元空間もそうだ。網膜はあくまでも二次元の投影面であって、三次元の情報は必ず一つの要素を失うようにできている。だから卵はいつも殻しか見えないが、その本質は殻じゃなく、ほとんどの場合その内容物にある。卵の本質は見えなくなっているんだよ」

両手を振り上げ、十和田はなおも熱弁を奮う。

「そもそも、人の心がその最たるものだ。人の心は確かにある。だがそれは誰にも、それこそ自分自身ですら覗くことはできないんだ。このように、大切なことこそ本質的には目に見えないものであるわけだが、だからこそ、僕ら数学者は可能な限り世界を代数や集合、位相へと抽象化し、大切なことを可視化して把握しようとしているんだ。四元数《クオータニオン》だってただの四つの数字の集積、複雑な多次元世界だって行列《マトリクス》に起こせば単なる情報の羅列だ。だがそうなれば目に見える。数学者は、まさに抽象化を通じて網膜には決して映らない世界の本質を探ろうとしているんだよ。ザ・ブックも目には見えないものだ。存在するのは確実だが目に見えないんだ。正確にはどこにでも普遍的に存在するがどこにも存在しないようにしか見えないということだがな」

いきなりこの男は、何を言い出したものか。

唖然とする俺を尻目に、十和田はなおも続ける。

「さて、なぜ大切なことが目に見えなくなるかというと、これには幾つか理由が存在する。例えば物理学では次元の巻き取りという現象によってこれが起こる。次元が巻き取られるというのは原理的には次元の減少を意味している。紙は巻き取れば線になるし、線は巻き取れば点になる。あるいは大切なことが始原的《ア・プリオリ》には目に見えないからだと言うこともできるな。不完全性定理の例を述べるまでもなく、始原的にその真偽が判断できない命題は確かに存在するんだ。このときはまさに目に見えないことそれ自体が大切なことと同値になる。ほかにも見ようとしている視点が異なっている場合もある。そう、今回の場合がそれだ」

「……視点が異なる？」

「ああ」

十和田は、がくんと勢いよく頷いた。

「見え方が異なると言い換えてもいい。例えばこんな有名ななぞなぞがある。『ある方向から見れば正方形、ある方向から見れば正三角形、ある方向から見れば正円となる図形はどんなものか』」

「あるのか？　そんな形」

「ある。烏帽子《えぼし》を想像してみろ。あれは正面は三角形、側面は四角形、そして上から見ると円形になっている」

「……確かにそうだな」

「同一の図形であっても視点によって見え方が異なるというのは往々にしてあることだ。あとは、そうだな……『大切なことは目に見えない』という金言の出典を知っているか？」

「ああ、それなら」

この質問ならばすぐに解る。

「『星の王子さま』だろ。サン＝テグジュペリの」

「どんな話かは？」

「もちろん。自慢じゃないが、俺は妹が小さい頃、この本を何度も繰り返し読み聞かせてやったんだ」

それこそ何百回と読んだ。一言一句違わず覚えてしまうくらいに。

「そうか。それなら君も物語の冒頭を知っているだろう。主人公は『ほんとうにあった話』という原生林のことを書いた本を読み、絵を二枚描いた」

「ゾウを飲み込んだボアの話か」

「そうだ。主人公はあの絵を帽子としか判断できない大人たちを嘆いた。僕はその嘆きは真理だと考えている。ものを単一の見方だけで捉えている限り、いつまで経っても何も解らない。別の言い方をするなら、表面上の観察をしている限り実体を見通すことは決して出来ないということだ。なぜなら、『表面《サーフイス》に対して実体《ソリッド》は常に次元が一以上高い』からだ。しかし本質は得てして実体にある。とすれば、本質を見定めるのにいかなる操作が必要かということもすぐに解る。必要なのはスメールが解いた高次ポアンカレ予想における技術、超ひも理論にみられる整合性を取るために設けられた高次元、あるいは黄身のみを殻を割らずに取り出す方法、帽子ではなくゾウを飲み込んだボアだと知る方法、それらと原理的には同じアイデア、ただそれだけなんだよ」

「解らん。やっぱり解らん。だが……」

直感する。確かに、何かが、そこには、ある。

十和田は、そんな俺の心の呟きに呼応するかのように、大きく頷いた。

「真実のすべては、君が今言ったサンテックスの金言に集約されている。だからあの言葉はまさに真理であって、ザ・ブックに記載すべき帰結そのものになるんだ。あれほど文学的でありかつ数学的にも美しい結論が存在すること自体、奇跡だと言っていい……いや、彼は飛行士であり文学者でもあったが、同時に数学者でもあったのだから、当然と言えば当然かもしれないがな」

くっくっと、十和田は喉で笑った。

俺はといえば、もちろん何も解らない。ダブル・トーラスの事件の真相も犯人も、鳥居がいなくなったことについても、そもそもこの事件がどうして起こったのかさえ、何ひとつ解らない。

だが、そんな俺でも気づき始めていた。

その、何か目に見えない大切なことに。

やがて――。

十和田は言った。

「君はまだ真相に到達していない。だが君は自信を持っていい。君はこの問題の『大切なこと』をすでに見ている。これはすでに解いていることと同値だ。なぜなら後は時間さえあれば解決できる程度の重複語法《トートロジー》にすぎないのだからね。だからダブル・ト

ーラスの謎はもはや、その大切なこととともに君の手中に収まっているというわけだ
……さて」

十和田は、いきなり立ち上がった。

「宮司くん。面倒なお願いで恐縮なのだが、僕をこれから連れて行ってくれないか」

「は？　いきなり何を言うんだ。被疑者がどこに何しに行くつもりだよ」

解っていながら、俺は笑って十和田に訊いた。

「決まっているじゃないか」

十和田もまた、晴れやかな顔で答えた。

「講義をしに行くんだよ。ダブル・トーラスまで」

2

駐車場で車を下りる。

秋雨《あきさめ》の後、日の落ちた周囲は藍色《あいいろ》の空気にひやりと沈み、草むらのあちこちで何かが鳴き始めている。

石段を上る俺と十和田。その背後には、二人の刑事が距離を置いてついて来ていた。ひとりは毒島、そしてもうひとりは船生だ。

そっと後ろを振り返る。俺からは十メートルほど離れ、心細げな顔をした毒島と、眉間に縦線を刻み込んだ険しい顔の船生がいる。

不意に、船生と目があった。船生は顎を上げると、まるで見下すように、俺を鋭い目で見据えた。

——さっき言ったこと、よもや反故《ほご》にしませんよね？

何も口にせずとも、彼女の目線がそう告げていた。俺は顔を前に向けると、苦笑しながら、先刻の修羅場《しゅらば》を思い出していた。

「ちょっ、ちょっと、何をまた勝手なことをっ」

事もあろうに、十和田を連れて取調室を出た瞬間、俺は船生と鉢あわせてしまった。彼女は終日三席と打ちあわせの予定だったはずだが、どうやら早めに戻ってきたらしい。

しまった——そう思う間もなく船生は、鬼の形相《ぎょうそう》で俺につめ寄る。

「宮司警視？　あなたって人は……一体どこまで私のことを馬鹿にしたら気がすむんです？」

「待て……待て」

「今あなたは何を？　被疑者をどうしようと？　まさか、勝手に外に連れ出そうとしているんじゃないでしょうね？」

「だから、待て。俺の話を聞け」

興奮する船生をなだめる。だがそんな態度は明らかに逆効果で、船生の目は見る間に吊り上がっていった。

「まさか、勝手に釈放しようとしているんじゃないでしょうね？　明日にも送致しようという犯人に、警視はなんてことをしようとしているんですか？」

つけ入る隙もない金切り声。助けてくれ——と、苦し紛れに毒島を見るが、船生の部下はどうすることもできず、ただ情けない犬顔でおろおろと困っているだけだった。

「ちょっと？　聞いているんですか？」

聞いているが、喋らせてはもらえない。これでは埒が明かない。

ならば、仕方あるまい。

俺は、意を決すると——。

腰を直角に折り、頭を船生の目の前に落とした。

「ちょっ、……警視？　何を？」

突然の俺の行動に啞然とする毒島と船生。

その漸くできた間隙を衝き、俺はまくし立てる。

「頼む。一時間だ。一時間だけ俺に時間をくれ、船生君。解ってはもらえないと思うが、俺は君の仕事を邪魔するつもりなど毛頭ない。だが君が事件に真摯《しんし》に向かっているように、俺もこの事件に必死で取り組んでいる。頼む。一時間でいいんだ」

「…………」

「頼むっ」

「……そ、そんなことされても」

漸く我に返ったのか、船生がなおも責めるような口調で言った。

「十和田が犯人じゃないですって？　そんな馬鹿な。そもそもこの男は自白したでしょう？」

「いや、今は撤回している。だから自白は無効だ」

「今さらそんな……じゃあ、誰が犯人だって言うんです？」

「それは……解らん」

「はあ？」

理解不能だ、とでも言いたげな裏声。

だが、それでも俺は食いさがる。

「解らんが……とにかく十和田は犯人じゃない。こいつはあの事件の犯人じゃないんだ。それをこれから証明しに行くところなんだよ。なにしろ十和田は真犯人も真相も知っている。知っているからこそ、これからダブル・トーラスに行って講義しようとしているんだ。だから頼むっ、ほんの少しだけでいい。俺と十和田に時間をくれっ」

「…………」

呆れたような表情――だが船生はやがて、乱れた髪を掻き上げながら言った。

「……とりあえず、宮司警視のお考えは解りました。この男が犯人じゃない……いいでしょう、それなら一時間だけ。そう、一時間だけこの男を連れ出すための時間を差し上げます」

「解ってくれたか」

「ええ。そもそもは警視の業務命令でもあるのでしょうし、私にはこれ以上拒否する権限もありませんから。……ですが」

顔を上げた俺を、しかし船生はなおも冷たい目つきでにらみつける。

「この事件の主任捜査官として、警視の行動に対して私はリスクを負っています。ならば同等のリスクを警視、あなたにも負ってもらわなければ割にあいません」

「リスクか。いいだろう。何をすればいい」

「賭けてください。警視の首を」

「は……？」

さらりと述べる船生。俺は思わず訊き返した。

「今……なんて言った？」

船生は、さっきまでの剣幕がまるで嘘のような冷たい目で、淡々と言った。

「聞こえませんでした？　ならばもう一度言います。あなたの首を賭けてください。証明だか講義だか知りませんが、結果的にもし十和田がやっぱり犯人であれば、これは責任問題です。だから宮司警視、もしそうなれば、あなたには警察庁を辞職してもらいます。先ほど警視は自分も真剣だと言いましたよね？　自信も覚悟もおありのようです。それならばこの程度のリスク、負っていただいて当然だと思いますが……今さらできないなどとはもちろん、言いませんよね？」


──俺は、その賭けを了承した。

半分は売り言葉に買い言葉。だが船生はおそらく本気だし、俺も本気だった。彼女がこの滅《め》茶《ちゃく》苦《ちゃ》茶な賭けを真剣に申し出たのは、俺の気概を計るため、ならば俺も胸を張ってその博打《ばくち》に乗る以外の選択肢はあり得ない。

ひょこひょこと歩く十和田の横顔を、俺はちらりと見る。相変わらず鼻先に引っかかった眼鏡が不安定だ。しかしその奥で真っ直ぐ前を見据える目には力強い光が宿っている。

俺は確信した──大丈夫だ、俺の首を賭けても。

もちろんこの挙動不審な数学者がどんな解を用意しているのか、俺にはいまださっぱり解らない。だが十和田は「目に見えない大切な何か」をすでに理解している。その何かが、これから行われる講義で、すべて白日のもとに曝されるのだ。

俺の職務のすべてを賭けるに値する「真実」が——。

俺たち四人は、ダブル・トーラスの薄暗いエントランスから、エレベータへと無言で乗り込んだ。

ドアが閉まるとすぐ、俺の胃は乱暴につかみ上げられ、内容物が攪拌される。エレベータの壁にもたれつつ、不快感に耐えながら俺はランプを見上げた。

三つ並ぶランプ。左端だけが光っているそれは、無意識にカウントしていた三十秒の経過にあわせて真ん中へと移った。

と同時に、がたんとまた不安を催す嫌な揺れが俺を襲った。身体中が鉛にでもなったような重苦しさに、俺は思わず顔を歪める。この振動だけは何度乗っても慣れない——。

「そう、ここだ」

不意に、十和田が楽しげに言った。

「ここだ。ここで変わるんだよ」

「……変わる？　何が？」

目眩をこらえつつ、かすれ声で十和田に訊く。

だが十和田は、俺の質問を無視したまま、ただ笑顔で、そして落ち着きなく身体を動かし続けていた。そんな十和田を、船生と毒島はただ怪訝そうな顔で見ていた。

短い悪夢が終わり、俺たちはエレベータから出る。

広間では、すでに事件の当事者たちが俺たちを待ち構えていた。

当初八人いたダブル・トーラス事件の当事者も、十和田を除けば、今や明媚と平、そして使用人である立林と飯手の四人だけ。彼らは、テーブルを挟んだ向かい側に、各々《おのおの》神妙な顔をして座っていた。

広間へと一歩入った十和田は、入るなり彼らをぐるりと見回し、目を細めた。

「ああ、なるほど……そういうことか」

「何がだよ？」

「そういうこと」の内容を問う。

だが十和田はまたも俺を無視した。

「つまりは、すべて導かれるままにこうなったということだ。いや、その真意を今は問うまい。今はただ、ほんの少し前に進むためだけの証明にのみ努めよう。イプシロンよりも小さくゼロより大きいデルタだけ進むためにね。さあ……」

十和田は、皺だらけのブレザーの襟《えり》をぴんと引くと、よく通る声で皆に宣言した。

「……講義を始めようか」

3

「さて、まずはこの証明の目的について。目的は二つの事実を明らかにすること。すなわち、ひとつは実行行為者が誰か。もうひとつは実行行為者がいかにしてこの犯罪を遂行し得たか。次に、この事件の前提となる条件について……」

一同を置いてけぼりにしながら、十和田はただ滔々と言を継ぐ。

前提条件は、八点。

一――被害者は二人。降脇と鰐山。

二――犯行場所は二ヵ所。一階書斎と二階ｂ室。

三――チェーンとかんぬきにより両室とも密室。

四――暖炉内の隠し通路により両室は連結。

五――十和田は書斎の中に存在。

六――十和田以外は密室の外に存在。

七――一階と二階の往復にはエレベータを用いると一分、廊下、隠し通路を用いると十分程度必要。

八——昨晩から鳥居も失踪。

「……以上。ところで、以下証明本文に移る前に、ひとつだけ言及しておくことがある。それは、この事件には単純で、巨大で、しかも目には見えないある枠組みがあるということだ。これに起因して生じる時間の謎、犯人の謎、あるいは密室の謎、どれもすべてこの枠組みが明らかになれば容易に理解できるものとなる。五次方程式の一般解が存在しないことがガロア群論という枠組みから容易に示されるのと同じだ。とはいえ……」

十和田は、ずり落ちた眼鏡を押し上げた。

「とりあえずまずはひとつ、謎を解いておく。時間の謎だ」

「時間の謎？　って、何の時間だ」

問う俺に、十和田は頷いた。

「書斎とウプシロン室の往復に掛かる時間だよ。書斎とウプシロン室は構造上、行き来するのに十分以上を要する。今回の事件ではそれがある種のアリバイを構築していて、これが犯行不可能性の根拠になっている。ところでなぜ十分も要するのか。理由は簡単だ。廊下は距離が長く、隠し通路は上るのが困難だからだ。一方この館にはエレベータが設けられているが、監視カメラの映像から誰もエレベータを使っていないことが明らかだから、今は議論から除外する。さて、この事件において、犯人は降脇先生と鰐山先生の二人を殺害するため、当然に二室を行き来しなければならない。つまり広間を十分以上不在とせざるを得ない。ところがこの要件に該当するのは、実は僕しかいない。それを傍証するように、僕は書斎で拳銃を握り締めて気を失っていた。だとすれば犯人は僕以外の誰でもあり得ないという結論になる。当初、僕自身がそう考えた」

「だが、それは違ったんだろ？」

俺の問いに、十和田は首を縦に振った。

「そう。この判断は早計だった。間違っていた」

そんな間違った判断から自首して、俺たちを攪乱した張本人はどこのどいつだ——そんな嫌みも今は我慢して、俺は十和田の言葉に耳を傾ける。

「なぜ間違ったか。それは十分より短い時間で行き来する方法の存在を知らなかったからだ。だから僕は、犯人は自分しかあり得ないと判断してしまったんだ」

「十分より短い時間で行き来する方法。あるのか、そんなものが」

「ある。具体的に言うと、実はダブル・トーラスにはまだ誰にも知られていない構造が存在する。犯人はその構造を利用して、短時間で行き来したんだ」

「まさか。僕らはきちんと調べましたよ」

毒島が割り込んで抗議する。

「隠し通路以外に、そんな構造は書斎やウプシロン室のどこにもなかった。それは事実です。まさか、警察の捜査を疑っているんですか？」

「君たちの能力を疑いはしないよ、毒島くん。君たちは書斎とウプシロン室を完璧に調べた。したがって、君たちが見つけた以上のものはあそこにはない。だがね、それでも見落としはやはり存在するんだよ。例えば事件があったとき、君たちの人員は十分に足りていたか？」

「それは……」

言い淀む毒島に、十和田はにこりと笑って言う。

「目と手の数が少なければ、証明できる範囲もおのずと狭まるのが道理だ。だから君たちを責めることは誰にもできないし、君たちだってそれを恥じることはない。そもそもこの構造は物理的にも心理的にも巧妙に隠蔽《いんぺい》されていたんだ。発見できなくて当然だ」

「まあ、そこは解ったよ」

俺は、十和田を制止して質問を挟む。

「それより十和田、教えてくれ。その未知の構造とやらはどんなもので、一体、どこにあるんだ？」

「いい質問だ。だが、それはそれとして宮司くん」

十和田は、俺の質問を微妙にはぐらかす。

「君はこの『ダブル・トーラス』という建築物が実はダブルトーラスではないことに気づいていたか？　厳密に言えば、上層と下層二つのトーラスは、配管室と階段室、エレベータと二十四本の柱の計二十七本のシリンダーによって接続された多様体だ。二つのトーラスを一本のシリンダーで接続するとダブルトーラスになるように、二十七本のシリンダーで接続すれば、二十八穴のトーラス、すなわち位相幾何学的にはオクトヴィグープルトーラスと呼ぶのが相応《ふさわ》しいものとなる。ダブルトーラスではないんだよ。ということは、ダブルトーラスでないものに『ダブル・トーラス』という名前をつけているということになる。はたしてこれは正しいのか？　正しいとすれば、それはひとつの事実を示唆することになる。つまり『ダブル・トーラス』という名称には、位相幾何学とは異なる別の意味があるということだ。その意味において『ダブル・トーラス』がダブルトーラスであることは正しいということになるんだ。だからこそ……」

「ちょ、ちょっと待て十和田」

混乱した俺は、十和田をまた制止した。

「なんだ宮司くん。今は説明の最中だ」

「君が何を言ってるのかよく解らん。いや、それ以前に未知の構造はどんなものかっていう俺の質問に、先に答えてくれよ」

「それを答えるために順を追って説明しているんだが？」

　十和田は目を眇めた。

「君はいつも結論を急ぎすぎるぞ、宮司くん。……いいか、つまり、ここでのトーラスには位相幾何学的《トポロジカル》な意味におけるトーラスとは『別の意味』が付与されていて、この『ダブル・トーラス』はその『別の意味』において名づけられているということなんだ。もちろんトーラスという言葉を使う以上、『別の意味』とはいえども、位相幾何学的な定義から大きく外れるものじゃあないが」

「は、はあ……」

　曖昧な返事を意にも介さず、十和田は続ける。

「多様体は、ベッチ数や種数《ジーナス》といった不変量で分類されるが、トーラスはこのうち一次元ベッチ数二、種数一を持つ二次元多様体のことで、身近な例で言えばドーナツのような穴の開いた形のことを指す。だが本来一次元ベッチ数は経路が引っかかる穴の数を示すものだし、種数は向きつけが可能な閉曲面における穴の数そのものだ。極論すれば、トーラス《穴》とは穴《トーラス》そのものだと言っても大差はないわけだ。さてここで、その穴《トーラス》がダブル、すなわち二つあるというのは、どういうことを意味しているか？」

「トーラス《穴》が……穴《トーラス》が二つ？」

さすがの俺にも、ぴんときた。

「それはまさか、穴《トーラス》が……トーラス《抜け穴》が……つまり、抜け穴がもうひとつあるってことなのか？」

「ご名答」

十和田は、にやりと口角を上げた。

「『ダブル・トーラス』という名称は、つまり館そのものの形を位相幾何学的に表現したものではなく、穴が二つあるということ……書斎とウプシロン室とを接続するような『抜け穴《トーラス》』が二つ《ダブル》存在していることを意味する名称だったということだ」

「抜け穴が、二つ……本当に、あるのか？　そんなものが……」

ひとしきり茫然とした後で、俺は訊く。

「そんな二つめの抜け穴なんか、一体この建物のどこにあるという？　書斎とウプシロン室はすでに調べきっているんだろう？　いや、そもそも君はどうしてそんなものがあると解ったんだ？」

俺の疑問に、十和田は即答した。

「二つめの抜け穴を教えてくれたのは、鳥居くんの失踪だよ」

「鳥居美香の？　彼女がいなくなったことが抜け穴と関係しているってことか……まさか、その抜け穴を使って彼女は外に逃げた？」

身を乗り出す俺を、十和田はすぐさま制止した。

「違うよ。早とちりしちゃいけない、宮司くん。君は少々前のめりすぎるな。さっきも言ったとおり、物には順序というものがあり、それにしたがって粛々と証明されるべきものなんだぞ……いいか、鳥居くんがいなくなったそもそもの理由、それは、彼女が自分の部屋であるプサイ室を、ファイ室だと間違えて読んでいたということにある」

「……は？」

ψ《プサイ》室を、φ《ファイ》室だと間違えて読んでいた——？

意味が解らない。目を瞬かせる俺に十和田は言う。

「鳥居くんはギリシャ文字をあまり得意としない。そのせいかは知らないが、彼女は字形が似ているψ《プサイ》もφ《ファイ》も、どちらも『ファイ』と読んでいた。立林くんから鍵を受け取ったとき、彼女はそう呟いていただろう？　そんな鳥居くんは昨晩、この勘違いに気づかないまま、ある人物に、おそらくこんなようなことを言ったはずだ……『ファイ室のソファについて、ちょっとお話があるんですが』」

「ソファについて？　何の話だ……あっ」

唐突に思い出した。

彼女の部屋、ψ《プサイ》室に行ったとき、ソファがどうなっていたかを。

「思い出したぞ、確か、ソファには紅茶の染みがあった。鳥居が零したらしいが……そのことを誰かに話したってことなのか」

「そうだ。その一言は、彼女にとっては何の他意もなく、単に自室のソファに染みがついたことを告げようとしたに過ぎないものだった。だが、これを聞いた人物は戦慄した。なぜならその人物は、ファイ室のソファに『ある仕掛け』が施されていることをよく知る犯人だったからだ」

「ある仕掛け？　……ああ、そうか」

俺は、嘆息して言った。

「それが、二つめの抜け穴なんだな」

「そうだ」

十和田はまた、大きく頷いた。

「ある仕掛け、すなわち二つめの抜け穴の一端は、ファイ室のソファの座面下にあった。もちろん鳥居くんはそんなものがファイ室にあるなどとは知るはずもない。そもそも彼女の部屋はファイ室じゃなくてプサイ室だ。だが彼女はψ《プサイ》とφ《ファイ》を勘違いしていた。このせいで鳥居くんが何気なく発した一言が、犯人にとっては『隠しているはずのファイ室の仕掛けを指摘したもの』として聞こえてしまった」

「要するに、犯人は二つめの抜け穴が鳥居にばれたと早合点した」

「ご明察。だから犯人はすぐに鳥居くんをその場から連れ去り、ある場所に監禁したんだ。露見《ろけん》した事実を鳥居くんごと隠蔽するためにね」

「…………」

俺は、驚愕で言葉を失う。

まさか昨晩、そんなことが起こっていたとは。いや、それよりも二つめの抜け穴があったとは。いやいや、そんなことよりも——十和田が取調室にいながらここまで見抜いていたとは。

十和田が、言葉をなおも継ぐ。

「もう一度言うが、二つめの抜け穴の上端はファイ室のソファの座面に隠されていて、それは真下にある倉庫まで縦に続いている、ということだ。倉庫には天井まである大きなクローゼットがあり、ここに抜け穴の下端が隠されている。平面図で見てもファイ室のソファセットと倉庫のクローゼットの位置が同じだということが見て取れるはずだ。そして……これがもっとも大事なことなんだが……この抜け穴には梯子がある」

「梯子が？　……そうか、なるほど」

俺は手を打った。

「梯子なら上るのに時間が掛からないんだな」

「そのとおり。この二つめの抜け穴を利用すると、二階へ上る時間が劇的に短縮できる。十分以上かかるウプシロン室との行き来を短時間ですませることができるんだ」

廊下を経由すると、距離が長すぎる。

暖炉の隠し通路は、上るのに難儀する。

だがこの梯子を備えた二つめの抜け穴を使えば、あっという間に二階に上ることができる。

十和田は、続けた。

「具体的な犯人の行動は、こうだ。犯人はまず広間から倉庫に行き、二つめの抜け穴の梯子を使ってファイ室に上がる。ウプシロン室への通用口をノックすると、鰐山先生にドアを開けさせて中に入り、ソファの上で鰐山先生を殺害する。このときにウプシロン室の密室を構築する。それから暖炉の隠し通路を、配管を伝って素早く書斎に降りると、降脇先生も殺害する。ウプシロン室同様、書斎の密室を構築した後、書斎から倉庫を抜けて広間に戻ってくる。手際よくやれば、所要時間は五分程度ですむはずだ」

「配管室の配管に埃がついていなかったのは、やはり犯人が下りたからだったんだな。なるほど……」

俺は、納得しつつも訊き返す。

「だが犯人はどうして、わざわざこんなにまどろっこしい方法を取ったんだ？　二人を殺そうと思うのなら、もっと手早く済む方法があるように思うが」

「それはもちろん、自分を容疑者にしないためだよ」

十和田は即答した。

「二つめの抜け穴さえ露見しなければ、広間にいる人間には犯行が不可能であることが示されるからね。実のところ、もともとの計画では、犯人はこの事件を降脇先生の犯行だと思わせるはずだった。降脇一郎が鰐山豊を殺害し、自殺したという体《てい》を取りたかったんだ。広間にいる人間には犯行不可能だという状況をつくろうとしたのも、そのためだ」

「確かにその状況なら、密室の中の片方が片方を殺して自殺したのだと判断するしかないからな」

「だが実際には、犯人の思惑通り事は進まなかった。犯人にとっては予想外の出来事が起き、二つの誤算が生まれたんだ」

十和田は右手の指を二本立て、皆に示した。

「ひとつは、降脇先生が予想外に抵抗したせいで、犯人が降脇先生の後頭部を撃たざるを得なかったことだ。自殺に見せかけるには降脇先生に無理やり銃を握らせてこめかみあたりを撃つ必要がある。だが降脇先生だって人間だ。殺されると解れば必死で逃げる。結局そういった偽装ができず、犯人は降脇先生を普通に射殺せざるを得なかった。だがもちろん、これでは自殺にしては不自然だし、降脇先生の手から硝煙反応を出すことができない。しかも、もうひとつ誤算が続いた、それは僕がなぜか倉庫にいたことだ」

「倉庫にいたのか？　君が？」

というか、なぜそんなところに？　——目を瞬かせる俺に、十和田は肩を竦めた。

「僕はね、本当は手洗いに行きたかったんだ。だが誤って倉庫に行ってしまった。平先生が『二つあるドアの左側だ』と言ったのを勘違いしたせいだ」

俺は、一階の平面図を思い浮かべた。

「ああ……理解した。君はトイレと浴場の並びと、倉庫と食料庫の並びを間違えたのか」

「そういうことだ。手洗いにしては真っ暗でおかしいなとは思ったんだが、何のことはない、そこは手洗いじゃなかったんだ。ところで倉庫は犯人の移動ルートになっている。つまり僕がいることで犯人は脱出を阻まれてしまったわけだ。この犯行は何よりも短時間で完遂することが肝要だ。だから犯人も悠長に僕が出て行くのを待つわけにはいかなかった。困った犯人はそのとき咄嗟《とつさ》に名案を思いついた。この僕、十和田只人に罪を被せてしまえ。そうすれば降脇先生が後頭部を撃たれていたことも、硝煙反応が出ないことも、容易に説明できる」

「罪をなすりつけたのか、君に」

「そういうことだ。かくして一瞬で肚《はら》を決めた犯人は、暗闇の中、僕の背後から襲いかかり、頸動脈を締め上げ気を失わせると、書斎のバスタブへと運び込んだ。そして僕に拳銃を握らせると、それまで犯人がしていた硝煙反応の出る長手袋を置いていった」

「そして君が、まるで犯人であるかのごとく書斎で発見された」

「そのとおり。かくしてあの現場状況が完成したというわけだ。僕にはまるで記憶はないが、この推測はおそらく、真実だろう」

「ああ……そうだな」

俺は、ゆっくりと首を縦に振った。

十和田が指摘した「二つめの抜け穴」の存在——。

鳥居の勘違いを契機として判明したこの抜け穴は、十和田の推理とともに、時間の謎を解き、犯行のあらましまでも一気に明らかにしてしまった。

なんて奴だ——確かに俺は、自分が体験した出来事をすべて細かく十和田に伝えていた。だが、それはあくまで伝聞だ。十和田は、そんな断片的な情報から、取調室にいながらにして、これだけの推論を組み立ててしまったのだ。

俺は舌を巻いた。

十和田只人――やはりこいつは、只の人と言いつつ、ちっとも只者じゃない。

だが――。

俺は小さく息を吐きつつ、眉根を揉んだ。

困ったことがひとつ、ある。

十和田の推論にはひとつ、致命的な欠陥があるのだ。そのことに果たして、十和田自身は気づいているだろうか？

俺の不安をよそに、十和田は次々と言葉を紡いでいく。

「……これらの事実を踏まえて、次に誰が犯人なのかについて考察しよう。まず犯人はこの事件の関係者である八人に限られる。そこから被害者を除けば六人だ。この六人から、最初に飯手くんを除く。彼女は終始ダブル・トーラスにいなかったからだ。次に鳥居くんも除く。鳥居くんは高々二分程度しか広間を離れていない。いくら犯行のために必要な時間が短縮されたといっても、さすがに二分で二件の殺人は実行不可能だ。そしてこの僕も除く。僕は一昨日からずっとY署の取調室にいて、鳥居くんを連れ去ることができないからだ。ちなみにこのアリバイはここにいる宮司くんが証明してくれる」

振り向いた十和田に、俺は頷いた。

「不承不承だが、そのとおりだ。君は犯人じゃない」

「ありがとう。というわけで、容疑者は三人に絞られた。平先生、明媚くん、立林くん。君たちはいずれも犯行に必要な時間だけ広間を不在にしている。つまり、君たちのうちの誰かが犯人だということになる」

十和田は、曲がった眼鏡を押し上げつつ、再び一同をぐるりと一瞥した。

犯人は、この三人のうちのいずれか――。

緊張感が張りつめる中、十和田は続ける。

「まず明媚くん。君は犯人である可能性は……極めて低い。なぜなら君には、犯人ならば残るだろう痕跡がないからだ。だから君は犯人ではないだろう」

「痕跡？……なんだそれは」

俺の質問に、十和田は俺の足下を指差した。

「埃だよ、宮司くん。ほら、君のスーツの裾にもついている、それだ」

「えっ？」

その箇所を見る。

チャコールグレーのスラックス。その裾に、確かに灰色の泥のような跡がうっすらとついていた。

「その埃は、君の足に昨日からあるものだ。おそらく、隠し通路を通ったときについたものじゃないか」

「ああ……そうだ、そのとおりだ」

「湿気を帯びた隠し通路の壁面は、埃で汚れている。そこを通ったから、ズボンの裾に落ちにくい埃がついたんだ。君のズボンの裾ですら汚れたのなら、ましてや明媚くんのワンピースの、大きく広がるスカートが汚れないはずがない。ひるがえって、明媚くんが広間に戻ったときはどうだったか。明るい水色のワンピースは、汚れがあれば一際目立つはずだ。だが、そんなものはどこにもついていなかった。もちろん、後ろボタンのワンピースを着替えるだけの時間も、あのときにはなかった。これらの事実は、つまり彼女が隠し通路を通っていないということを意味している。明媚くんが犯人である可能性は低いんだ」

　確かに――俺がここに初めて来たとき、明媚のあざやかな水色のワンピースには埃の汚れなど、なかった。

　十和田の顔を見つつ、俺は言った。

「確かにそうだが……ならば犯人は、平さんか？」

「どうしてそう思うんだ？」

　十和田が訊いた。俺は答える。

「平さんには……鰐山に対する強い殺害動機がある」

「そうか。それは確かに一因だ。動機というのは得てして犯人確定のための重要な手がかりとなるからね。だが」

十和田は首を横に振った。

「動機があるだけでは証明にならないよ、宮司くん。残念ながら君は間違っている。平先生は犯人ではない」

「なぜだ？」

「実行可能性がないからだよ」

「実行可能性？」

鸚鵡《おうむ》返しに問う俺に、十和田は続けた。

「そうだ。平先生は決して犯人ではあり得ない。なぜなら平先生は拳銃の引き金が引けないからだよ。拳銃を撃てない者に、この事件における実行可能性はない。また平先生は梯子も上れない。梯子を上れない者に、この事件における実行可能性はない。つまり平先生はそもそも犯行を実行し得ず、したがって犯人ではない」

「ちょ……ちょっと待て、言っていることの意味が解らんぞ。拳銃を撃てない？　梯子を上れない？　なぜだ。どうしてできないんだ」

「簡単なことだよ。平先生は、指先の自由を欠いているからだ」

「……は？」

俺はまた、目を瞬かせた。

「指先の自由を欠いている……動かせないってことか？　なぜ？」

「そういう病気だからだ」

「……病気？」

素《す》っ頓狂《とんきょう》な声を上げた俺に、十和田は言う。

「そうだよ。解らなかったか？　平先生が煙草をつまめず止《や》めざるを得なかったこと、食事にも難儀していたこと、頑なにポケットに手を突っ込んでいたこと、部屋の鍵が不要だということ、受話器を上げる動作やボタンを押す動作を自分ではやらないこと、そして節々に見られる言動……すべては平先生が指先の自由を欠いているという事実に由来している。そしてその原因は病気にある。関節の病気か、あるいはリウマチか……実のところ、僕は平先生が不可逆的な病魔に冒《おか》されていると推測しているのだが……この点、いかがですか？　平先生」

「…………」

十和田に話を振られた平は、長い沈黙を挟んでから、口を開いた。

「別に、ことさら誰かに言うつもりなどなかったんだがな。だが、十和田君の言うとおりだ。俺はＡＬＳ……筋萎縮性側索硬化症というやつを患っている。あのホーキング博士と同じ病だ。運動神経に障害が発生して、まず手や足先から動かなくなり、最終的には身体全体が動かなくなる。俺の症状は今まさに、その初期段階なんだ……見てみろ」

平が、肩を竦めてポケットから手を出した。

その指先は、手刀のような形のまま不自然に固まり、震えていた。

「まだかろうじて握ることはできる。だが、じきにそれもできなくなるだろう。筋力が衰《おとろ》え、全身の自由が奪われるのも時間の問題だ。命だって長くはない。実に忌々しい病気だぞ……まあ、そのお陰で俺が犯人ではないということが示されるのは、まったくの皮肉だと思うがな」

くくくっとのどの奥で笑うと、平は続けて言った。

「だがね、ALSだろうがそうじゃなかろうが、俺が鰐山や降脇先生を殺すなんてことはあり得ない。なぜなら俺にとって二人は、偉大な先輩であり、強大な敵であり、切磋《せっさ》琢磨《たくま》する数学者同士だからだ。そりゃあ多少のいがみあいはあったがな。だがそれこそ瑣末なことだ。いや……まあ、俺のことなんかどうだっていいんだよ。そんなことより十和田君、君の証明を先に進めたまえ。もう解には到達しているんだろう？」

「ええ、そのとおりです」

不随意の手刀を大きく振る平に一礼すると、十和田は一同に向き直った。

「こうして消去法により、身体を自由に動かすことができ、かつ埃が多少ついても目立たない服装の人物が残った。平先生もおっしゃったとおり、僕は解を得たんだ。つまり……」

「つまり……」

俺は、ごくりと唾を飲み込んだ。

しんと静まり返る広間で、十和田は――その人物に向けて、人差し指を突きつけた。

「犯人は君だ。立林付くん」

「え……？」

十和田に指差された立林は、一瞬きょとんとした後、小さく首を横に振ってうろたえた。

「ぼ、僕が犯人ですって？」

「そうだ」

十和田は再度、断言する。

「犯人は君だよ」

「そ、そんな……ちょ、ちょっと待ってください」

喘ぐように口を開閉させていた立林は、しかし、すぐに十和田の顔を真っ向からにらみ返した。

「あんまりです。いくら消去法で残ったからって、僕が犯人だなんて、乱暴な理屈だ。それはおかしい」

「おかしくはないよ。すべての不可能性を消去して最後に残ったものは、いかに奇妙なことであっても真実となる。排中律の合理的帰結だ」

「いや、やっぱりおかしい。そもそもあなたはその不可能性とやらについてきちんと説明していないじゃないですか。そう……例えば密室。あの密室をどう説明するんですか？　あなたの推理では、犯人は倉庫との通用口から脱出していますが、書斎の通用口のかんぬきは内側から掛かっていたじゃないですか。密室になっていたんですよ、あそこは」

「密室か」

十和田は一拍を置いた。

「残念ながら、真の意味でのそれはどこにもない。密室は錯覚だ」

「……錯覚？」

「そうだ。あの二室は実は密室でもなんでもなかった。密室は単なる見せかけ。だから錯覚だ」

「どういうことだ、十和田？」

横から問う俺に、十和田は頷きつつ答える。

「どういうことも何も、実は犯行直後、あの二室は密室でもなんでもなかったんだ。犯人は僕を気絶させると、書斎のバスタブに放り込み、そして通用口から倉庫に抜けて広間に戻った。このとき、別に犯人は通用口にかんぬきを掛けてはいなかったんだ」

「なぜ？」

「掛けられないからだよ。外から扉の向こう側にあるかんぬきだぞ。君は掛けられるのか？」

「それは解るが、でもそれじゃ密室にならないだろう」

「そうだよ。だから言ってるだろう？　密室でもなんでもないって。つまり犯人は、かんぬきを掛けずにそのまま出て行ったんだ。通用口のかんぬきは掛かっていなかったんだよ……このときは」

「このとき？」

首を傾げた俺に、十和田は続けた。

「いいかい？　かんぬきが掛けられたのはその後、皆が書斎に突入したときだったんだ。犯人はチェーンが掛けられた書斎の扉を突破すると、真っ暗な部屋へと一番に飛び込んだ。なぜか？　明かりを点けるためじゃない。通用口のかんぬきをそっと掛けるためだ。明かりのスイッチは通用口のすぐ傍にあるし、かんぬきはスライドさせてもほとんど音がしない。異常事態と暗闇に乗じて、その行動は誰にも気づかれることなく行われた。つまりね、宮司くん。密室は後から偽装されたものだったんだ。だから僕はずうっと言っているんだよ。密室など錯覚だとね」

そういうことだったのか——。

であれば、十和田の言うとおり、確かにこれは錯覚だ。厳密な意味における密室など、初めからどこにもなかったのだから。犯人は、密室ではなく、後から密室と判断されるものを構築しただけだったのだ。

では、その実行為者、つまり書斎の扉を破り部屋に一番に飛び込んでいったのは、誰だったか。

俺は——彼を、見た。

玉のような汗を額いっぱいに掻いた、立林を。

そうか。やはり、そうなのか——だが。

俺はしかし、首肯しかけた頭をすぐ横に振った。

だめだ。それではまだ——だめなのだ。

立林も、だから剣呑《けんのん》な顔つきの中にもいまだ不敵な笑みを浮かべつつ、十和田をにらんでいるのだ。

そう、十和田の論にはまだ、致命的な欠陥がひとつある。

だから、俺は——。

指摘するのが俺でいいのか迷いながらも、そのことを十和田に述べた。

「だが、十和田。君の言うことはそもそも、初めから不可能なことなのじゃないのか？　二つめの抜け穴とか、それがファイ室と倉庫を結んでいるとか……そんなもの、一体どこに存在し得るというんだ？　ダブル・トーラスの上層は浮いているんだ。外から見たって、そんな二つめの抜け穴が存在し得る室なんか、どこにも存在していないんだろう？　だから……君の言うことはすべて、前提からして間違っているんじゃないか」

そう、実際に一階の屋根に立った俺は知っている。上層トーラスと下層トーラスとを分かつあの空間。確かに柱はたくさんある。だが、抜け穴として十分に機能するだけの径を持つ抜け穴《シリンダー》は、配管室ひとつしか存在していないのだ。つまり——。

あの空間には、十和田の言う二つめの抜け穴など、どこにも存在しない。できないのだ。

これこそが、致命的な欠陥。

だが、それを指摘された十和田は——。

「そう、そこなんだ」

満面に笑みを浮かべると、実に愉しそうに言った。

「そここそが、僕が冒頭に言った単純で、巨大で、しかも目には見えない枠組みなんだよ。この壮大さに比べれば、今までくだくだしく述べた時間の謎だとか、密室のトリックだとか、犯人が誰だとか、まるで瑣末な議論にしか過ぎなくなってしまう。それこそ、フェルマーの最終定理が谷山・志村予想に包含《ほうがん》されるように、ポアンカレ予想がサーストンの幾何化予想に包含されるように、これらの謎もより上の世界に設けられた枠組みから簡単に導き出されるものだからだ。では、その枠組みとは、何か？……それこそが次元。余剰次元だ。超ひも理論は十次元ないし十一次元に拡張されることにより整合性を得る。存在するすべての結び目も高次元空間に移動させることによってすべてほどくことができる。ポアンカレ予想も四次元以上において解を見る。次元を増やすことで、解決への道筋が立つんだよ。だから……さあ、今、僕らも次元を増やそうじゃないか。二次元から三次元に視点を移そうじゃないか。ダブル・トーラスの余剰次元には目には見えない大切なことが隠されていたのだということを知ろうじゃないか。つまり……」

十和田は、ダブル・トーラスの謎を――。

一言で、解いた。

「地下にあるんだ。ダブル・トーラスの一階は」

4

ダブル・トーラスの一階は、地下にある。

二階ではなく、一階でもなく、「地下」——？

思考が混乱する——どういうことだ？　十和田は一体、何を言っているんだ？

だが十和田は、うろたえる俺をよそに、あくまでも淡々と、しかし整然と、ダブル・トーラスの秘密を明らかにした。

「この僕らがいる一階は、実はグラウンドレベルより下、すなわち地下に存在している。つまり本当は、地下一階なんだ。では、二階はどこにあるかというと、外見上の一階に存在している。要は、階がひとつずつずれているんだ。僕たちが一階だと思っていたフロアは実は地下にあり、二階だと思っていたフロアは実は一階にあるんだ」

そうか——。

思考が漸く、収束した。

つまり、ダブル・トーラスはこうなっていたのだ。

※ 図4参照

階層がひとつずれているということ。これは、まったく、なぜこんな簡単なことに気づきもしなかったのかが不思議でならないほどの、驚くほど単純な仕掛け。

なぜ、解らなかった？　だが、解らなかった。

ヒントだって、あらためて思い出せばあちこちにあったのに——どうして窓がないのか、どうしてエレベータの速度は変化したのか、どうして一階と二階では花火の音の聞こえ方に差があったのか、あるいは電波の入り方が違ったのか。

だが、俺は気づかなかった。気づけなかったのだ。

そして——。

驚きと同時に、最後の疑問もまた、漸く氷解した。

「そうか……二つの抜け穴も、地下にあるのか」

「そうだ」

俺の呟きに、十和田は頷いた。

「階段室も、配管室も、二つの抜け穴も、すべてはグラウンドラインよりも下、すなわち地下に埋まっている。二つめの抜け穴は、地下空間に空気が滞留しないよう設けられたもので、トリックはこれを利用したものだったというわけさ」

図４　ダブル・トーラスの真の姿

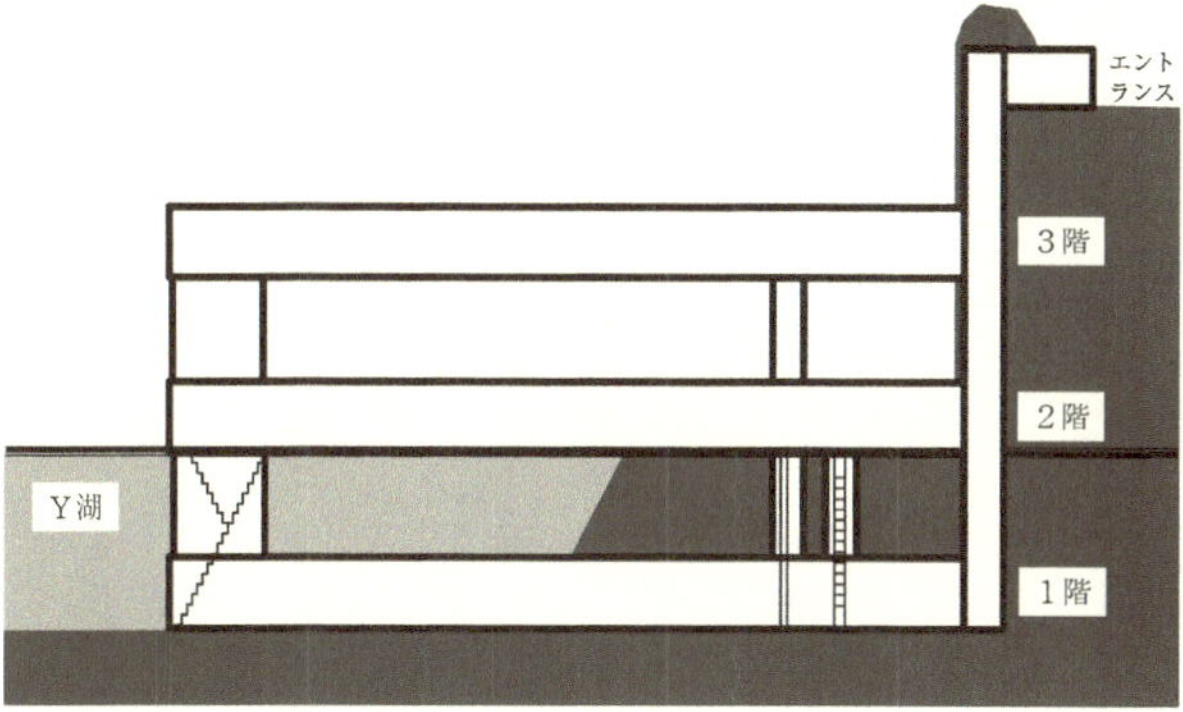

「道理で、どこにも見つからないわけだ……ああ、だからか」

——大切なものは、目に見えない。

言葉の意味が、漸く飲み込めた。

大切なものはすべて、目には見えなくて当然だったのだ——すべては地下にあったのだから。

嘆息する俺の向かいで、感心したような表情の平が、十和田に問うた。

「なるほど……よく解ったよ十和田君。まさかダブル・トーラスがそんな構造になっていようとはね。だが、ひとつ気になることがある。廊下のあちこちには天窓があるだろう？どうして地下なのに、あの窓からは光が差し込むんだ？」

即座に、十和田は答えた。

「あの天窓は、すべて偽物ですよ。平先生」

「偽物？」

「そうです。内側に天候や時間に合わせ明るさや色が変化するランプを仕込んでいるだけの偽物です。それを悟らせないために、すりガラスにして向こう側が透けて見えないようにしているんですよ。実際に天窓を壊してみれば、きっと、奥に色つき電球が仕込まれているのが解るはずです」

「そういうことだったのか……」

平が、驚きつつも、しかし納得したと言いたげに首を縦に振った。

姿勢を正すと、十和田は再び立林に向き直る。

「さて、君の指摘には答えた。後は君が僕の質問に答える番だ。犯人は、君だね？立林くん」

「…………」

身体を小刻みに震わせる立林――だが彼は、十和田の質問には決して首肯することなく、逆に鬼の形相で十和田を睨みつけると、最後の抵抗を試みた。

「十和田さん……あんたの洞察は素晴らしい。称賛に値するよ。だがそれでも僕はあんたが間違っていると言わざるを得ない。なぜなら僕は犯人ではないからだ。犯人は降脇一郎だよ。降脇は鰐山を殺して自殺したんだ。書斎にいたあんたが拳銃を持って気絶していた理由は知らない。だが、犯人は降脇だと考えても辻褄はあうだろう？

違うか？」

荒っぽく変わる口調。だがそれこそが、苦し紛れの釈明である証だ。

十和田も、すぐに首を横に振った。

「違うな、立林くん。降脇先生は決して犯人とはなり得ない」

「なぜだ？　どうしてそんなふうに言える？　その根拠は？　十和田さん、あんたが答えられないなら……僕は犯人じゃないっ」

声を荒らげた立林に、十和田はあくまで冷静な声色で言った。

「もう一度言う。降脇先生は決して犯人とはなり得ない。なぜなら、降脇一郎は架空の人物だからだ。降脇一郎など、初めからどこにも存在していないんだよ。だから降脇先生が犯人だということはあり得ない」

耳を疑った。降脇一郎なる人物など、初めからどこにも存在していない——？

「どういうことだ」

思わず呟く俺に、十和田は丁寧に説明した。

「かつて、フランスにニコラ・ブルバキという数学者がいた。一八八六年生まれモルダヴィア出身、ナンカゴ大学所属のブルバキは、実は、存在しない男だった」

「存在しない？　別人だったのか？」

「違う。文字通り存在しなかったんだ。ブルバキはね、数学者ヴェイユを中心にカルタンやデュドネが半ば冗談で創出した架空の数学者だったんだよ。この架空の数学者ブルバキの名前の下、彼らは論文を投稿し、教科書を書いた。ある種のお遊び、でもとても真剣なジョークだったんだ。そして、これと同じことがかつて日本でも行われていた。それが『降脇一郎』だ」

「…………」

言葉を失う俺に、十和田はなおも続ける。

「降脇一郎は、K大にいた藤天皇を中心に構成された数学者集団だ。構成員は鰐山豊、木村五郎、マリィ・ルジャンドル、そして藤衛の四人。才気煥発な彼らは、藤先生を中心として、まさにブルバキと同じことをしようと考えた。もう解るだろう？彼らの名字の頭文字が四つあわさるとどうなるか……」

藤――「フ」。ルジャンドル――「ル」。鰐山――「ワ」。木村――「キ」。

「フ、ル、ワ、キ……『降脇《フルワキ》』。そういうことか」

大きく頷いた俺に、十和田は言った。

「もちろん、これは子供じみたただの言葉遊びだ。だが語感はどこかあの『ブルバキ』を思わせた。何よりこの四人が協働することで素晴らしい位相幾何学の研究ができることに、彼らは気がついてしまった。そう、このときこそ、伝説の位相幾何学者『降脇一郎』が誕生した瞬間だったんだ」

「だから、降脇一郎は、初めから実在してはいなかったということなのか。だが……」

納得しつつも、俺は当然の疑念を口にする。

「じゃあ、あの痣の老人は？　降脇に扮《ふん》していた北山田正一とは、一体誰なんだ？」

「そうだ。あの顔に大きな痣のある白髪の老人は、一体誰だったんだ？」

平が追随する。

俺たちの相次ぐ質問に、口の端をわずかに上げ、十和田は答えた。

「降脇先生と呼ばれていた老人、北山田正一氏……彼こそ、このダブル・トーラスの本当の使用人だ」

「本当の……使用人？」

「そう、デイリーXに掲載されていた求人を見て応募した気の毒な使用人だよ。いいか、ダブル・トーラスの求人は、月六十万円という破格の待遇だったにもかかわらず、三ヵ月にわたって続けられた。なぜ？　どうしてこんなに長い時間が掛かった？　それは、実はこの求人には厳しい採用条件があったからなんだ……そうだね？　立林くん」

「…………」

立林は顔を伏せたまま、微動だにしない。

十和田は構わずに言葉を続ける。

「厳しい採用条件とはこういうものだ。すなわち、雇い主に対する従順さがあること。数学に関連した若干の経歴を持っていること。そして、いかにも伝説の数学者らしい外見を有していること。こんな条件があったから、人はなかなか見つからなかったんだ。ところで、どうしてこのような条件が設けられたのか、その理由は明白だ。降脇一郎を演じさせるには、それらの資質が必要だったからだ。三ヵ月にわたる求人の末、漸く見つかったのが北山田正一だった。風来坊のような生活を送っていた彼が今さらあの求人に応募した理由は解らないが、ともかく彼はすべての条件に合致し、ダブル・トーラスに使用人として雇われた」

建設現場を転々としていたという北山田正一――。

もしかすると、年老いて体力も衰えた彼が最後にすがったのが、この求人だったのかもしれない。

「従順な北山田老は、もちろん、雇い主である立林くんには逆らわず、何でも言うことを聞いた。拳銃に触れろと言われればそうしただろうし、メモを書けと言われればそうしただろう。もちろん、降脇一郎のふりをしろと言われてもだ。もっとも、まさか最後には自分が殺されるとまでは思っていなかったのだろうがね」

「…………」

「というわけで」

十和田は、立林の前に歩み寄り正対すると、おもむろに言った。

「以上で証明は終わりだ。さあ、もはや言い逃れはできないぞ。立林くん」

立林は長いこと、沈黙したまま顔を伏せていた。

その態度は、十和田の証明が正しいものであることを如実に表明していた。

だが彼はそのことを認めない。ただ無言を貫いたまま、是とも非とも言わない。だから誰もが言葉を失う中――。

ふと思い出したように、船生が呟いた。

「でも……じゃあ、この男は誰なの？　いえ、そもそもこの男はなぜこんなことを？」

そう、これほど大それた犯罪を犯したダブル・トーラスの使用人――立林付は一体、何者なのか。そして、なぜこんなことをしたのか。

だが十和田は――。

肩を竦めると、その質問につまらなさそうに答えた。

「さあな。それは解らない。僕が証明すべきはフーとハウだけだからな」

「そんな、無責任でしょう？」

「無責任なものか。証明とは本質的に客観的事実でのみなされるべきものだ。主観的な内心に踏み込むようなことはしないし、できない。そもそも主観なんか客観に沿うようにいくらでも整合性を取れるものだ。であれば、それを知るべき必要性もない」

「…………」

黙する、船生。

俺は思う。十和田の言葉は確かにそのとおりだ。証明とは本質的に客観的事実のみから論理的に真実を導き出す過程であって、まさに十和田のような数学者にうってつけの仕事である。一方、彼がどうしてそんなことをしたのか、すなわち動機は、ひとえに彼の内心のみに関わる部分であって、論理が介在する余地がない。そういう機微を読み取るのは、十和田の仕事ではないのだ。

十和田の言うことは、だから正論だ。正論ではあるのだが――。

俺は、堪《たま》らず言った。

「なあ十和田、ホワイダニットというのは、場合によっては君が思うよりも十分に大事なものなんだぞ？　動機を知らなければ、その人に罪を償《つぐな》わせることも、許すこともできはしないんだからな」

「その意見はもっともだ、宮司くん。だがそれは僕がやるべきことじゃあない」

「そう、そのとおりだ」

俺は頷いた。

十和田の言葉はやはり正しい。

なぜなら、それこそが――俺の仕事だからだ。

だから俺は、一歩前に出て皆と向きあうと、おもむろに述べた。

「……かつて、降脇一郎の一員だったマリィ・ルジャンドルには、二人の子供がいたと聞いた。彼ら二人にはそれぞれ、位相幾何学に大きな影響を与えた数学者の名前がつけられたのだそうだ。メビウス、そしてクラインという数学者のね」

明媚の傍に歩み寄ると、俺は言った。

「鰐山明媚さん。あなたの名前は、メビウスにちなんでつけられたものだ。そして、名前をつけたあなたの母が、マリィ・ルジャンドル。間違いないね？」

「……はい」

明媚は小さく頷いた。

俺は確信した。やはり、そういうことなのだ。だとすれば――。

「では明媚さん。もうひとつ訊く。君の父親は、誰だ？」

「私の、父親は……」

明媚は、一拍を置いて答えた。

「……木村五郎です」

平は、明媚を見やると、驚いた顔で言った。

「木村五郎？　君の父親は、あの木村五郎だったのか？　彼の落《おと》し胤《だね》がまさかここにいたとは思わなかったぞ。だが……それは男の子だったのでは？」

訝しげに眉を寄せる平。

それを見て、俺は一同に向かって言った。

「そう、木村五郎には、男の子もいた。つまり二人、子供がいたんだ。兄妹である彼らの母親はマリィ・ルジャンドル。二人は木村五郎とマリィ・ルジャンドルとの間にできた子供なんだ。そして、その後妹メビウスは母とともにフランスに渡った。一方兄クラインは父とともに日本に残り、不遇の人生を送った。それが……」

指先を、俯く立林に突きつけた。

「君だ。君こそがクラインだ。立林付。いや、本当の名前で呼ぶべきか。……木村位《くらい》」

「木村、位？　……あッ」

毒島が、声を震わせる。

「そういうことかッ。三文字の偏と旁を再構成して作った名前なんですね？　立林付、すなわち木村位」

「た、確かに……だけど」

懇願するような口調で、船生は言った。

「鍔山明媚と立林……いえ、木村位。本当にこの二人は兄妹なの？　単なる推測じゃなくて？　何か具体的な証拠があるの？」

矢継ぎ早の疑問にも、俺は落ちついて答えた。

「あるよ。血のつながりを示す明白な証拠が」

船生に頷きつつ、俺は立林——位に言う。

「位、君の目はずいぶんと赤いな。きっと一昨日から外す暇がなくて、相当負担が掛かっているんだろう。……もはや隠し立てすることもない。無理せず、外してしまったらどうだ？」

「…………」

無言で下を向いていた位は——。

ややあってから、ゆっくりと目をこする。

その手の内から、ぽとりぽとりと黒いものが二つ床に落ちる。

それは、真っ黒なコンタクトレンズ。

顔から取り払われる位の手。その下から現れる彼の本当の瞳。それは——。

明媚と同じ色に輝く、琥珀色の瞳。

「に、兄さんっ？」

明媚が、かすれ声で叫ぶ。

「本当に……本当に兄さんなの？」

「そうだよ、明媚」

もはや観念したのか、位は、長い息を吐きながら言った。

「じっくり見ればいい。俺の瞳は、君と同じ色をしているだろう？　警視さんが言ったとおり、俺は間違いなく君の兄、木村位だ」

「兄さん……。ああ、でも……どうして？　ねえ、どうして兄さんは豊さんたちを殺したの？　なんで兄さんはこんなことをしたの？」

震える明媚の声。だが——。

「…………」

位は答えない。

だから俺が、代わりに言った。

「君の父、木村五郎は、鰐山豊によって辛酸《しんさん》な人生を送ったと聞いている。ずっと傍にいてその苦悩を目の当たりにしてきた君は、決して穏やかではいられなかった」

その上、たったひとりの妹が、その苦しみの原因となった男のところに嫁いだのだ。

もし俺が彼の立場だったならば——そう考えれば、彼の気持ちは、ひしひしと理解できる。

俺の言葉に、位は——。

「そうだ。これは……仇だ」

口を歪ませつつ言った。

「警視さん……あんたの言うことは正しいよ。まさに俺は、父の仇を討つために行動した。俺の目的は、鍔山豊への復讐。ただそれだけだ」

位は顔を上げると、琥珀色の瞳を宙空に向けて、昔語りを始める。

「……三十年前。フランスから当時まだ二十三歳だった天才学者が、K大の藤衛に師事するために来日した。マリィ・ルジャンドル、俺の母親だ。当時藤研究室には、木村五郎……親父と、鍔山豊がいた。二人はマリィの世話役となると、研究の上でも私生活でも意気投合して、そして……親父とマリィが恋に落ちた」

「…………」

「一年後、俺が生まれた。学生だから結婚はしなかった。だが結婚せずとも、二人は愛しあう恋人同士であり、また俺の良き父母だったと聞いている。親父とマリィと俺は幸せだったんだよ。俺には記憶がないがな……ところがだ」

位の琥珀色の瞳が、さっと暗い闇に染まる。

「あいつは……鍔山は、マリィに横恋慕していやがったんだ。あいつはマリィに邪《よこしま》な好意を抱いた。親父にマリィを奪われたことを恨んでいた。そして……あの卑劣漢が何をしたか？　あいつはな、親父の思想を盗んだんだよ。親父は素晴らしい思想家だった。その思想をあいつは盗用し、アメリカでその思想を論文にまとめ、まるでわがものであるかのように発表したんだ。かの鰐山理論としてな」

激怒に顔をゆがませつつ、位はなおも続ける。

「鰐山の仕打ちはそれだけじゃないぞ。あいつはアメリカに発つ直前、マリィを襲ったんだ。そう、研究室で一人になったところを見計らって、マリィを……。彼女はそのころ二人目の子、明媚を宿していた。身重《みおも》だったんだ。だから鰐山に抵抗することができなかった。マリィはひどく傷ついた。身体だけじゃない、心もだ。彼女はその忌まわしい出来事を親父に対する裏切りだと考えた。もちろん親父はマリィをなぐさめたさ。だが……。心を病んだマリィは、俺を親父に託すと、フランスに一人帰国し、明媚を生んだ。そして間もなく……自ら命を絶った」

「…………」

俺は終始、相槌を打つことすらもできなかった。

俺だけじゃない。十和田も毒島も、船生も、そこにいる者は誰も、まるで話すことそのものを忘れてしまったかのように、ただじっと位の言葉に耳を傾けていた。

独白は、なおも続いた。

「鰐山はその後、親父の思想を踏み台にして着実に出世していった。一方の親父は、マリィを失った悲しみの中、残された俺を育てるため身を粉《こ》にして研究に勤しんだ。だが……親父の論文が世に認められることはなかった。鰐山が妨害したからだ。結果が出せない親父をK大は追放した。受け入れてくれる大学はなかった。鰐山が裏から手を回していたからだ。親父は幼い俺を養うためになんでもやった。塾講師、アルバイト、肉体労働……一方の鰐山は、日本に戻ると、重鎮面をしてT工大に居座った。一体、この落差はなんだ？　鰐山が盗んだ思想はもとは父のものだったんだぞ？　本来なら鰐山と父の立場は逆であるべきじゃないのか？　そう、親父はいつも事あるごとに俺に言っていたよ。『あの鰐山を、いつか殺してやりたい』とね」

位が、感情を爆発させた。

「不遇の中、親父は肺病に冒されあっけなく死んだっ。なのに鰐山は、親父の功績を横取りして栄誉を得ただけじゃなく、こともあろうに親娘《おやこ》ほども歳の離れた明媚を妻にしやがったんだっ。俺のたったひとりの妹を奪ったんだっ。そう、あいつは……鰐山は、俺から、親父と母と妹を、家族を皆奪ったんだっ。だからっ」

「君は、鰐山先生を殺した」

「……そうだっ」

俺の言葉に、位は呪詛を吐くように言った。

「親父が死んでからの俺は、鰐山に対する殺意で生きた。泥水を啜るような日々だったが、殺意だけは決して忘れなかったよ。そして俺は……ついに、鰐山に対する復讐を実現する機会を手に入れた」

「双孔堂を、手に入れたんだな」

「その通りだ……俺はついに、あの鰐山の死にふさわしい墓場を手に入れたんだ」

肩で息をしながら、位は続ける。

「この館の造り、特に一見しただけでは解らない地下があり、かつ二本の縦穴を持つ構造は、あいつを殺すためのトリックを作り上げるのにうってつけだった。問題はどうやって鰐山をここに呼び寄せるかだったが、それも降脇一郎を利用することで解決できた。降脇は伝説的な位相幾何学者だ。奴の名前を使えば、鰐山は絶対にここに来ると思ったんだ。結果はご覧の通りさ。まあ……十和田さん、あんたみたいな余計な連中が来たのはまったくの誤算だったし、まさか『降脇一郎』が親父も関わる架空のプロジェクトだったとは、今あんたに聞くまで夢にも思わなかったがな」

くっくっと喉で笑う位に、俺は訊く。

「木村五郎は、君にそのことを話さなかったのか?」

「親父にとっては忌まわしい過去だ。俺に話す気にもならなかったんだろうよ……こうして俺は、双孔堂を『ダブル・トーラス』へと改装すると、すぐ、降脇一郎を演じさせるにふさわしい使用人を探した。適当な男がなかなか現れずに焦ったが、三ヵ月も募集して漸く、あいつが現れた。見た目といい、性格といい、経歴といい、まさに降脇一郎になるために生まれてきたような男だったよ。……まあ、あいつには気の毒なことをしたとは思う。結果的に、あいつの死も犬死になってしまったのだしな」

「…………」

「それから先は……うん、もう細かく説明する必要もないな。警察が手薄になる花火大会にあわせて日取りを決めると、俺は計画を粛々と実行に移したというわけだ。……まあ、実際には計画もイレギュラーだらけになっちまったがな。だがともかく、俺は鰐山を殺すという目的を達成した。親父の仇を討った。そして……」

「……そして？」

「これで、俺の話は終わりだ」

位は、そのまま顔を伏せると、物語りを終えた。

広間が水を打ったように静まり返る。

驚きに誰もが声を失っていたからだ。

位の告白に、誰もがひどく驚愕し、何も言葉を発せずにいたのだ。

その、痛みすら感じさせる長い静寂の後――。

俺は静かに、位に問うた。

「……後悔はしていないのか」

その言葉に、位は自嘲するように答えた。

「後悔？　……はっ、後悔などするものか。確かに俺の罪はすべて白日の下にさらされた。だが、目的はすでに達成された。俺は、親父と母、そして俺自身の積年の恨みを晴らすことができたんだ。どこに後悔する必要がある？」

「そうか……」

返す言葉は、なかった。

そのとき――。

「あの、いい……ですか？」

不意に、か細い声が上がった。

――明媚だった。

明媚は、顔を上げると、同じ色の瞳を持つ兄に向かって、言った。

「立林さん、いえ……兄さん。まさか、生き別れた兄さんが、ずっとすぐそばにいてくれたなんて、思いもしなかった。兄さんに会えて、私、すごく嬉しい。でも……だから、なおのこと、兄さんが豊さんを殺しただなんて、信じたくない」

「……仕方なかったんだ、明媚」

「解っているわ。でも……でもね、これだけは言わなくちゃならない。あのね、兄さん。……兄さんは、とても大きな誤解をしているの」

「……誤解？」

「そう。兄さんは、豊さん……鰐山豊が、本当に、兄さんやお父さんに悪意を持っていたと思っているの？」

「当然だ」

位は即座に、その問いに答えた。

「鰐山はマリィを襲った。親父の研究成果を奪い取った。日本に帰ってからもことごとく親父の邪魔をした。あいつに悪意がなければ、親父はあれほど苦しむことはなかった。母も死ぬことはなかった。明媚……君だって、あんなやつのところにわざわざ嫁ぐことはなかったんだ。あれが悪意じゃなかったら一体、何だったたっていうんだ」

「そう……」

一瞬、ひどく悲しそうな表情を見せてから、明媚は続けた。

「じゃあ、ひとつ訊くね。……兄さんのお父さんは誰？」

「俺の親父？　なんでそんな解りきったことを」

「いいから答えて。兄さんのお父さんは、誰？」

「……木村五郎だが」

「違うの。それは……違うのよ」

明媚は突然、首を何度も横に振った。

「兄さんのお父さんはね、木村五郎じゃないの」

「……どういうことだ？」

怪訝そうな表情の位を真正面から見据えて、明媚は言った。

「兄さんの父親は、鰐山豊なの」


「……なんだって？」

位の動きが止まった。暫し向かい合う琥珀色の瞳。

やがて位は、言った。

「明媚……君は一体何を言っているんだ？　鰐山豊が俺の本当の父親？　そんな馬鹿げたことが……」

「馬鹿げたことじゃないわ、兄さん。兄さんはね、誤った事実ばかりを見てる。木村五郎によって歪められた事実ばかりを見てるの。違うの。そうじゃないの。お母さんが……マリィ・ルジャンドルが恋に落ちていたのは、木村五郎じゃなくて、鰐山豊なの。兄さんはね、だからマリィと豊さんの子供なの」

「……まさか」

狼狽する位に、明媚は言った。

「本当のことよ。お母さんが愛したのは鰐山豊、そして兄さんは、豊さんの子供。マリィを襲ったのも豊さんじゃなくて木村五郎だった。そのせいでマリィは私を妊娠したの。私という、望まない子を宿したの。だからお母さんは心を病んで、フランスに帰ると、私を産んで自殺してしまったのよ。豊さんがアメリカに行ったのも、そのショックから。すべては……すべては木村五郎のせいなのよ」

「やめろ明媚、親父が嘘を吐くはずがないっ。これ以上親父を侮辱するなっ」

「やめないわ、兄さん。だって……木村五郎は私のお父さんでもあるんだもの」

叫ぶ明媚。位は後ずさる。

「そ、そんな……」

ぐらりと傾く位の身体。しかし彼は、踏みとどまった。

「……だ、だが明媚、鰐山が親父の人生を不遇なものにしたのは事実だ。あいつは親父の思想を盗んだ。俺にも親父にも明白な悪意があったんだ。ならば血のつながりがあろうがなかろうが、あいつは仇だ。……そうだろう？」

腹から絞り出すような位の声。しかし明媚は——。

「それも……違うの」

かすれた涙声で、しかし力強く言った。

「豊さんはね、ずっと木村五郎のことを気にかけていたの。もちろん兄さんのことも。確かに、豊さんにとっては、木村五郎は自分の恋人を奪った敵だった。でも同時に、長く一緒に研究を続けた友でもあった。木村五郎が兄さんを育てるために施設から引き取ったって聞いたとき、豊さんは心からほっとしたと言っていたわ。だから豊さんは、すべてを水に流そうとした。豊さんは鰐山理論が木村五郎の思想に基づくものだって、いつもはっきりと主張した。木村五郎の偉大さを説いた。でも……周りがそれを信じなかった。木村五郎は、もはや学界にもいられないほど、疎外されていたんですもの……」

明媚はなおも、喉を嗄《か》らして訴えた。

「それだけじゃないわ。豊さんは直接、木村五郎に救いの手を差し伸べたこともあった。でも、だめだった。拒否されたの。木村五郎は言ったそうよ、不倶戴天の敵に施される情けなどないって……そして結局、木村五郎は死んだ。兄さんの消息も杳《よう》として知れなくなった。でもね、そんな中、豊さんは、八方手を尽くしてフランスにいた私を探し出してくれたの。豊さんは私には兄さんがいることも教えてくれた。私は……すごく嬉しかった。だって、私はもう天涯孤独じゃないと思えたんだもの。私ね、嬉しくてすぐにお願いしたの。養子じゃなくて妻にしてほしいって。豊さんは、最初は当惑していたけれど、最後にはその通りにしてくれた」

「嘘だ……そんなのは嘘だっ」

「嘘じゃないの。これは本当のことなの。兄さん、考えてもみて？　そもそもどうして豊さんは降脇一郎からの招待に応じたんだと思う？　豊さんは、降脇一郎が架空の人物だって知っていたのに」

「そ、それは……」

言葉をつまらせた位に、頬を濡らしながら、明媚は言った。

「豊さんはね、それがお兄ちゃんにつながる手がかりになると思っていたの。実在するはずがない降脇一郎からの招待。明らかにおかしな招きだわ。でも降脇一郎はマリィや木村五郎につながる名前でもある。きっとお兄ちゃんにもつながるはずだって、豊さんはそう信じていたの。だから豊さんは、招きに応じた。お兄ちゃんの肉親である私も連れて」

「…………」

「豊さんは誤解されやすい人だわ。自分にも他人にも厳しいから……でも、豊さんはずっと悔やんでた。どうしてあの時、自分は逃げてしまったのだろう、どうしてマリィと位に寄り添えなかったのだろうって。だからせめて、お兄ちゃんのことだけは探し出して、きちんと面倒をみたいんだって。……豊さんはね、こんなことを言っていたわ」

——あのときの僕は若かった。マリィが死ぬと、僕は何もかもが嫌になり、位を孤児院に捨てた。マリィの面影がある位と一緒にいることが耐えられなかったのかもしれない。だから位にはきっと僕に対する途方もない恨みがあるだろう。僕がそれを許してもらえるとは到底思えない。だがもし絆《きずな》が取り戻せるのなら、そのときは、僕たちで温かい場所を用意してあげようじゃないか。それが——。

「『父のつとめだから』って……」

「お、俺は……」

位は、膝からがくりと崩れ落ちると、肩を震わせ、呆然と宙空に視線を泳がせた。

そして声に出さずに、唇だけを動かした。

俺の耳には、その声は届かない。

だが、その唇は、確かにこう言っていた。

俺は、本当の父を殺してしまったのか——と。

ダブル・トーラスには、窓がない。

壁にはどこにも開口部がない。天窓も偽物だ。

だから、この空間は、完全に閉ざされている。

外から内を、見ることはできない。

内から外を、見ることもできない。

その閉じた空間で、俺たちは真実を詳《つまび》らかにした。

凶悪で執拗な表面《サーフィス》を持つその真実は、けれども、その内に余りにやるせない実体《ソリッド》を含んでいた。

俺は迷っていた。真実は明らかになった。だがいまだ閉ざされてはいる。だとすれば、はたしてこの真実は、すぐさま白日の下に曝し、法の裁きを受けさせるべきものなのだろうか？　それとも誰の目にも触れさせず、外界から隔離したまま、いつまでも大切に秘匿しておくべきものなのだろうか？

俺には――判断ができなかった。

――やがて。

顔を伏せたまま、位が、どこか無感情な声色で呟いた。

「……結局俺は、何もかも誤っていたのか」

その言葉には――十和田が答えた。

「それは自分にしか解らないことだ。だが、誤ることは権利でもある。少なくとも、君が恥じる必要はない」

「……そうか」

位は、ゆっくりと顔を上げた。

明媚と同じ、琥珀色の瞳を持つ彼は、晴れやかな表情で泣いていた。

「十和田さん。誤ることが権利なら、義務は何だろうな？　今の俺には解るよ。それは誤りを正すことだ。だが、もはやこの誤りは正そうとしたって不可能だ。だから俺は……その代わりに、自分の過ちをきちんと償わなければならない」

位は、ジャケットの内側を探った。

「待て、何をする？」

武器か？　俺と毒島は反射的に一歩前に出る。

「大丈夫だ。構えることはないよ」

くっくっと笑いながら、位がポケットから取り出したもの、それは——。

「使うことになるとは思わなかった。だが……念のため用意しておいて正解だったな」

透明でどろりとした液体を内包する、ガラスのアンプル。

位の言葉の真意。いち早く察知した俺は、叫んだ。

「おい、やめろ、位、やめるんだっ」

「やめて、お兄ちゃん」

明媚も悲鳴を上げた。

だが、位は——。

「……最後の幕引きくらい、自分でさせてくれ」

アンプルの頭をぽきりと折った。

「俺……親父たちに謝ってくるよ」

「だめ、やめてっ、お兄ちゃんっ」

しかし位は、にこり、と悲しげな笑みを妹に向けてから——。

一気に、その中身を素早く嚥下《えんげ》した。

「だめーっ」

明媚が、絶叫した。

位は——。

一瞬の後、眉間に深い縦皺を刻みつつ、むう、とこみ上げるような呻き声とともに、うつ伏せに倒れ込んだ。

そして——。

第VI章　湖畔で

俺は、ダブル・トーラスのふもとにいた。

暗闇の中、季節はずれの蛍を思わせる懐中電灯の光が、鍵の持ち手から先端に至るまで慌《あわただ》しく行き交っている。あれらはすべてY署の警察官たちが動く軌跡だ。一昨日とは比べ物にならないほど多くの手足。すべてが詳らかになった今、彼らはそれぞれがそれぞれなすべき仕事を、騒がしくも粛々とこなしている。

組織はすでに全力で働いている。この上俺がすべきことはもはやない。手を貸さずとも事件は解決へと幕を下ろし始めているのだ。

だから俺は、ただ冷たい壁に凭れつつ、ぼんやりと思い返していた。

ほんの数時間前の出来事を。


明媚の悲鳴。位は倒れたままぴくりとも動かない。

畜生《ちくしょう》ッと一声上げ、毒島が慌てて位の傍に走り寄る。次いで駆け寄った船生も、素早く指示を出す。

「まずいわ、すぐに毒を吐かせなきゃ。毒島君、君は彼の頭を下にして喉を圧迫して。飯手さん、あなたは水を持ってきて、あとタオルも。それが終わったら署に電話をっ」

その声を聞くやキッチンへと飛んでいく飯手。位になんとか毒を吐かせようと試みる毒島の横では、明媚と平が位の名を何度も呼んでいる。

必死の応急措置。俺にも何か手伝えることがあるだろうか――腕をまくり、彼らのもとに駆け寄ろうとした俺の身体に、唐突にブレーキが掛かった。

「うわっ」

十和田が俺の右肩をつかんでいた。

「待ちたまえ、宮司くん」

「なんだよ十和田。位が大変なことに……」

「君にはほかに仕事がある。そちらが先だ」

十和田は、くいと鼈甲縁の眼鏡を押し上げた。

「馬鹿言うな、今は位の命が優先だろうが」

腹を立てる俺に、しかし十和田は静かに言った。

「大丈夫だ、位くんは死なないから」

「死なない？　なぜ解る」

「死なないことが解っているからだ」

「は？　君、何を言ってるんだ？」

目を何度も瞬かせた俺に、十和田は続けて言う。

「それより宮司くん。鳥居くんのことも大事だと、君は思わないか？」

「鳥居……？　あっ、そうだ、鳥居美香。彼女はどうなってる？　無事なのか？」

「無事だよ。生命は奪われていない」

「生命は奪われていないって、どうしてそれが……いや、それはいい、ともかく鳥居はどこにいる？」

「今からそこに行く。ついてきたまえ」

十和田はくるりと、踵を返した。


廊下に出ると、俺たちはエレベータの前まで来た。

「おい十和田、どこに行くんだ？」

「そんなの、考えればすぐに解ることだ」

「考えれば？　……あ」

その言葉に、俺もさすがにぴんときた。

「解ったぞ。二階……いや、三階にいるんだな」

「ご名答」

十和田は満足げに口角を上げた。

そう、考えればすぐ解ることだ。ダブル・トーラスの階層はひとつずつずれている。一階は地下一階に、二階は一階にあるのだ。もちろん三階も、外見上二階だった部分が空いた層として存在していることになる。

鳥居はそこにいるのだ。そう考えれば、彼女がダブル・トーラスを出ることなく姿を消した理由も説明できる。

だが、問題がひとつある。それは――。

「三階へはどうやっていくんだ？　階段はないし、エレベータにもボタンは三つしかない。まさか、ほかにも隠し通路が？」

「そんなものはないよ。三階へもやはりこのエレベータで行くんだ。宮司くん……あれを見ろ」

エレベータに乗り込むと、すぐに十和田はドアの上を指差した。

「エレベータのランプ表示が三つある。左がエントランス階つまり四階、真ん中が二階、右が一階を表すランプだ。だが、おかしいとは思わないか？　この並び、普通は左右が逆のはずだ」

指摘されて初めて気がつく。そう言われてみれば――。

「……確かに、普通なら右が上階だよな。なんで左右逆なんだ？」

「理由は簡単だ。これが二進数だからだよ」

十和田が、あっさりと疑問に答えた。

「二進数では四は一〇〇、二は〇一〇、一は〇〇一と表される。ランプが点いている状態を一、消えている状態をゼロと考えれば、つまりこれは二進数による階数表示と対応している」

「はあ、二進数か……」

頷く俺に、さらに十和田は言った。

「三階が表示されることはなかった。表示しないようにしていたんだろう。だが仮に表示すれば、〇一一、つまり真ん中と右のランプが同時に点ることになる。ということは、だ……」

縦に三つ並ぶボタンに、十和田が指を伸ばした。

「三階に行きたければ、ボタンもそう押せばいいということだ」

十和田が、ボタンの下二つを同時に押した。

指示を受け、エレベータがゆっくりと動き出した。

鳥居は無事、三階で救出された。

じめじめと湿った、暗くて不気味な場所。丸一日閉じ込められていた彼女は、恐怖からか気の毒なほど衰弱《すいじゃく》していた。だが幸いなことに外傷はなく、すぐに瀕死の位とともに病院へと搬送されていった。

彼らと入れ違いに、連絡を受けた警察官たちがダブル・トーラスへとなだれ込んできた。大混乱の中、皆とも十和田とも離れ離れになってしまった俺は、仕方なくエントランスから石段を下り、小道を抜けて、ダブル・トーラスの建物の傍までやってきたのだった。

事件はすでに解決した。あとはY署の連中が過不足なく仕事をこなすだろう。すなわち、部外者である俺に残された仕事はたったひとつ――。

さっさとこの場を立ち去るだけだ。

ふっと小さく息を吐くと、俺は駐車場に戻るべく、さっき来た道へと踵を返す。

その道の向こうから、見たことのある人間が二人、歩いてくるのが見えた。

毒島と、十和田だった。

俺の姿を認めると、毒島はフットワークも軽く駆け寄り、勢いよく敬礼をした。

「おつかれさまですッ、宮司警視ッ」

疲れが滲みつつも、晴れやかな犬顔。

「おつかれさん。そうだ、犯人は……位はどうなった。無事か？」

「はッ、さきほど病院から電話がありまして。木村位はなんとか一命を取り留め、無事とのことです」

「そうか」

俺はほっと胸を撫で下ろした。

被害者の妻であり、加害者の妹である鰐山明媚。

彼女の心境は今、複雑だろう。漸く出会えた実の兄が夫の仇となったのだから。だが、それでも位は彼女の唯一の肉親であり家族。彼の過ちは取り返しのつかないほどに大きいが、さりとて死んでいいことは決してない。位が生きているという事実は、それだけでひとり残された明媚にとって大きな支えになるだろう。

「君の応急措置がよかったんだな」

「そんな。僕は船生さんの指示にしたがっただけですから……。いやまあ、それにしてもこれで捜査は仕切り直しです」

照れ隠しか、毒島がダブル・トーラスを見上げて言った。

「一昨日もこれくらい人が出せれば、三層目があるって気づけたかも知れないんですけどね」

「署の動員まで計算されちゃ、どうしようもないさ。……現場指揮は、誰が？」

「引き続き、船生さんが。ほかに適任者はいませんからね」

「船生君か。それなら大丈夫だろう。彼女、真面目だからな」

「ええ。……あッそうだ思い出した。僕、その船生さんからついさっき、警視あてに伝言をお預かりしていたのでした」

「なに？　伝言？」

目を細めた俺に、毒島はにやりと笑った。

「ええとですね……『宮司警視、捜査へのご協力、感謝します』だそうです」

「なんだ、それだけか」

どんな刺激的なことを言われるかと身構えていた俺は、思わずくっと笑う。

「ええ、それだけです。シンプルですよね。本当はもっと色々お礼を言いたかったはずなんですが、まあ……素直じゃないんですね、船生さんは」

「いや、それが素敵なところさ。……いい刑事だな、彼女は」

「そうですよ？　僕、ずーっと言ってるじゃないですか、いい女だって……まあ今回はちょいと突っ走りましたけど、間違うことは誰にでもありますからね。それを適切に補佐することこそ、部下たる本官の務めであります」

急に警官口調になった毒島に、俺は言った。

「突っ走るか。上等だ。倒れるくらいに前のめりのほうがいいんだよ。俺らはね」

毒島がひとり小走りで去ると、後ろでひょこひょこと奇妙な動きを続けていた十和田が言った。

「……さっぱり状況が解らないのだが、どうやら僕は釈放されたということらしい」

鉄格子の向こうにいて何もかも見通していたくせに、今のこの状況がさっぱり解らないとは。苦笑いをしつつ、俺は答えた。

「そうらしいな。まあよかったじゃないか、十和田。塀の中にぶち込まれなくてさ」

「そうか？　僕はどっちでもよかったんだが」

「まだ言うか」

「言うとも。密室の中だろうが外だろうが、大して差はないからね」

「大きく違うと思うぞ……とにかく、無事に外に出られたことをもっと素直に喜べよ」

「外の空気に触れられたこと自体は僕だって嬉しいさ。だがね……」

十和田は、曲がった眼鏡を掛け直して言った。

「外部とは？　内部とは？　その定義は何だ？」

「そりゃあ……何かを境界線で囲んで、その内側が内部、それ以外が外部ってことじゃないのか？」

「なるほど。ならば、その境界を赤道に沿って設けたと仮定しよう。このとき北半球と南半球のどちらが外部でどちらが内部かを区別できるか？　あるいはその違いは？」

「おい、そりゃあ……」

——屁理屈ってもんだ。そう言おうとして、しかし俺はその言葉を飲み込んだ。内と外とでは何も違わない。そこにあるのはいつも区分けされた二つの領域だけだ。ならば内外を決めるのは面積の大小？　それとも自分の存在の有無？　それとも——？

考え込む俺に、十和田はけろりとした顔で言った。

「……ま、だがこれでまたしばらくの間は、世界で共同研究を続けられるというわけだ。そういう意味ではありがたいことではある」

脱力しつつ、俺は言った。

「初めから素直にそう言えよ、まったく……ああ、十和田。そんなことよりひとつ訊きたいことがあるんだが」

気を取り直し、俺は十和田に尋ねる。

「さっき、君はどうして位が死なないと解った？　位が毒を飲んだ直後、言っただろ。『大丈夫だ、位くんは死なない』って……君はあの毒の量では死には至らないと知っていたのか？」

「いいや？」

十和田は、首をかくんと傾けた。

「毒のことなんか何も知らないぞ」

「じゃあなんで、死なないと断言した？　鳥居についてもそうだぞ。君は『生命は奪われていない』とはっきり言ったよな。どうしてそう思った？」

「どうしても何も、それが対称性の帰結だからだ」

「……は？」

対称性？　――およそ予期しない単語の出現に、俺は目を瞬く。

「宮司くん、君もこの事件がたくさんのダブル・トーラスに彩《いろど》られているということには、すでに気づいているだろう。ダブルの穴《トーラス》を持った建物、名称であるダブル・トーラス、二つの抜け穴《ダブル・トーラス》、そして位が陥った人生の落とし穴《トーラス》もダブルだった……自分の本当の父親が誰かを見誤っていたことと、人を殺すという誤った方法をとったことの二つだ」

「あ、ああ、そう言われてみれば確かにそうだが、それがどうかしたのか」

「要するに、事件は一貫した『ダブル・トーラス』という対称性を有していると言いたいんだ。もちろん、死体もだ」

「死体も？」

十和田が、色素の薄い瞳で俺をぎょろりと見た。

「人間とは、表面を言葉や論理で覆われた存在だ。だが言葉や論理によってその中心に到達しようとしても、くるりともとに戻されてしまう。まさに穴の開いたトーラスそのものなんだよ。とすれば、人間も……死体《トーラス》も、ダブルであってしかるべきじゃないか？　そうでなければ、対称的とは言えないからな」

唖然とした俺は、数秒してから、やっと自分の言葉を取り戻す。

「つまり、なんだ……君は何もかも二つ《ダブル》のトーラスだから、死人《トーラス》もあれ以上出ないと考えたのか？」

「そういうことだ」

がくんと頷く十和田に、俺は思わず呟いた。

「……め、滅っ茶苦茶だなあ、お前」

死体《トーラス》の対称性。よくもそんなあやふやな理由で、位も鳥居も死なないと考えたものだ。だが――。

十和田は、真剣そのものの表情で言うのだ。

「滅茶苦茶なものか。それこそが神の摂理というものなのだからな」

――と。

だから、俺は苦笑しながら言った。

「……君、やっぱり天才だよ」

感心半分、呆れ半分。しかし十和田はすぐ大声で否定した。

「それは違うぞ、宮司くん。天才ってのは境界を含まない開集合のことをいうんだ。天才の境界には、どれだけ微小のイプシロンだけ近づいてもさらに近傍が存在する。だからこそ天才は天才なんだ。僕など、境界がある閉集合でしかない。天才でなどあり得ない」

「ほら、その言い方がもうおかしい。やっぱり君は天才だ、間違いないよ。俺が認める。……それはそうと」

俺はふと思い出し、ジャケットのポケットから一冊の本を取り出した。

百合子から預かっている、彼女のザ・ブックだ。

「頼みがある。悪いんだが、これにサインしてくれないか」

「はあ？　これ……『眼球堂の殺人事件』じゃないか。君の本か？」

「いや、妹のだ。あいつ、よりによって君のサインをほしがってるんだよ。ところで君、ボリビアでサインを求めた女の子にすげない態度をとった覚えはないか？」

「うん？　……あったかもしれないな」

「それが俺の妹だ。妹はな、そのせいでものすごく落ち込んだんだぞ。君の大ファンなのに……さあ、罪滅ぼしのつもりで妹の名前とともにサインしろ。今すぐここに」

俺は『眼球堂の殺人事件』を、サインペンとともに十和田の鼻先に突きつけた。

だが十和田は、本を受け取ることはなく――。

「……なるほど、読み聞かせのエピソードといい、君は本当に妹思いなのだな」

「ああ。百合子はな、俺なんかとは比較にならないほど優秀なんだよ。それこそシスコンにもなるくらいのね……だからほれ、早くサインしろ。この裏表紙に」

「よく解った。理解した。しかし」

十和田はゆっくりと首を横に振った。

「それならばなおのこと、サインはできない」

「どうしてだ？」

「大切なことは、本質的に目に見えないからだ。解らないか？　サインなどという目に見えるものがなくとも、君の妹さんはすでに満足しているはずだ」

「は？　どうしてそんなことが解る？　仮にそうだとしたって、俺は妹から君のサインをもらってくるよう託されているんだ。その約束は守らなけりゃならん。……それにな、人間には目に見えるからこそ信じられるものだってあるんだぞ」

「ふむ、それも一理ある。だが……」

十和田はふと、真剣な顔になった。

「目に見えないからこそ救いがある真実も、確かに存在しているんだよ。特に、弱い人間にとってはね」

「は……？」

どういうことだ？

俺はその意を問おうとした。だが――。

十和田は一瞬、弱々しい笑みを浮かべると、逃げるように背を向けてしまった。

問いを口にするタイミングを失った俺は、ただいつまでも、その背にザ・ブックを差し出し続けているしかなかった。

それから王子さまは、キツネのところに戻った。

「さようなら」王子さまは言った……

「さようなら」キツネが言った。「じゃあ秘密を教えるよ。とてもかんたんなことだ。ものごとはね、心で見なくてはよく見えない。いちばんたいせつなことは、目に見えない」

「いちばんたいせつなことは、目に見えない」忘れないでいるために、王子さまはくり返した。

「きみのバラをかけがえのないものにしたのは、きみが、バラのために費やした時間だったんだ」

「ぼくが、バラのために費やした時間……」忘れないでいるために、王子さまはくり返した。

「人間たちは、こういう真理を忘れてしまった」キツネは言った。「でも、きみは忘れちゃいけない。きみは、なつかせたもの、絆を結んだものには、永遠に責任を持つんだ。きみは、きみのバラに、責任がある……」

「ぼくは、ぼくのバラに、責任がある……」忘れないでいるために、王子さまはくり返した。

T大学、本館前——。

騒がしい学生たちと、時折難しい顔をした教授か助教授かが行き来をする並木道。後期課程に入り黄色い銀杏《いちょう》の葉がひらひらと舞い落ちるこの通りにも、またいつもの賑やかさが戻っていた。

百合子は、少し離れたベンチの隅に腰掛け、読書していた。暑さと寒さの間、年に二回だけ生まれるこの短く爽やかな季節、いつも彼女はこうやって過ごしていた。

あの事件から、ひと月以上が過ぎた。

結局、百合子は十和田のサインを手に入れることはできなかった。すまなそうな顔の兄に、百合子は「気にしないで」とだけ言って微笑んだ。確かに少し残念だったけど、それも楽しみが先に延びただけのこと。きっといつかサインは手に入れられる。あるいは直接会う機会だって——それに、事件の犯人が十和田ではなかったこと、なによりも、自分のせいで事件に巻き込まれた兄が無事に帰ってきてくれたことのほうが、百合子にはずっとずっと喜ばしかった。

人差し指でページをめくる。

さらりと真新しい紙が摩擦する。

インクの匂いが鼻の奥をくすぐる。

見開きに銀杏の葉の影がひらりと舞う。

ふっ——と、気配が消える。

百合子は、顔を上げる。

「……？」

周囲に、誰もいない。

人の往来は乱数が支配する。正規数ならば、どれだけ長いゼロの並びも発生し得る。確率的前提に立てば、ある特定の時間、人の発生がまったく起こらないことも、だからいつかは確実に生じ得る。

その瞬間を誰かが捉えたのか。あるいは、ほかならぬ誰か自身が生み出したのか。

人影は消え、足音もない。今ここで百合子を包むのは、ただささらと銀杏の葉がこすれ、散り落ちる音。

だが、それだけじゃない。

いつの間にか——。

ベンチのもう片隅に、その誰かは座っていた。

百合子と同じくらいの背丈。黒い眼鏡を掛け、どことなく彼女と似た雰囲気を持った。——それでいてずっと大人びた顔をした——女。

白い花を一輪、手にした彼女は、微笑を湛えつつ、百合子を、じっと見ていた。

知らない人——でも、綺麗な女《ひと》。

どきりとしつつも、百合子もまた笑顔を返した。

女は、言った。

「こんにちは。宮司百合子さん」

「あ……、こんにちは」

会釈を交わしてから思う。

なぜ、自分の名前を知っているのだろう?

「あの……どちらさまですか?」

笑みを絶やさず、女は答える。

「飯手真央と言ったら、解る?」

「……はい」

頷いた。

飯手真央——彼女のことはもちろん、知っている。あの事件の当事者のうちのひとり、ダブル・トーラスの使用人。百合子は事件の顚末をすでに兄から聞いていた。飯手は確か、事件があったときには買い出しに行っていて、容疑の対象から外されていた人だったはず——。

その飯手がなぜ、自分のところに?

百合子は訝った。

訝りつつ、実のところ彼女はすでに解っていた。

「百合子さん。私、本当に驚いたの。まさか、一緒に働いていたあの立林さんが……いえ、位さんが犯人だったなんて、本当にびっくりしてしまって」

飯手は言った。

「……そうですね」

百合子は頷く。

「降脇先生も……いえ、北山田さんも亡くなってしまったし、当たり前だけど、私も使用人を首になって……私、これからどうしたらいいか、本当に困ってしまって」

「そう、ですね……」

百合子は、黙った。

「……どうかした？」

百合子の顔を、飯手はなおも微笑を湛えたまま首を傾げて覗き込む。

黒髪が液体のように滑らかになびく。

逡巡してから、百合子は——。

「……あの」

意を決して、言った。

「あの、飯手さん気を悪くしないで聞いてほしいんですが、私、ひとつだけあなたに直接確かめたいことがあるんです」

「なに？」

「あの、飯手さんって……善知鳥神さんですよね？」

ひらり、と黄金色の何かが二人の間を横切る。

特徴的な形状の、銀杏の葉だ。音もなく舞い落ち、ほかの葉と紛れてとうとう区別ができなくなったとき、飯手はまた、口を開いた。

「私が、善知鳥神ですって？　……ふふ、百合子さんは面白いことを言うのね。でもどうしてそう思うの？」

「はい……」

百合子は、ほっと小さく息を継ぐと、答える。

「……ヒントは、いろいろとあったと思うんです。まず、この事件には『双孔堂』という建物が不可欠ですが、これは元は建築家沼四郎のもので、のちに子である善知鳥神さんが相続したもの。位さんが建物を利用するためには、相続人である善知鳥さんから建物を譲り受けなければなりませんが、あれほど大きな建物の所有権を得られるほど位さんに財力があったとは思えません。とすると、善知鳥さんは金銭以外の理由で、双孔堂を譲ったということになります。善知鳥さん自身に帰属する何らかの理由で」

「…………」

飯手は瞬きもせず、百合子の言葉をじっと聞いている。

百合子は続ける。

「また、もともとこの建物には『双孔堂』という名称がつけられていました。建物に二つの穴が開いていることを端的に表した名称ですが、一方でこの名前は位相幾何学的には正しくないものです。もっとも、アーキテクチュアリズムという建築学中心主義を標榜する沼さんにとっては、単に正八角形という数学的モチーフを意匠に使っているだけですから、名称が数学的に正しいか正しくないかは別にどうでもよかったんでしょう。でもこの名称は、位さんにとっては明らかに都合が悪いものです。『双孔』、この二文字が、二つの抜け穴があることを容易に連想させてしまいますから。だから位さんは、名称を変えて『ダブル・トーラス』にしたんです。でも……これもおかしな話です。位さんがもし位相幾何学を知っていれば『トーラス』の本質が穴のことだと知っていますから、やっぱりそんな名称はつけられないはずなんです。一方、もし位相幾何学を知らなければ、そもそも『トーラス』という数学用語を知りませんから、やっぱりこの名称はつけられません。矛盾しているんです。だから……私はこう思ったんです。この事件は位さんが単独で起こしたものではなく、数学をよく知っている第三者も、事件に介在していたんじゃないか……って」

「…………」

「そう考えると、あのダブル・トーラスの求人が、使用人を『一名』募集するものだったにもかかわらず、実際には二人の使用人がいたことも理解できます。位さんは北山田さんを雇った人ですが、飯手さんは位さんが雇った人ではなく、最初から位さんと一緒にいた人なんです。さらに、そもそも位さんが招待したのは鰐山先生だけでしたが、実際にはいろんな人に情報のリークがありました。十和田先生のところにも、平先生のところにも、そしてもちろん、私のところにもメールがありました」

「…………」

「何より、十和田先生もおっしゃっていたとおり、この事件はダブル・トーラスという強い対称性の下で起こされたものです。抜け穴《トーラス》が二つ《ダブル》、被害者《トーラス》も二人《ダブル》。だとすれば、加害者《トーラス》も二人《ダブル》だと考えるのが、当然の帰結ではないでしょうか？　眼球堂と双孔堂の構造もよく似ていて、ここにも対称性が見られます。そもそも、飯手真央さんのお名前って、最初から自分は善知鳥神だって名乗っているようなものですよね？

……こんなふうに考えていくと結局、私にはこうとしか思えないんです。つまり、飯手さんは実は善知鳥神さんで、しかもこの事件における犯人、木村位さんの共犯者なのだって」

百合子の推理――。

終始無言だった飯手は、その言葉を受け、なおも百合子のことをじっと見つめつつ、一言、答えた。

「……ふふ、どうかしら」

――百合子は思う。

命題は真か偽のいずれかである。否定しないことは、排中律によればもはや肯定したことと同値だ。もちろん現実はそんな単純な法則では割り切れない。でも――。

飯手は眼鏡を外すと、額にかかる髪を細い指で掻き上げた。

その向こうに浮かぶ妖しげな笑み。そしてすべてを見通すような、黒目がちな瞳。

心臓を鷲《わし》づかみにされつつ、百合子はもう一度、問う。

「善知鳥さん、どうしてあなたは、あんなことをしたんですか？」

「あんなことって？」

「殺人事件です。位さんをそそのかして、どうして二人の命を奪ったんですか？」

神は、答える。

「どうしてか？　瑣末な質問ね。この世の出来事、事象はすべて、ある原因から演繹される一連の論理の流れに沿ったひと続きの現象であって、正しく推論しさえすれば、原因と結果は単なる重複語法《トートロジー》にしかならないもの。結果が解れば原因だって解る。殺人だって一緒。そして同じことは、人間そのものにだって言える」

「どういうことですか」

目を細めた百合子に、神は嬉しそうに言った。

「すべては、私の思ったとおりに動くってこと。木村位は、私の示した計画を疑いもなく実行に移したし、鰐山豊はこれが罠だと解りつつ招待に応じた。平国彦もライバルへの闘争心からためらうことなく火の中に飛び込んできた。『双孔堂』『ダブル・トーラス』なんてあからさまな名称がついていたって、先入観で凝り固まった人間にはすぐにはトリックを見破れないだろうこともね。みんな私の掌の上にいる。もちろん、あなたも、あなたのお兄さんも。……でも百合子さん。あなたはそもそもこのお話が、最後まで真相を露見させずに終わることができるなんて、思わなかったでしょう？」

「……はい」

「ね？　そういうことよ」

笑みを浮かべて、神は続けた。

「やっぱり、この問題を、一番早く正解したのは十和田さん。そして、私の指の間をすり抜けていったのもね。本当に、さすがよ。人間としてはね」

「すり抜けたんですか？　十和田先生は」

百合子は訊いた。

何を、とは言わなかった——解っていたから。

「ええ。長いこと一緒にいたけれど、私がつかみ取れないのはいまだに、十和田さんだけよ」

「ふうん……長いこと一緒に……十和田先生と」

心をちくりと刺されつつ、百合子は訊いた。

「あの……もしかして、なんですけど」

「なに？」

「善知鳥さんって、十和田先生のことが好きなんですか？」

神の目が大きく見開かれる。

彼女が初めて見せる、驚愕の表情。

「好き？　それ、どういうこと？」

「うーん、どういうことでしょう」

自分で訊いておきながら、百合子は首を傾げた。

「よく解りません。でも……直感でそう思ったんです。私がそうだから。なんだか、私と似ているような気がしたから。だから善知鳥さんも、十和田先生のことが好きなのかなって、思ったのかも」

「あなたに似ている、ね。……ふふふ」

質問には答えないまま、神はまた微笑む。

その笑顔になぜかどぎまぎしつつ、百合子は話を変えた。

「え、えーっと……善知鳥さんがダブル・トーラスにいたことって、十和田先生は知っていたんですか？」

「もちろん。目が合ったもの。たとえあの場で会わなくても、最終的には知ったはずよ」

「十和田先生は、善知鳥さんを告発するでしょうか？」

「それはないわ。十和田さんはそういう人間じゃないもの。例えば、あなたが十和田さんの立場だったら私を告発する？」

「それは……」

しない——と思う。

「同じことよ。ところで」

今度は神が、百合子に問う。

「百合子さん。あなたのご両親はどうしてる？」

「えっ？　私の親……ですか？」

百合子は、数秒を置いてから答える。

「……私には、両親はいません。私が物心つく前に、死んでしまって」

「知ってるわ」

「え……？」

「あなたのご両親は事故で亡くなった。そんなあなたのことを育ててきたのは、歳の離れたたったひとりの兄、宮司司さん。今もまだ、そのお兄さんと一緒に、二人暮らしを続けているんでしょう？」

「…………」

言葉を失う百合子に、神はなおも続ける。

「あなたたちは、親類縁者もいないただ二人きりの兄妹。お兄さんは親代わりになって、あなたを小さなころから育ててきた」

「え、ええ。確かにそうですけど……」

どうしてこの人は、私たちのことをこんなにも知っているんだろう？

不審げな視線を向けた百合子に、神は不敵な笑みを浮かべた。

「百合子さん。あなたにはね、まだあなたが知らない秘密がある」

「秘密？　それって……何ですか？」

訝りつつ問う百合子。だが、神は――。

「ごめんね。それは教えられないの」

思わせ振りに、首を横に振った。

「………」

「でもね、これは考えればすぐに解ること。あなたならきっと気づけるはずよ。結局、すべては『オイラーの等式』にしたがっているだけなんだって」

「オイラーの、等式……」

もちろん、百合子はその公式を知っている。

——$e^{i\pi}+1=0$

ネイピア数e、円周率π、虚数単位i、単位元1、そして空集合ゼロ。これら数学世界の根源にある元素をひとつずつ組み合わせてできる、美しくも不可思議な等式。

でもこれに、何の意味が？

困惑する百合子に、神は言った。

「解らない？　でもいずれ解るわ。大切なことは、目に見えないだけ。でもそれは、確実にそこにあるものだから」

大切なことは、目に見えない——。

百合子の好きな言葉。

でも——。

百合子は、神の言葉を反芻《はんすう》する。

目に見えないだけ。
でもそれは、確実にそこにある。
百合子は心の中で問う。
「それ」って――一体何？

――気がつくと、周囲がざわめいている。
多くの人間が憩《いこ》う並木道。百合子もまた、そんな人々のうちのひとりに戻っている。
すでに、神の姿はない。
百合子は、目を瞬く。
まさか、今のは――白昼夢？
だがすぐに、それが夢などではなかったと気づく。
ベンチの片隅。神がいた場所。
そこに、白い六枚の弁を持った花が一輪あったから。
それは、神が手にしていたもの。
酩酊《めいてい》感を誘うその香りに、百合子はふと呟いた。
「大切なことは、目に見えない……」

百合子にとっての、魔法の言葉――。
今やそれは、別の魔法となって、彼女の心を支配しようとしていた。

（了）

【主要参考文献】

『エキゾチックな球面』……野口廣著／筑摩書房
『科学と方法』……ポアンカレ著、吉田洋一訳／岩波書店
『数学21世紀の7大難問』……中村亨著／講談社
『超ひも理論とはなにか』……竹内薫著／講談社
『天才数学者列伝　数奇な人生を歩んだ数学者たち』……アミール・D・アクゼル著、水谷淳訳／ソフトバンククリエイティブ
『トポロジー　基礎と方法』……野口廣著／筑摩書房
『トポロジーの絵本』……G・K・フランシス著、笠原皓司監訳、宮崎興二訳／丸善出版
『トポロジーへの誘い　多様体と次元をめぐって』……松本幸夫著／遊星社
『トポロジーへの招待』……寺澤順著／日本評論社
『はじめての現代数学』……瀬山士郎著／早川書房
『ポアンカレ予想　世紀の謎を掛けた数学者、解き明かした数学者』……ジョージ・G・スピーロ著、永瀬輝男・志摩亜希子監修、鍛原多惠子・坂井星之・塩原通緒・松井信彦訳／早川書房
『星の王子さま』……サン＝テグジュペリ著、河野万里子訳／新潮社
『物語　数学の歴史　正しさへの挑戦』……加藤文元著／中央公論新社
『ラカンのトポロジー　精神分析空間の位相構造』……ジャンヌ・グラノン・ラフォン著、中島伸子・吉永良正訳／白揚社

＊各章冒頭の引用文は『科学と方法』『星の王子さま』によります。

※著者注釈

作中未解決問題として言及されている『ポアンカレ予想』は、ロシア人数学者グレゴリー・ペレルマンによって、すでに証明されていることが、２００６年に確認されていますが、本作は１９９９年の出来事であるため、これを未解決のものとして描写しています。

文庫版あとがき

『眼球堂の殺人』に続く、「堂」シリーズ二作目である。

書き上げるのに相当難儀した作品だが、実は焼き直しでもある（焼き直しだから難儀したとも言える）。元々、メフィスト賞に応募し上段には取り上げられたものの落選した「ダブル・トーラス」という作品だったのだ。

もうひとつ、これがシリーズ化していくという意味での苦労もあった。シリーズを考えるとき、もちろん物語としてはそれぞれの作品を単発のものとして書き上げるのだけれど、その背後にはひとつの「背景」がなければならない。それがあるからシリーズとなるので、そこをどうするか、方向性を定めるに当たっては本当に苦労したのである。

ともかく、難産の末に出来上がったのが本作「双孔堂の殺人」で、脱稿当初は自分なりに満足できるものを書けたと考えていたのだが、実は、今にして思えば、少しやりすぎたかもしれないと反省もしている。

というのも、少なくないページを、数学の話で費やしてしまったからだ。たとえ初歩的なものであったとしても、数学の話が入るというだけで読者が辟易《へきえき》するのは、容易に想像がつく。ましてや聞いたこともないトポロジー云々《うんぬん》などと語られれば、きっと本を閉じてしまうだろう。ここで読むのを止めてしまう読者だって、少なくないに違いない。

この点、可能な限りストレスフリーな物語を書くべき作家として実に申し訳ないことである。したがって、文庫化に当たってどの程度改稿するか――それこそ全削も含めて――かなり悩んだのだが、結局、大部分を残すことにした。

なぜなら、これは建築物の奇抜さを楽しむミステリであるとともに、数学者の話でもあるからだ。その根にあるのはやはり数学であり、そこを残しておかないと本質的な面白さを失ってしまう。たとえ読者にはストレスであっても、やはり残すべきものなのだ。そもそも、多少読み飛ばしたところで、物語の大勢にも影響はないのだし。

――で、結局また現在の形となってしまった。読者の方々には、読みづらいかもしれないが、どうかそういうものだと思ってご寛恕《かんじょ》を請いつつ、粛々《しゅくしゅく》と読み進めていただければありがたい。

ところで、来年（二〇一七年）はなかなかハイペースな年になりそうである。年明け早々、講談社タイガの新シリーズ『ＬＯＳＴ　失覚探偵』の中巻が刊行される。続く三月には、堂シリーズ三作目の『五覚堂の殺人』が文庫化される。それ以外にもなんやかやと予定があり相当タイトなスケジュールなのだが、これも楽しみにしてくださる読者の方々のため、月月火水木金金で馬車馬のごとくに働くつもりでいるので、引き続きあたたかい目で見ていただければ幸いだ。

二〇一六年十一月　周木 律

解説

円堂都司昭《えんどうとしあき》
（文芸・音楽評論家）

まるで鍵のような形をした空間が、二階建てになっている。鍵だとすれば持ち手にあたる八角形の真ん中に、大きな円《まる》い穴がある。全体をみると、鍵が二枚重なっている状態だ。だが、それは鍵ではなく「双孔堂《そうこうどう》」という名の建築物なのである。奇妙な形をしたこの館で、二つの密室殺人が起きた。間を置かず警察が確保した容疑者は、名探偵だった。——周木律《しゅうきりつ》『双孔堂の殺人～Double《ダブル》 Torus《トーラス》～』は、そんな風に始まる。

本書は、二〇一三年に『眼球堂《がんきゅうどう》の殺人～The《ザ》 Book《ブック》～』で第四十七回メフィスト賞を受賞しデビューした周木律が同年に発表した、第二作の文庫化である。デビュー作では、眼球を模したデザインで山奥に建てられた館が閉鎖状況《クローズド・サークル》になるなか、連続殺人が発生した。学者、芸術家、政治家など著名人が犠牲になった難事件を解決したのは、放浪の数学者・十和田只人《とわだただひと》だった。本書は同作に続く〈堂〉シリーズ二作目なのだが、前作で活躍した名探偵役の十和田は、いきなり容疑者になってしまう。しかも、以後の章よりも短い第I章の終わりで「犯人は僕だ。そうでしかあり得ないんだ」とまでいってしまう。まだ始まったばかりなのに、作者はどうするつもりなのか。発端からして普通ではないし、すぐに物語に引きこまれる。

最近、文庫化されたデビュー作『眼球堂の殺人』の親本であるノベルス版には、森《もり》博嗣《ひろし》が「懐かしく思い出した。本格ミステリィの潔さを」という推薦文を寄せていた。不可解な謎が、論理的な推理によって解かれる本格ミステリというジャンルは、日本では一九八〇年代後半からリヴァイヴァルの様相を呈した。「新本格」と呼ばれたそのムーヴメントの先駆けとなったのが、綾辻行人《あやつじゆきと》『十角館《じゅっかくかん》の殺人』（一九八七年）である。同作から始まる〈館《やかた》〉シリーズは、新本格を象徴するシリーズとなった。同シリーズでは亡き建築家が手がけた奇妙な館で事件が発生するのがお約束だったのに対し、周木の〈堂〉シリーズも独自の理論を主張した建築家の残した建物で毎回、事件は起きる。

また、『すべてがFになる』（一九九六年）で第一回メフィスト賞を受賞しデビューした森博嗣も、「新本格」の流れから登場した作家だった。森のデビュー作から始まる〈S&M〉シリーズは、建築学科助教授の犀川創平《さいかわそうへい》が探偵役を務めるほか、多くの学者、天才肌の人物が登場し、理系ミステリと称された。一方、探偵役に放浪の数学者が選ばれた〈堂〉シリーズにも多くの数学者のほか、建築家、哲学者などの知識人が登場する。

このように〈堂〉シリーズは、〈館〉シリーズや〈S&M〉シリーズといった「新本格」以降のミステリの影響下から出発している。奇妙な建物に代表される稚気あふれる設定、衒学趣味《ペダントリー》、あっけにとられる大胆なトリック、普通ではないキャラクターたち、鮮やかな推理……。それらの要素からできあがっていた「新本格」作品の空気感を、森は『眼球堂の殺人』を読んで「懐かしく思い出した」のだろう。

『双孔堂の殺人』以後もシリーズは書き継がれており、『五覚堂《ごかくどう》の殺人～Burning《バーニング》 Ship《シップ》～』（二〇一四年）では遺産相続にからみ、東北山中の館で一族に惨劇がふりかかる。『伽藍堂《がらんどう》の殺人～Banach-Tarski Paradox《バナッハタルスキパラドクス》～』（二〇一四年）では、孤島の新興宗教施設で事件が起きる。現時点（二〇一六年）での最新作『教会堂《きょうかいどう》の殺人～Game《ゲーム》 Theory《セオリー》～』（二〇一五年）では、そこへ訪れた人を順繰《じゅんぐ》りに死なせてしまう館が登場し、恐ろしい死のゲームが行われる。作品ごとに事件と館の謎は解き明かされていく。

そう書いてしまうと、特定のパターンの繰り返しと思われるだろうが、違うのだ。〈堂〉シリーズでは探偵役の十和田只人のほか、『眼球堂の殺人』で被害者になった建築家の子どもである天才数学者・善知鳥神《うとうかみ》、本書『双孔堂の殺人』で捜査に首を突っ込む警察庁キャリアの宮司司《ぐうじつかさ》、司の妹である大学院生・百合子《ゆりこ》などがレギュラー・キャラクターとなり、後の作品にも出演する。一作ごとに各「堂」にまつわる事件が解決されるだけでなく、レギュラー・キャラクターたちの過去が少しずつ掘り起こされ、彼らの現在も変わっていく。そして、〈堂〉シリーズは、今では通常の名探偵シリーズにはない展開をみせている。

出発時には「新本格」を思い出させる懐かしさを持っていた〈堂〉シリーズは、本格ミステリであり続けながら、やがて独自の路線を歩み始めたのだ。『教会堂の殺人』の次には『鏡面堂の殺人～Theory of Relativity《セオリー オブ リラティビティ》～』が刊行されると予告されているが、これからどのような方向に進むのか、まるで予想できない。

『眼球堂の殺人』ノベルス版のカバーそでには、「推理小説と数学は、よく似ています」で始まる作者の言葉が記されていた。放浪の数学者・十和田只人を探偵役にすえた〈堂〉シリーズは、他にも高い知能を持つ数学者がしばしば登場し、数学をめぐる議論が繰り広げられる。その出発点となった『眼球堂の殺人』には「The Book」というサブタイトルが付けられており、十和田は「この世に存在する無数の定理について、そのすべてが書かれた本」であり「ページ数も無限に及ぶ」という「ザ・ブック」を探し求める人物と設定されていた。

〈堂〉シリーズにおいて、十和田の敵役のような形で現れた善知鳥もやはり天才的な数学者であり、「神」という、あまりにも象徴的な名前を与えられていた。このシリーズでは、数学が世界の秘密に迫るものとして扱われる。また、時おり、宗教に関連したモチーフが現れるだけでなく、十和田や善知鳥は数学を通じて神に近づこうとしているようにすらみえる。周木は、このシリーズ以外にも宗教をめぐって『アールダーの方舟』（二〇一四年）という力作を発表していた。同作は、ノアの方舟を調査するため、ユダヤ教徒やキリスト教徒だけでなくイスラム教徒や無神論者も含む集団がアララト登山に向かうなかで、連続殺人が発生する話だった。

一方、数学とミステリの関係については、『眼球堂の殺人』文庫版解説で千街晶之《せんがいあきゆき》がまとめているのでそちらを参照してほしい。本稿で私が付け加えておきたいのは、「新本格」ムーヴメントのなかでデビューしたミステリ作家の一人である法月綸太郎《のりづきりんたろう》が、数学とのアナロジーでミステリ批評を書いていたことだ。

本格ミステリでは、名探偵が合理的に推理して謎を解き明かす。その神のごとき正しさはどのようにして保証されているのか、あるいは保証されていないのか。〈堂〉シリーズにも何度か名前が出てきたゲーデルの不完全性定理を補助線に使い、エラリー・クイーン作品を対象にして論じた法月の批評意識は「後期クイーン的問題」と呼ばれ、「新本格」以降の本格ミステリ批評に影響を与えた（法月の一連のクイーン論は『法月綸太郎ミステリー塾　海外編　複雑な殺人芸術』所収)。法月は、現代思想の批評家である柄谷行人《からたにこうじん》の「隠喩《いんゆ》としての建築」、「形式化の諸問題」(いずれも『隠喩としての建築』所収)からヒントを得て、ミステリ批評を書いたのだった。ゲーデルへの着目も柄谷から受け継いだものである。

このことは、〈堂〉シリーズを読んだ今からふり返ると、あらためて興味深く感じられる。〈堂〉シリーズでは、一貫して数学がテーマになっている。であると同時に毎回、建築が謎の焦点になる。第一作『眼球堂の殺人』で被害者になった狂気の建築家の残した館の数々が、以後の作品の事件現場となるからだ。彼は、「建築学こそがあらゆる学問の頂点に立つものであり、すべての世界は建築学にかしずく」という「アーキテクチャリズム」を主張していた。同作において十和田只人は、建築学と数学は似ていると述べ、「どちらも構造の学問だということです」と説明した。

これに対し、柄谷は学問・芸術の諸分野において、それぞれを自律的に閉じた形式体系として把握し、完全なものへと構築しようとする傾向がみられることを論じた。いいかえれば、ジャンルを構造としてとらえようとする試みである。数学に代表されるその傾向を本格ミステリにも見出したのが、法月の批評だった。そして、柄谷は、形式体系を構築しようとする一連の傾向を「建築への意志」という比喩で語っていたのである。〈堂〉シリーズにおけるミステリ、数学、建築の関係を考えようとする時、柄谷や法月の議論は様々な示唆を与えてくれる刺激的なものだと思う。

このように数学や批評の話を書くと堅苦しいイメージになってしまうかもしれない。けれど、十和田只人に関しては、ズレたことばかり喋《しゃべ》っている変なキャラクターとして面白がるのもアリだろう。頭がよすぎて他人となかなか話がかみあわない変人。浮き世離れしている彼は、自分が殺人事件の容疑者になっても普通の人みたいに動揺したりはしない。なんてことはない態度をとっている。また、彼がいよいよ事件についての推理を開陳しようとする際、「証明を始めよう」、「講義に行くんだよ」などと宣言する。正義と悪を分別する倫理、被害者に同情し加害者を憎むといった感情にはまったく興味を示さず、真か否かといった知的判断しか行わない。そういう変わりもののキャラクターが魅力なのである。

周木律という作家は、数学者が多数出てくる小説ばかりでなく、猫又《ねこまた》の少女が登場するライト感覚な〈猫又〉シリーズや、『災厄《さいやく》』（二〇一四年）のようなパニック小説も執筆してきた。製薬研究所で爆発事故が発生する『不死症《アンデッド》』（二〇一六年）には、舞台設定ゆえに当然、研究者が登場するが、学術的なあれこれよりもタイトル通りにゾンビが蔓延《まんえん》する状況でのサスペンスとアクションのほうに力点があった。そのようにデビュー以来、作風を広げてきたことが、〈堂〉シリーズにもフィードバックされているようにみえる。作品を追うごとに、キャラクターの動かし方や、舞台の作り方がより大胆になっている印象なのだ。

あなたが今、手にしているこの第二作から後、シリーズは次第に変容していく。本書で初めて〈堂〉シリーズを読んだ人は、デビュー作にさかのぼったうえで、ぜひ、第三作以後の作品にも手をのばしてほしい。

この作品は二〇一三年八月講談社ノベルスとして刊行されました。
講談社文庫刊行にあたって加筆修正されています。

|著者|周木 律　某国立大学建築学科卒業。『眼球堂の殺人 ～The Book～』（講談社ノベルス、のち講談社文庫）で第47回メフィスト賞を受賞しデビュー。著書に『LOST 失覚探偵（上中下）』（講談社タイガ）、『アールダーの方舟』（新潮社）、「猫又お双と消えた令嬢」シリーズ、『暴走』、『災厄』（角川文庫）、『不死症《アンデッド》』、『幻屍症《インビジブル》』（実業之日本社文庫）などがある。

〔〝堂〟シリーズ既刊〕
『眼球堂の殺人 ～The Book～』
『双孔堂の殺人 ～Double Torus～』
『五覚堂の殺人 ～Burning Ship～』
『伽藍堂の殺人 ～Banach-Tarski Paradox～』
『教会堂の殺人 ～Game Theory～』
『鏡面堂の殺人 ～Theory of Relativity～』
『大聖堂の殺人 ～The Books～』

双孔堂《そうこうどう》の殺人《さつじん》 ～Double Torus《ダブル トーラス》～
周木《しゅうき》 律《りつ》
© Ritsu Shuuki 2016
2016年12月15日第1刷発行
2025年3月14日第4刷発行

講談社文庫
定価はカバーに表示してあります

KODANSHA

発行者――篠木和久
発行所――株式会社　講談社
東京都文京区音羽2-12-21　〒112-8001
電話　出版（03）5395-3510
　　　販売（03）5395-5817
　　　業務（03）5395-3615

Printed in Japan

デザイン―菊地信義
本文データ制作―講談社デジタル製作
印刷――株式会社KPSプロダクツ
製本――株式会社KPSプロダクツ

落丁本・乱丁本は購入書店名を明記のうえ、小社業務あてにお送りください。送料は小社負担にてお取替えします。なお、この本の内容についてのお問い合わせは講談社文庫あてにお願いいたします。
本書のコピー、スキャン、デジタル化等の無断複製は著作権法上での例外を除き禁じられています。本書を代行業者等の第三者に依頼してスキャンやデジタル化することはたとえ個人や家庭内の利用でも著作権法違反です。

ISBN978-4-06-293548-7

講談社文庫刊行の辞

二十一世紀の到来を目睫に望みながら、われわれはいま、人類史上かつて例を見ない巨大な転換期をむかえようとしている。

世界も、日本も、激動の予兆に対する期待とおののきを内に蔵して、未知の時代に歩み入ろうとしている。このときにあたり、創業の人野間清治の「ナショナル・エデュケイター」への志を現代に甦らせようと意図して、われわれはここに古今の文芸作品はいうまでもなく、ひろく人文・社会・自然の諸科学から東西の名著を網羅する、新しい綜合文庫の発刊を決意した。

激動の転換期はまた断絶の時代である。われわれは戦後二十五年間の出版文化のありかたへの深い反省をこめて、この断絶の時代にあえて人間的な持続を求めようとする。いたずらに浮薄な商業主義のあだ花を追い求めることなく、長期にわたって良書に生命をあたえようとつとめるところにしか、今後の出版文化の真の繁栄はあり得ないと信じるからである。

同時にわれわれはこの綜合文庫の刊行を通じて、人文・社会・自然の諸科学が、結局人間の学にほかならないことを立証しようと願っている。かつて知識とは、「汝自身を知る」ことにつきていた。現代社会の瑣末な情報の氾濫のなかから、力強い知識の源泉を掘り起し、技術文明のただなかに、生きた人間の姿を復活させること。それこそわれわれの切なる希求である。

われわれは権威に盲従せず、俗流に媚びることなく、渾然一体となって日本の「草の根」をかたちづくる若く新しい世代の人々に、心をこめてこの新しい綜合文庫をおくり届けたい。それは知識の泉であるとともに感受性のふるさとであり、もっとも有機的に組織され、社会に開かれた万人のための大学をめざしている。大方の支援と協力を衷心より切望してやまない。

一九七一年七月

野間省一

高橋克彦　火　怨　〈北の燿星アテルイ〉(上)(下)
高橋克彦　水　壁　〈アテルイを継ぐ男〉
高橋克彦　天を衝く(1)～(3)
高橋克彦　風の陣　一　立志篇
高橋克彦　風の陣　二　大望篇
高橋克彦　風の陣　三　天命篇
高橋克彦　風の陣　四　風雲篇
高橋克彦　風の陣　五　裂心篇
髙樹のぶ子　オライオン飛行
田中芳樹　創竜伝1〈超能力四兄弟《ドラゴン》〉
田中芳樹　創竜伝2〈摩天楼の四兄弟《ドラゴン》〉
田中芳樹　創竜伝3〈逆襲の四兄弟《ドラゴン》〉
田中芳樹　創竜伝4〈四兄弟《ドラゴン》脱出行〉
田中芳樹　創竜伝5〈蜃気楼都市《ミラージュ・シティ》〉
田中芳樹　創竜伝6〈染血の夢《ブラッディ・ドリーム》〉
田中芳樹　創竜伝7〈黄土のドラゴン〉
田中芳樹　創竜伝8〈仙境のドラゴン〉
田中芳樹　創竜伝9〈妖世紀のドラゴン〉
田中芳樹　創竜伝10〈大英帝国最後の日〉
田中芳樹　創竜伝11〈銀月王伝奇〉
田中芳樹　創竜伝12〈竜王風雲録〉
田中芳樹　創竜伝13〈噴火列島〉
田中芳樹　創竜伝14〈月への門〉
田中芳樹　創竜伝15〈旅立つ日まで〉
田中芳樹　魔　天　楼　〈薬師寺涼子の怪奇事件簿〉
田中芳樹　東京ナイトメア　〈薬師寺涼子の怪奇事件簿〉
田中芳樹　巴里《パリ》・妖都変　〈薬師寺涼子の怪奇事件簿〉
田中芳樹　クレオパトラの葬送　〈薬師寺涼子の怪奇事件簿〉
田中芳樹　黒蜘蛛島《ブラックスパイダー・アイランド》　〈薬師寺涼子の怪奇事件簿〉
田中芳樹　夜　光　曲　〈薬師寺涼子の怪奇事件簿〉
田中芳樹　魔境の女王陛下　〈薬師寺涼子の怪奇事件簿〉
田中芳樹　海から何かがやってくる　〈薬師寺涼子の怪奇事件簿〉
田中芳樹　白魔《びゃくま》のクリスマス　〈薬師寺涼子の怪奇事件簿〉
田中芳樹　タイタニア1〈疾風篇〉
田中芳樹　タイタニア2〈暴風篇〉
田中芳樹　タイタニア3〈旋風篇〉
田中芳樹　タイタニア4〈烈風篇〉
田中芳樹　タイタニア5〈凄風篇〉
田中芳樹　ラインの虜囚
田中芳樹　新・水滸後伝(上)(下)
田中芳樹 / 幸田露伴 原作　運　命〈二人の皇帝〉
田中芳樹 / 土屋守　「イギリス病」のすすめ
田中芳樹ほか 文 / 皇名月 画・文　中国帝王図
田中芳樹 / 赤城毅　中欧怪奇紀行
田中芳樹 編訳　岳　飛　伝(一)〈青雲篇〉
田中芳樹 編訳　岳　飛　伝(二)〈烽火篇〉
田中芳樹 編訳　岳　飛　伝(三)〈風塵篇〉
田中芳樹 編訳　岳　飛　伝(四)〈悲曲篇〉
田中芳樹 編訳　岳　飛　伝(五)〈凱歌篇〉
高田文夫　TOKYO芸能帖〈1981年のビートたけし〉
髙村薫　李歐《りおう》
髙村薫　マークスの山(上)(下)
髙村薫　照　柿(上)(下)
多和田葉子　犬婿入り
多和田葉子　尼僧とキューピッドの弓
多和田葉子　献灯使
多和田葉子　地球にちりばめられて

講談社文庫　目録

多和田葉子　星に仄めかされて
高田崇史　Q　E　D〈百人一首の呪《しゅ》〉
高田崇史　Q　E　D〈六歌仙の暗号〉
高田崇史　Q　E　D〈ベイカー街の問題〉
高田崇史　Q　E　D〈東照宮の怨〉
高田崇史　Q　E　D〈式の密室〉
高田崇史　Q　E　D〈竹取伝説〉
高田崇史　Q　E　D〈龍馬暗殺〉
高田崇史　QED～ventus～〈鎌倉の闇〉
高田崇史　Q　E　D〈鬼の城伝説〉
高田崇史　QED～ventus～〈熊野の残照〉
高田崇史　Q　E　D〈神器封殺〉
高田崇史　QED～ventus～〈御霊将門〉
高田崇史　QED～flumen～〈九段坂の春〉
高田崇史　Q　E　D〈諏訪の神霊〉
高田崇史　Q　E　D〈出雲神伝説〉
高田崇史　Q　E　D〈伊勢の曙光《あけぼの》〉
高田崇史　QED～flumen～〈ホームズの真実〉
高田崇史　毒　草　師〈QED Another Story〉

高田崇史　QED〈～flumen～月夜見〉
高田崇史　QED〈～ortus～白山の頻闇〉
高田崇史　Q　E　D〈憂曇華《うどんげ》の時〉
高田崇史　Q　E　D〈源氏の神霊〉
高田崇史　Q　E　D〈神鹿《しんろく》の棺《ひつぎ》〉
高田崇史　試験に出るパズル〈千葉千波の事件日記〉
高田崇史　試験に敗けない密室〈千葉千波の事件日記〉
高田崇史　試験に出ないパズル〈千葉千波の事件日記〉
高田崇史　パズル自由自在〈千葉千波の事件日記〉
高田崇史　麿の酩酊事件簿〈花に舞〉
高田崇史　麿の酩酊事件簿〈月に酔〉
高田崇史　クリスマス緊急指令〈～きよしこの夜、事件は起こる！～〉
高田崇史　カンナ　飛鳥の光臨
高田崇史　カンナ　天草の神兵
高田崇史　カンナ　吉野の暗闘
高田崇史　カンナ　奥州の覇者
高田崇史　カンナ　戸隠の殺皆
高田崇史　カンナ　鎌倉の血陣
高田崇史　カンナ　天満の葬列

高田崇史　カンナ　出雲の顕在
高田崇史　カンナ　京都の霊前
高田崇史　軍　神　の　血　脈〈楠木正成秘伝〉
高田崇史　神の時空《とき》　鎌倉の地龍
高田崇史　神の時空　倭《やまと》の水霊
高田崇史　神の時空　貴船の沢鬼
高田崇史　神の時空　三輪《みわ》の山祇《やまつみ》
高田崇史　神の時空　嚴島《いつくしま》の烈風
高田崇史　神の時空　伏見稲荷の轟雷
高田崇史　神の時空　五色不動の猛火
高田崇史　神の時空　京の天命
高田崇史　神　の　時　空　前紀〈女神の功罪〉
高田崇史　鬼　棲　む　国、出　雲〈古事記異聞〉
高田崇史　オロチの郷、奥出雲〈古事記異聞〉
高田崇史　京の怨霊、元出雲〈古事記異聞〉
高田崇史　鬼統べる国、大和出雲〈古事記異聞〉
高田崇史　陽　昇　る　国、伊　勢〈古事記異聞〉
高田崇史　源　平　の　怨　霊〈小余綾《こゆるぎ》俊輔の最終講義〉
高田崇史　試験に出ないQED異聞〈高田崇史短編集〉

講談社文庫　目録

陳舜臣 中国五千年 (上)(下)
陳舜臣 中国の歴史 全七冊
陳舜臣 小説十八史略 全六冊
千早茜 森の家
千野隆司 大店の暖簾《のれん》〈下り酒一番〉
千野隆司 分家の始末〈下り酒一番(二)〉
千野隆司 献上の祝酒〈下り酒一番(三)〉
千野隆司 大《おお》酒《ざけ》の合戦〈下り酒一番(四)〉
千野隆司 銘酒の真贋〈下り酒一番(五)〉
千野隆司 追跡
知野《ちの》みさき 江戸は浅草
知野みさき 江戸は浅草2〈盗人探し〉
知野みさき 江戸は浅草3〈桃と桜〉
知野みさき 江戸は浅草4〈冬青《そよご》灯籠《どうろう》〉
知野みさき 江戸は浅草5〈春の捕物〉
崔《チエ》実《シル》 ジニのパズル
崔実 pray《プレイ》 human《ヒューマン》
筒井康隆 創作の極意と掟
筒井康隆 読書の極意と掟

筒井康隆 ほか12名 名探偵登場！
都筑道夫 なめくじに聞いてみろ〈新装版〉
辻村深月 冷たい校舎の時は止まる (上)(下)
辻村深月 子どもたちは夜と遊ぶ (上)(下)
辻村深月 凍りのくじら
辻村深月 ぼくのメジャースプーン
辻村深月 スロウハイツの神様 (上)(下)
辻村深月 名前探しの放課後 (上)(下)
辻村深月 ロードムービー
辻村深月 ゼロ、ハチ、ゼロ、ナナ。
辻村深月 V. T. R.
辻村深月 光待つ場所へ
辻村深月 ネオカル日和
辻村深月 島はぼくらと
辻村深月 家族シアター
辻村深月 図書室で暮らしたい
辻村深月 噛みあわない会話と、ある過去について
新川直司 漫画 辻村深月 原作 コミック 冷たい校舎の時は止まる (上)(下)
津村記久子 ポトスライムの舟

津村記久子 カソウスキの行方
津村記久子 やりたいことは二度寝だけ
津村記久子 二度寝とは、遠くにありて想うもの
恒川光太郎 竜が最後に帰る場所
月村了衛 神《み》子《こ》上《がみ》典《てん》膳《ぜん》
月村了衛 悪の五輪
辻堂魁《かい》 落暉《ゆうひ》に燃ゆる〈大岡裁き再吟味〉
辻堂魁 山桜花〈大岡裁き再吟味〉
辻堂魁 うつし絵〈大岡裁き再吟味〉
フランソワ・デュボワ 太極拳が教えてくれた人生の宝物〈中国・武当山90日間修行の記〉
手塚マキと歌舞伎町ホスト80人 from Smappa! Group ホスト万葉集〈文庫スペシャル〉
土居良一 海翁伝
鳥羽亮 金貸し権兵衛〈鶴亀横丁の風来坊〉
鳥羽亮 提《ちょう》灯《ちん》斬り〈鶴亀横丁の風来坊〉
鳥羽亮 お京危うし〈鶴亀横丁の風来坊〉
鳥羽亮 狙われた横丁〈鶴亀横丁の風来坊〉
東郷隆 上田信 絵 【絵解き】雑兵足軽たちの戦い〈歴史・時代小説ファン必携〉
堂場瞬一 八月からの手紙
堂場瞬一 壊れる心〈警視庁犯罪被害者支援課〉

堂場瞬一 邪心〈警視庁犯罪被害者支援課2〉
堂場瞬一 二度泣いた少女〈警視庁犯罪被害者支援課3〉
堂場瞬一 身代わりの空(上)(下)〈警視庁犯罪被害者支援課4〉
堂場瞬一 影の守護者〈警視庁犯罪被害者支援課5〉
堂場瞬一 不信の鎖〈警視庁犯罪被害者支援課6〉
堂場瞬一 空白の家族〈警視庁犯罪被害者支援課7〉
堂場瞬一 チェンジ〈警視庁犯罪被害者支援課8〉
堂場瞬一 聖刻〈警視庁総合支援課0〉
堂場瞬一 誤《あやま》ちの絆〈警視庁総合支援課〉
堂場瞬一 最後の光〈警視庁総合支援課2〉
堂場瞬一 昨日への誓い〈警視庁総合支援課3〉
堂場瞬一 傷
堂場瞬一 埋れた牙
堂場瞬一 Killers(上)(下)
堂場瞬一 虹のふもと
堂場瞬一 ネタ元
堂場瞬一 ピットフォール
堂場瞬一 ラットトラップ
堂場瞬一 ブラッドマーク
堂場瞬一 焦土の刑事
堂場瞬一 動乱の刑事
堂場瞬一 沃野の刑事
堂場瞬一 ダブル・トライ
土橋章宏 超高速！参勤交代
土橋章宏 超高速！参勤交代 リターンズ
戸谷洋志 Jポップで考える哲学〈自分を問い直すための15曲〉
富樫倫太郎 信長の二十四時間
富樫倫太郎 スカーフェイス〈警視庁特別捜査第三係・淵神律子〉
富樫倫太郎 スカーフェイスII デッドリミット〈警視庁特別捜査第三係・淵神律子〉
富樫倫太郎 スカーフェイスIII ブラッドライン〈警視庁特別捜査第三係・淵神律子〉
富樫倫太郎 スカーフェイスIV デストラップ〈警視庁特別捜査第三係・淵神律子〉
豊田巧 警視庁鉄道捜査班〈鉄血の警視〉
豊田巧 警視庁鉄道捜査班〈鉄路の牢獄〉
砥《と》上《がみ》裕《ひろ》將《まさ》 線は、僕を描《えが》く
砥上裕將 7.5グラムの奇跡
遠田潤子 人でなしの櫻
夏樹静子 新装版 二人の夫をもつ女
中井英夫 新装版 虚無への供物(上)(下)
中村敦夫 狙われた羊
中島らも 僕にはわからない
中島らも 今夜、すべてのバーで〈新装版〉
鳴海章 フェイスブレイカー
鳴海章 謀略航路
鳴海章 全能兵器AiCO《アイコ》
中嶋博行 新装版 検察捜査
中村天風 運命を拓く〈天風瞑想録〉
中村天風 叡智のひびき〈天風哲人 箴言《しんげん》註釈《ちゅうしゃく》〉
中村天風 真理のひびき〈天風哲人 新箴言《しんげん》註釈《ちゅうしゃく》〉
中山康樹 ジョン・レノンから始まるロック名盤
梨屋アリエ でりばりぃAge
梨屋アリエ ピアニッシシモ
中島京子 妻が椎茸だったころ
中島京子 オリーブの実るころ
中島京子ほか 黒い結婚 白い結婚
奈須きのこ 空の境界(上)(中)(下)
中村彰彦 乱世の名将 治世の名臣
長野まゆみ 簞笥のなか

講談社文庫　目録

講談社文庫　目録

講談社文庫　目録

西尾維新　悲　球　伝
西尾維新　悲　終　伝
西村賢太　どうで死ぬ身の一踊り
西村賢太　夢　魔　去　り　ぬ
西村賢太　藤澤清造追影
西村賢太　瓦　礫　の　死　角
西川善文　ザ・ラストバンカー〈西川善文回顧録〉
西川　司　向日葵《ひまわり》のかっちゃん
西　加奈子　舞　　台
丹羽宇一郎　民主化する中国〈習近平がいま本当に考えていること〉
似鳥　鶏　推　理　大　戦
貫井徳郎　新装版　修羅の終わり(上)(下)
貫井徳郎　妖　奇　切　断　譜
額賀　澪　完　パ　ケ　！
A・ネルソン　「ネルソンさん、あなたは人を殺しましたか？」
法月綸太郎　法月綸太郎の冒険
法月綸太郎　新装版　密　閉　教　室
法月綸太郎　怪盗グリフィン、絶体絶命
法月綸太郎　怪盗グリフィン対ラトウィッジ機関

法月綸太郎　キングを探せ
法月綸太郎　名探偵傑作短篇集　法月綸太郎篇
法月綸太郎　新装版　頼子のために
法月綸太郎　誰《たそ》彼《がれ》〈新装版〉
法月綸太郎　法月綸太郎の消息
法月綸太郎　雪　密　室〈新装版〉
乃南アサ　不　発　弾
乃南アサ　地のはてから(上)(下)
乃南アサ　チーム・オベリベリ(上)(下)
野沢　尚　破線のマリス
野沢　尚　深　　紅
野村克也・宮本慎也　師　　弟
乗代《のりしろ》雄介《ゆうすけ》　十《じゅう》七《しち》八《はち》より
乗代雄介　本物の読書家
乗代雄介　最高の任務
乗代雄介　旅する練習
橋本　治　九十八歳になった私
原田泰治　わたしの信州
原田泰治・原田武雄　泰　治　が　歩　く〈原田泰治の物語〉

林　真理子　みんなの秘密
林　真理子　ミスキャスト
林　真理子　ミ　ル　キ　ー
林　真理子　新装版　星に願いを
林　真理子　野　心　と　美　貌〈中年心得帳〉
林　真理子　正　妻(上)(下)〈慶喜と美賀子〉
林　真理子　大《お》原《はら》御《ご》幸《こう》〈帯に生きた家族の物語〉
林　真理子　さくら、さくら〈おとなが恋して〈新装版〉〉
林真理子・見城徹　過　剰　な　二　人
原田宗典　ス　メ　ル　男〈新装版〉
帚木蓬生　日　御　子(上)(下)
帚木蓬生　襲　来(上)(下)
坂東眞砂子　欲　　情
畑村洋太郎　失敗学のすすめ
畑村洋太郎　失敗学実践講義〈文庫増補版〉
はやみねかおる　都《ま》会《ち》のトム&ソーヤ(1)
はやみねかおる　都《ま》会《ち》のトム&ソーヤ(2)〈乱！　RUN！　ラン！〉
はやみねかおる　都《ま》会《ち》のトム&ソーヤ(3)〈いつになったら作戦《ミッション》終了？〉
はやみねかおる　都《ま》会《ち》のトム&ソーヤ(4)〈四重奏《カルテット》〉

講談社文庫　目録

藤本ひとみ　数学者の夏
藤本ひとみ　死にふさわしい罪
福井晴敏　亡国のイージス（上）（下）
福井晴敏　終戦のローレライ Ⅰ～Ⅳ
藤原緋沙子　遠　花火〈見届け人秋月伊織事件帖〉
藤原緋沙子　春《はる》疾《はや》風《て》〈見届け人秋月伊織事件帖〉
藤原緋沙子　暖《ぬくめ》鳥《どり》〈見届け人秋月伊織事件帖〉
藤原緋沙子　霧の路《みち》〈見届け人秋月伊織事件帖〉
藤原緋沙子　鳴《なる》子《こ》守《もり》〈見届け人秋月伊織事件帖〉
藤原緋沙子　夏ほたる〈見届け人秋月伊織事件帖〉
藤原緋沙子　笛吹川〈見届け人秋月伊織事件帖〉
藤原緋沙子　青《せい》嵐《らん》〈見届け人秋月伊織事件帖〉
椹野道流　亡羊の嘆〈鬼籍通覧〉
椹野道流　新装版 暁天の星〈鬼籍通覧〉
椹野道流　新装版 無《む》明《みょう》の闇〈鬼籍通覧〉
椹野道流　新装版 壺《こ》中《ちゅう》の天〈鬼籍通覧〉
椹野道流　新装版 隻《せき》手《しゅ》の声〈鬼籍通覧〉
椹野道流　新装版 禅《ぜん》定《じょう》の弓〈鬼籍通覧〉
椹野道流　池《ち》魚《ぎょ》の殃《わざわい》〈鬼籍通覧〉

椹野道流　南《なん》柯《か》の夢〈鬼籍通覧〉
深水黎一郎　ミステリー・アリーナ
深水黎一郎　マルチエンディング・ミステリー
藤谷　治　花や今宵の
古市憲寿　働き方は「自分」で決める
船瀬俊介　かんたん「1日1食」!!〈万病が治る！　20歳若返る！〉
藤野可織　ピエタとトランジ
古野まほろ　身元不明《ジェーンドゥ》〈特殊殺人対策官　箱崎ひかり〉
古野まほろ　陰陽少女
古野まほろ　陰陽少女〈妖刀村正殺人事件〉
古野まほろ　禁じられたジュリエット
藤崎　翔　時間を止めてみたんだが
藤井邦夫　大江戸閻《えん》魔《ま》帳《ちょう》
藤井邦夫　三つの顔〈大江戸閻魔帳㈡〉
藤井邦夫　渡世人〈大江戸閻魔帳㈢〉
藤井邦夫　笑う女〈大江戸閻魔帳㈣〉
藤井邦夫　罰《ばち》当《あた》り〈大江戸閻魔帳㈤〉
藤井邦夫　福の神〈大江戸閻魔帳㈥〉
藤井邦夫　野暮天〈大江戸閻魔帳㈦〉

藤井邦夫　仇《あだ》討《う》ち異聞〈大江戸閻魔帳㈧〉
福澤徹三・糸柳寿昭　忌《い》み地〈怪談社奇聞録〉
福澤徹三・糸柳寿昭　忌み地　弐〈怪談社奇聞録〉
福澤徹三・糸柳寿昭　忌み地　惨〈怪談社奇聞録〉
福澤徹三・糸柳寿昭　忌み地　屍《し》〈怪談社奇聞録〉
福澤徹三　作家ごはん
藤井太洋　ハロー・ワールド
藤野嘉子　60歳からは「小さくする」暮らし　生き方がラクになる
富良野馨《かおる》　この季節が嘘だとしても
藤井聡太・山中伸弥　前人未到
藤井聡太・丹羽宇一郎　考えて、考えて、考える
伏尾美紀　北緯43度のコールドケース
ブレイディみかこ　ブロークン・ブリテンに聞け〈社会・政治時評クロニクル 2018-2023〉
福井県立図書館　100万回死んだねこ〈覚え違いタイトル集〉
辺見　庸　抵抗論
星　新一　エヌ氏の遊園地
星　新一編　ショートショートの広場①～⑨
本田靖春　不当逮捕
保阪正康　昭和史 七つの謎

堀江敏幸　熊の敷石
本格ミステリ作家クラブ編　ベスト本格ミステリTOP5〈短編傑作選002〉
本格ミステリ作家クラブ編　ベスト本格ミステリTOP5〈短編傑作選003〉
本格ミステリ作家クラブ編　ベスト本格ミステリTOP5〈短編傑作選004〉
本格ミステリ作家クラブ選・編　本格王2019
本格ミステリ作家クラブ選・編　本格王2020
本格ミステリ作家クラブ選・編　本格王2021
本格ミステリ作家クラブ選・編　本格王2022
本格ミステリ作家クラブ選・編　本格王2023
本格ミステリ作家クラブ選・編　本格王2024
本多孝好　君の隣に
本多孝好　チェーン・ポイズン〈新装版〉
穂村弘　整形前夜
穂村弘　ぼくの短歌ノート
穂村弘　野良猫を尊敬した日
堀川アサコ　幻想郵便局
堀川アサコ　幻想映画館
堀川アサコ　幻想日記店
堀川アサコ　幻想探偵社

堀川アサコ　幻想温泉郷
堀川アサコ　幻想短編集
堀川アサコ　幻想寝台車
堀川アサコ　幻想蒸気船
堀川アサコ　幻想商店街
堀川アサコ　幻想遊園地
堀川アサコ　殿の幽便配達〈幻想郵便局短編集〉
堀川アサコ　魔法使ひ
堀川アサコ　メゲるときも、すこやかなるときも
本城雅人　境界〈横浜中華街・潜伏捜査〉
本城雅人　スカウト・デイズ
本城雅人　スカウト・バトル
本城雅人　嗤うエース
本城雅人　贅沢のススメ
本城雅人　誉れ高き勇敢なブルーよ
本城雅人　シューメーカーの足音
本城雅人　ミッドナイト・ジャーナル
本城雅人　紙の城
本城雅人　監督の問題

本城雅人　去り際のアーチ〈もう一打席！〉
本城雅人　時代
本城雅人　オールドタイムズ
堀川惠子　裁かれた命〈死刑囚から届いた手紙〉
堀川惠子　死刑の基準〈「永山裁判」が遺したもの〉
堀川惠子　永山則夫〈封印された鑑定記録〉
堀川惠子　教誨師
堀川惠子　戦禍に生きた演劇人たち〈演出家・八田元夫と「桜隊」の悲劇〉
堀川惠子　暁の宇品〈陸軍船舶司令官たちのヒロシマ〉
堀川惠子・小笠原信之　チンチン電車と女学生〈1945年8月6日・ヒロシマ〉
誉田哲也　Qros《キュロス》の女
松本清張　草の陰刻
松本清張　黄色い風土
松本清張　殺人行おくのほそ道(上)(下)
松本清張　邪馬台国　清張通史①
松本清張　空白の世紀　清張通史②
松本清張　カミと青銅の迷路　清張通史③
松本清張　天皇と豪族　清張通史④
松本清張　壬申の乱　清張通史⑤

講談社文庫　目録

講談社文庫　目録

講談社文庫　目録

森　博嗣　迷宮百年の睡魔〈LABYRINTH IN ARM OF MORPHEUS〉
森　博嗣　赤目姫の潮解〈LADY SCARLET EYES AND HER DELIQUESCENCE〉
森　博嗣　馬鹿と嘘の弓〈Fool Lie Bow〉
森　博嗣　歌の終わりは海〈Song End Sea〉
森　博嗣　まどろみ消去〈MISSING UNDER THE MISTLETOE〉
森　博嗣　地球儀のスライス〈A SLICE OF TERRESTRIAL GLOBE〉
森　博嗣　レタス・フライ〈Lettuce Fry〉
森　博嗣　僕は秋子に借りがある I'm in Debt to Akiko〈森博嗣自選短編集〉
森　博嗣　どちらかが魔女 Which is the Witch?〈森博嗣シリーズ短編集〉
森　博嗣　喜嶋先生の静かな世界〈The Silent World of Dr.Kishima〉
森　博嗣　そして二人だけになった〈Until Death Do Us Part〉
森　博嗣　つぶやきのクリーム〈The cream of the notes〉
森　博嗣　ツンドラモンスーン〈The cream of the notes 4〉
森　博嗣　つぼみ茸《きのこ》ムース〈The cream of the notes 5〉
森　博嗣　つぶさにミルフィーユ〈The cream of the notes 6〉
森　博嗣　月夜のサラサーテ〈The cream of the notes 7〉
森　博嗣　つんつんブラザーズ〈The cream of the notes 8〉
森　博嗣　ツベルクリンムーチョ〈The cream of the notes 9〉
森　博嗣　追懐のコヨーテ〈The cream of the notes 10〉

森　博嗣　積み木シンドローム〈The cream of the notes 11〉
森　博嗣　妻のオンパレード〈The cream of the notes 12〉
森　博嗣　つむじ風のスープ〈The cream of the notes 13〉
森　博嗣　カクレカラクリ〈An Automaton in Long Sleep〉
森　博嗣　DOG&DOLL
森　博嗣　森には森の風が吹く〈My wind blows in my forest〉
森　博嗣　アンチ整理術〈Anti-Organizing Life〉
萩尾望都　森　博嗣　原作　トーマの心臓〈Lost heart for Thoma〉
諸田玲子　森家の討ち入り
森　達也　すべての戦争は自衛から始まる
本谷有希子　腑抜けども、悲しみの愛を見せろ
本谷有希子　江利子と絶対〈本谷有希子文学大全集〉
本谷有希子　あの子の考えることは変
本谷有希子　嵐のピクニック
本谷有希子　自分を好きになる方法
本谷有希子　異類婚姻譚
本谷有希子　静かに、ねぇ、静かに
茂木健一郎　「赤毛のアン」に学ぶ幸福《しあわせ》になる方法
森　林原人　セックス幸福論〈偏差値78のAV男優が考える〉

桃戸ハル編・著　5分後に意外な結末〈ベスト・セレクション〉
桃戸ハル編・著　5分後に意外な結末〈ベスト・セレクション　黒の巻・白の巻〉
桃戸ハル編・著　5分後に意外な結末〈ベスト・セレクション　心震える赤の巻〉
桃戸ハル編・著　5分後に意外な結末〈ベスト・セレクション　心弾ける橙の巻〉
桃戸ハル編・著　5分後に意外な結末〈ベスト・セレクション　金の巻〉
桃戸ハル編・著　5分後に意外な結末〈ベスト・セレクション　銀の巻〉
森　功　高倉健〈隠し続けた七つの顔と「謎の養女」〉
森　功　地面師〈他人の土地を売り飛ばす闇の詐欺集団〉
望月麻衣　京都船岡山アストロロジー
望月麻衣　京都船岡山アストロロジー2〈星と創作のアンサンブル〉
望月麻衣　京都船岡山アストロロジー3〈恋のハウスと檸檬色の憂鬱〉
望月麻衣　京都船岡山アストロロジー4〈月の心と惑星回帰〉
桃《もも》野《の》雑《ざっ》派《ぱ》　老虎残夢
森沢明夫　本が紡いだ五つの奇跡
山田風太郎　甲賀忍法帖〈山田風太郎忍法帖①〉
山田風太郎　伊賀忍法帖〈山田風太郎忍法帖③〉
山田風太郎　忍法八犬伝〈山田風太郎忍法帖④〉
山田風太郎　風来忍法帖〈山田風太郎忍法帖⑪〉
山田風太郎　新装版　戦中派不戦日記

講談社文庫　目録

山本周五郎　戦国物語 信長と家康〈山本周五郎コレクション〉
山本周五郎　幕末物語 失 蝶 記〈山本周五郎コレクション〉
山本周五郎　逃亡記 時代ミステリ傑作選〈山本周五郎コレクション〉
山本周五郎　家族物語 おもかげ抄〈山本周五郎コレクション〉
山本周五郎　繁《しげ》 あ ね〈美しい女たちの物語〉
山本周五郎　雨 あ が る〈映画化作品集〉
柳田理科雄　スター・ウォーズ 空想科学読本
柳田理科雄　MARVEL マーベル空想科学読本
靖子靖史　空《くう》色《しき》カンバス〈瑞空寺《ずいくうじ》凸凹《でこぼこ》縁起《えんぎ》〉
安本由佳・山本理沙　不機嫌な婚活
山中伸弥・平尾誠二・惠子　友 情〈平尾誠二と山中伸弥「最後の約束」〉
山手樹一郎　夢介千両みやげ(上)(下)〈完全版〉
山口仲美　すらすら読める枕草子
山本巧次　戦国快盗 嵐丸〈今川家を狙え〉
夜弦雅也　逆 境〈大正警察 事件記録〉
夢枕 獏　大江戸釣客伝(上)(下)
夢枕 獏　大江戸《おおえど》火龍《かりゅう》改《あらため》
唯川 恵　雨 心 中
行成 薫　ヒーローの選択

行成 薫　バイバイ・バディ
行成 薫　スパイの妻
行成 薫　さよなら日和
柚月裕子　合理的にあり得ない〈上水《かみづ》流《る》涼子《りょうこ》の解明〉
夕木春央　絞《こう》首《しゅ》商《しょう》會《かい》
夕木春央　サーカスから来た執達吏
夕木春央　方 舟
吉村 昭　私の好きな悪い癖
吉村 昭　吉村昭の平家物語
吉村 昭　暁 の 旅 人
吉村 昭　新装版 白い航跡(上)(下)
吉村 昭　新装版 海も暮れきる
吉村 昭　新装版 間 宮 林 蔵
吉村 昭　新装版 赤 い 人
吉村 昭　新装版 落日の宴(上)(下)
吉村 昭　白 い 遠 景
横尾忠則　言葉を離れる
与那原 恵　わたぶんぶん〈わたしの「料理沖縄物語」〉
米原万里　ロシアは今日も荒れ模様

横山秀夫　半 落 ち
横山秀夫　出口のない海
吉田修一　日曜日たち
吉本隆明　真 贋
吉本隆明　フランシス子へ
横関 大　再 会
横関 大　グッバイ・ヒーロー
横関 大　チェインギャングは忘れない
横関 大　沈黙のエール
横関 大　ルパンの娘
横関 大　ルパンの帰還
横関 大　ホームズの娘
横関 大　ルパンの星
横関 大　ルパンの絆
横関 大　スマイルメイカー
横関 大　K2〈池袋署刑事課 神崎・黒木〉
横関 大　帰ってきたK2〈池袋署刑事課 神崎・黒木〉
横関 大　炎上チャンピオン
横関 大　ピエロがいる街

2024年12月13日現在